十八岁的卫冕

胡诗杨 著

江苏凤凰文艺出版社
JIANGSU PHOENIX LITERATURE AND ART PUBLISHING

图书在版编目（CIP）数据

十八岁的卫冕 / 胡诗杨著 . -- 南京：江苏凤凰文艺出版社，2022.1（2023. 7重印）
ISBN 978-7-5594-6184-1

Ⅰ . ①十… Ⅱ . ①胡… Ⅲ . ①长篇小说 – 中国 – 当代
Ⅳ . ① I247.5

中国版本图书馆 CIP 数据核字（2021）第 158837 号

十八岁的卫冕

胡诗杨 著

责任编辑　万馥蕾
装帧设计　王小耳
责任印制　刘　巍
出版发行　江苏凤凰文艺出版社
　　　　　南京市中央路 165 号，邮编：210009
网　　址　http://www.jswenyi.com
制　　版　南京新华丰制版有限公司
印　　刷　三河市双升印务有限公司
开　　本　880 毫米 ×1230 毫米　1/32
印　　张　10.5
字　　数　270 千字
版　　次　2022 年 1 月第 1 版
印　　次　2023 年 7 月第 2 次印刷
书　　号　ISBN 978 - 7 - 5594 - 6184 - 1
定　　价　79. 80 元

序

李国华

读诗杨的长篇小说《十八岁的卫冕》，仿佛回到自己阔别已久的高中生活。但那点被诱发的回忆并不重要，重要的是我们应该如何看待这部写高中生的长篇小说。

高中生是个很大的社会群体，他们大都即将成年，或升学，或步入社会，甚至可以说是整个社会的未来所寄。但这样一个过去曾经被当作知识分子来看的群体，在《七九届高中生》《启蒙时代》等文艺作品中被高光处理的存在，现在却鲜少有人以文艺的方式进行描写，即使市面上有《花季·雨季》《三重门》《十六岁的花季》等读物，恐怕也是不够的。而更加值得注意的是，整个社会更关心的仍然是高中生该接受什么教育，考什么样的大学，只有少数人会想到，高中生也是独立的个体，有自己的意志和选择，有自己的世界和人生。如此一来，我们几乎对高中生一无所知，不知道他们为何快乐，更不知道他们为何忧伤，只知道他们应该好好学习应付考试，其他一切的不理解，都被我们归为青春期叛逆。

我是一名大学老师，也是一个班的班主任，整天面对的是高中生产的“终端产品”。我常常觉得他们虽然已成年，心理上却还在哺乳期，常常无法独立面对大学的学习、责任和压力，会寻求一些低层次的帮助，如寻求应试宝典，如难以承受失恋的痛苦和孤独的滋味，如无法接受不同意见，等等。为什么他们在应该成人的年纪却尚未长成？我想可以在《十八岁的卫冕》里找到一些答案。

卫冕是个经历不那么单薄的优等生，他遇到的老师几乎清一色是优秀老师，虽然物理奥赛不顺，但结局理想，去了清华大学。太幸运了！但是，就是这样一个优等生，当他回当年就读的高中讲演时却以自黑的方式开场，这引起听众的热烈反响。而关键之处却在于卫冕所展现出来的表演型人格，他熟悉这个学校和社会需要他表现出什么，却唯独不熟悉他自己。这个优等生身上挂了一些令人羡慕的成功标签，也有一些令高中生着迷的愤世嫉俗的气质，但本质上他却也是一个空心人。小说的结局，即卫冕在国外工作，并就地和恋人结婚。一颗痛苦的种子和空心的树，大约也只能幻想异域的浪漫结局。因此，诗杨真诚的纪实和虚构是引人深思的。其令人着迷之处不在于写了高中的学习和痛苦，而在于虚构的玫瑰色光晕。

鲁迅曾在《我们现在怎样做父亲》一文中表示要肩住黑暗的闸门，放孩子们到宽阔光明的地方去，此后幸福地度日，合理地做人。我生怕我们不仅没有肩住黑暗的闸门，反而变成了恶龙，却以为自己仍然是屠龙骑士。

是为序。

目 录

第一章　门口的女孩

晚自习的铃声敲响了，整个教学楼霎时安静了下来。

“同学，你找谁？”坐在讲台上看自习的人站起身，如是问门口的女孩。

被他这样一问，原本在专心自习的同学也都纷纷抬起头来，这才发现门口站了个人，还是个女生，素未谋面的。

女孩站在门口，观察这班级，一眼扫下去全是男生，她一进门就感受到这古怪的磁场，雄性荷尔蒙让她愈发觉得不安。她事先知道一班是理科实验班，也有预想到是一种男多女少的局面，但她未曾想到居然会一个女生都没有。

女孩的脸颊微微泛红，她张了张口，唇齿翕动着，似乎想说些什么，但一看四十多双眼睛齐刷刷地望向自己，心下突然擂起鼓来，一时紧张得忘了要说的话。安静了半晌后，班级里的气氛一下子躁动了起来，窃窃私语的波浪层层累迭，从教室的最后一层一层传到前端。一些坐在后排的男生粗粗瞥了一眼就高呼有妹子来了，亦有的细细端详后觉得不甚对劲，平时从不会有女生造访六楼，而且门口的这位看起来体型娇小，他们正互相打赌猜测她是不是学妹。

讲台上的人皱了皱眉，大吼了两声“安静”，然后径直向外走去，顺手从外面带上了门。

“到外面来说。”他对她说道。

教室内霎时涌现出了此起彼伏的啧啧声，甚至有人大喊“蔡班长，我看好你”等玩笑话。

他在门外一把合上了窗户，世界顿时清静了不少。他耸耸肩，指着教室内的人说：“不要理会他们，他们只是太久没见到女孩子，有些兴奋罢了。”

她有些尴尬地点了点头，问：“你是，班长？”

“我是。有什么事儿吗？”

女孩这才稍稍放松了下来，说话也不紧张了。“我是来传个话的。秦老师说他还在开会，可能第一节晚自习之前回不来了，你先带着大家对一下下午考试的答案，然后把错误比较集中的题的题号圈出来，报给他，他第二节晚自习来讲。”

“好的，辛苦你了，”他向她点头，正式而官方，“还有别的事儿吗？”

她摇头，旋即又想起了什么，歪过脑袋补了一句评价：“你们班真热闹。”

他嘴角微微一撇，就转身回了教室。结果刚一开门，啧声又此消彼长。有平时关系好的直接招呼道老兄走桃花运，或是艳福不浅云云，亦有故作谐腔的打趣着问他要到她电话没。蔡秉言根本就没搭理这些风言风语，转身回到自己的座位拿出了下午考的英语试卷，说：“现在开始对答案。一到五，BCBCD。”教室瞬间安静如初。

从教室出来后，她心下颇不安宁。她刚才去的高三（1）班在整个教学楼的最高层，六楼。然而六楼似乎只有这一个班级，周围都是些空闲的自习教室和实验室。除了有些实验室被用作竞赛课的教室外，其他大多都暗着灯。

她一路走得慢，到了教室的后门，抬眼看到了一张班级合影，右下角是她最熟的人，除此以外，一个也不认识。她继续走到六楼尽头，看起了走廊上的名师海报，上面张贴出来的头像陌生，都是她从未听过的名字。兜了一圈，她只记得奥林匹克竞赛、数理化和金牌这几个词。

这真是把理科班孤立对待，她忍不住如此想到。然后转念一想，整个六楼都很少有女生踏足，那她刚才的举动算什么，误闯禁地？初秋的晚上，天色已经暗了，周围倒还真有几分阴森的情状。她在月光的倒影下愈发觉得六楼不能再待下去了，于是匆匆地跑回五楼的高三年级组办公室，坐在座椅上，写起作业，顺便等那个人回来。

半小时前，行政楼，高三年级组会议室内。

“今年，校领导非常看重我们这一届啊。你们知道的啊，这一届毕业生的质量怎么样，他新招进来的学生的质量就怎么样啊。上一届就考得不咋样，领导们虽然明面上也没说什么啊，但一个个，都板起了面孔啊。这不明摆着，给我施压？整个学校的压力啊，都压在我身上了，那我还得了啊？那我不得把任务分摊到每一个班啊，每一个班主任身上啊？”

年级组长老赵把他的陈词滥调翻来覆去讲了七遍。为了显得整个讲话抑扬顿挫，层次分明，老赵特地每说完一个词，都要在后面加一个“啊——”，然后再停顿几秒钟，给与会者们一些思考的时间。

可是坐在台下的人只觉得他的“啊——”如魔咒，在这间不大的会议室里来回共振，越振越响，振得耳朵起茧，振得精神麻木。他们只负责在他手舞足蹈地说完最后一个“啊——”之后，铆足劲儿地激情鼓掌、高声叫好。

可即便反响如此好，热情如此高涨，老赵还是认为他的讲话重点不够突出，认为大家都没能领悟到他发言的精髓所在，于是他又开始讲第八遍。

在那个圆形会议桌上，秦俭特地挑了个离老赵最远的位置，躲在他的视线盲区里悄悄用手机消磨时间。可消磨着消磨着，秦俭觉得时间不对。晚自习是六点开始，而现在已经五点五十五分，老赵这是打算讲到猴年马月？

于是他举手示意，老赵很高兴，居然有人要跟他互动，这说明他讲话收效甚好。“秦老师，您有什么高见？”

“赵主任，晚自习快开始了。”秦俭故意把后半句吞了回去，然后一个劲儿地给老赵递眼色。他的勇敢打断赢得了在场其他所有班主任的眼神佩服。

“秦老师，您真是太善解人意了。”老赵恍然大悟一般，一掌拍案。所有人霎时都觉得有救了，这班主任会议开了将近两小时，大家饭都没吃上就跑来听他演讲，如今终于能摆脱老赵，清净清净，于是纷纷整理起了自己的文件包和衣服，一时间一片窸窸窣窣与丁零当啷声。

结果就听到老赵说道：“我正好要讲到晚自习的纪律问题。”

收拾好物品的老师刚准备起身，差点儿就被转椅的椅子腿绊了一跤，于是又被迫坐下。在大家绝望的眼神中，老赵又滔滔不绝地讲了起来：“这晚自习的手机问题啊，一定要管管……”

秦俭很无奈，应景地掏出手机，点开微信，置顶的联系人备注叫作“小棉袄”。他单手敲起了字——

“我在开会，第一节晚自习之前大概回不来了。你去一趟一班，一班你认识路的吧？很好找，整个六楼就那一间教室有人。让班长或者英语课代表把下午考试卷的答案给对了，然后把错误比较集中的题的题号圈出来，报给我，我第二节晚自习来讲。”

秦俭刚按下发送键，就看到一只手突然伸到他面前，着实把他惊了下，不过颇富经验的他立马就佯装镇定。

老赵含义不明地微笑，问道：“秦老师，您觉得我刚刚讲得怎么样？”

“讲得太精彩了，我非常赞同！”秦俭本能地回答，虽然之前一个字也没听。

“好，我就喜欢你这样爽快的。”老赵很得意地拍了拍他的肩膀，然后转头向旁边的人说道，“张老师，你也多学学人家秦老师的作风。说好了啊，北大、清华的，一班啊，要出二十个人啊。”

秦俭惊得手机都摔地上了。话题什么时候转变得如此快，刚刚不是还在讲晚自习的纪律问题吗？他悄悄捡起地上的手机，站起身来质疑道：“等等，二十个，有点儿多了吧。”

老赵的金丝框眼镜从鼻梁上微微下滑，他整个鼻尖都快顶到秦俭的脑门儿上了，反问道：“你刚刚不是非常赞同吗？”

与此同时，在六楼的另一个角落，卫冕刚刚检查完门窗，锁上了门，他从物理实验室出来，边走边回想着刚才做的那道磁场题。他把脑子里装的安培、库仑和奥斯特一溜儿倾倒出来，然后重新装进了法拉第、卡文迪许和麦克斯韦。他用左脑模拟着右手定则，同时用右脑模拟着左手定则，无数根磁感线在他脑中被来回切割。切割完一整轮之后，卫冕正好走下了楼梯，一路来到五楼办公室门口。

他习惯性地朝那个座位喊秦老师。

椅背转了180度，转过身来的却是一个女孩，素未谋面的。

卫冕起初惊了一下，不过立刻就转过弯来，很快想明白了二人的关系，问道："你爸呢？"女孩突然觉得很没意思，她累积起来的神秘性霎时散了个干净，被眼前这人轻松看穿，她冷漠地回了句："你找他什么事？"卫冕说："跟你可讲不明白，你告诉我秦老师在哪儿就行。"女孩不服气，反问道："你不讲出来怎么知道我不明白？"卫冕一时也来了兴致，凑过身去看她笔下写的作业。他一凑近，她就警觉地侧过身，用双手捂住。但他还是瞥到了两眼漏斗装制图和一些简单的化学方程式，他笑眯眯地问她："小朋友，今年上初三？"她被这一声小朋友叫得起了一身鸡皮疙瘩，觉得浑身不自在，狐疑地打量他。她本来觉得眼前这人看起来天赋异禀，如今倒觉得同方才那一拨起哄的男生没有两样。

卫冕笑了笑便往远处走，没走多远，半道折回，问道："你不会也不知道秦老师去哪儿了吧？"她未置可否，狡黠地向他眨了眨眼说："你教我做题我就告诉你。"卫冕故做绅士状，说："我可是很忙的。"女孩回答道："可你看起来游手好闲的，完全不像一个忙碌的高三学生。"他忍俊不禁，摆摆手道："算你童言无忌，搬把椅子来，有什么题不会？"她白了他一眼，还童言？她甩给他一张数学卷，指了指填空题最后一题。他右手接过卷子，左手扳着后脑勺，整个身子躺在办公椅上，还跷起了个二郎腿。

卫冕嘴上说着好久没做简单题了，今儿终于能放松一回了，眼睛却瞟向别处，看到试卷抬头——临水外国语学校，问道："这不就是隔壁那个初中？"女孩不满地回应："你能不能专注做题？"卫冕从椅背上直起身来，说："你求人就这态度？"她歪过脑袋，扬起下巴，反问："难道不是你先求的我？"他干笑了两声以掩饰自己的尴尬，继续不务正业。突然他发现一个惊天秘密，惊呼起来。她皱眉。卫冕瞪大双眼，视线从试卷姓名那一栏一路移到了她脸上，说："你，叫阮思秦？"

她点头，不知对面的人为何如此大惊小怪。他躺向座椅靠背，嘴角微微勾起，露出一个意味深长的笑容，说："难怪难怪，原来你们家是倒插门。"阮思秦眯起双眼，反问他何意。卫冕换了一条腿，继续保持跷二郎腿的姿势，摇头晃脑道："没想到没想到，堂堂秦老师竟然是——"

"竟然是什么？"一只手突然从身后拍向了卫冕的肩膀，惊得他一哆嗦。那男中音的声线，他听了两年多，太熟悉。只要听到第一个音节起始，他就会条件反射。可他不敢回头，不知道他刚那一番大不敬的话被听到了多少。同时他也觉得上帝还是眷顾他，还好没把后面两个字一口气说出来，不然他今晚可能就别想走着出办公室了。

倒是一旁的思秦先开口了："Daddy，你的会终于开完了。"

秦俭边放公文包边答："等急了吧？老赵这人也真是，明明三言两语能讲清楚的，非要召集所有人来，正襟危坐地听他叨一下午。"说完他就扭头向另一边，拍着卫冕的肩膀说："找我有事儿？"

卫冕听秦老师这唠家常的口气，像是不打算跟他计较倒插门和赘婿的问题，他一下子松了一口气，从转椅上站起来，顺手把数学卷子还给思秦，说："我都差点儿忘了办正事。"

他掏出口袋里的一张折成四折的纸，毕恭毕敬地交到秦老师手中，说："我报名了一个在长沙的物理奥赛集训，十月份去，这是申请书，还有停课通知单，您帮忙签个字吧。"卫冕一脸严肃，坐在一旁的阮思秦觉得他简直同先前判若两人。是因为对奥赛的事特别上心吗，还是因为在班主任面前收敛了不少？

"为什么要跑这么远，去长沙？"秦俭坐到办公椅上，拧开水杯喝了两口，细细地读着他的申请书，"还心心念念着李川老师？"

"您想多了。"卫冕摇着头，连忙否认。连阮思秦都看出了他的掩饰之刻意，她虽然不知道他们提到的李川老师是谁，但隐约觉得一定是个大人物，是卫冕宁愿放弃学校的课，乘五个小时的高铁也要去见一面的大人物。思秦突然觉得卫冕是个有故事的人。

秦俭自然也看出了他这拙劣的演技，不过没有去拆穿他，只是顺着问了句："要去多久？"

"两个礼拜。"他脱口而出。

"那你这是打算完全放弃学校的课？"秦俭放下他的申请书，抬眼看他。

"那倒也没有，我就那两周停一下课，其他时候您还把我当个正常人就好。"卫冕笑得很无辜。

秦俭又喝了两口水，看似漫不经心地打趣说："这么不专一，你这是打算脚踩两条船？卫冕你这样吃着碗里的看着锅里的可不行，专一是一个男人很重要的品质。"

阮思秦一听这话，就扑哧一声，捂嘴偷笑。她抬眼看向站在一旁的卫冕，更是忍俊不禁。

"一码归一码。"卫冕答得有些不自在。

"不逗你了。"秦老师拧开一支水笔，在停课单的右下角签下了自己的大名，然后从椅子上站起身，把表交还给了他，顺带又拍了拍他的肩膀，"好好弄，考不到省一别回来见我了。"

"就喜欢秦老师这样爽快的性子！"

"我没跟你开玩笑，你拿了省一，保送了北清，就相当于在帮我完成任务。"

"任务？"卫冕眼珠一转，顿时明白了这背后的利害关系。

"你不用知道这么多，专心学你的就好。走走走，回去上晚自习了。"秦俭见大事不妙，赶紧把他赶走。

他了解卫冕的脑子转得有多快，他是那种只要给他透露一点线索，就能推理出一整个事件的来龙去脉的人。秦俭有时倒还真好奇，他的大脑结构是不是都跟常人不一样。按他们物理老师的话来说，这种人天生就是搞竞赛的料。秦俭自己是个文科老师，有时还真理解不了这帮孩子的脑回路，可这不妨碍他把一群十七八岁的男孩子们调教得服服帖帖。校长欣赏他，说文科老师果然情商就是高，比那一群数理化老师的榆木脑袋灵活多了。年级组长也就自然以“能者多劳”的名义，把来自上层的大部分压力都转移给了他。

老赵给他布置的任务，现在看来，有一个算是有些苗头了。秦俭看着卫冕转身离开的背影，如是想到。

卫冕一个人走回教室，手里紧紧攥着那张签了名的申请书，他觉得一件事终于有了了结。他推开教室的后门，准备投身于另一个战场。

他刚坐下，前桌的孙凯文就回过头来问：“老卫，怎么才来？”

“在实验室刷题。”他答。

“我跟你说，你真是错过了一个大新闻！”孙凯文眉飞色舞，拍着大腿说道。

“什么大新闻？”他问。

“刚才有个妹子突然出现在我们班门口，长得还挺好看的，估计是学妹。蔡秉言就跟她单独在外面说了好久的话，啧，我觉得肯定有戏。”

卫冕直接过滤掉他所有添油加醋的成分，揣摩着他这句话的主干信息，大概知道他说的是谁，反问道：“是不是一个长得小小的，扎着马尾的？”

“对，就是她，莫非你也认识？”孙凯文震惊，哥们儿看起来知晓内幕。

“她是秦老师的女儿。”卫冕漫不经心地应道。

“秦老师居然还有女儿！”孙凯文一拍桌子，大声喊道，引得周围一片同学都抬起头来看向他的方向，然后如波的涟漪般层层扩散，最角落的同学也闻声抬头。

“老孙，您敢不敢再大点儿声？”卫冕回以一个白眼。刚刚惨痛的历史教训还摆在眼前，他心下有种不好的预感，总觉得秦老师下一秒就会出现在教室门口。

孙凯文识趣地闭上嘴，转过身子来。

卫冕这次的预感是准的。没一会儿就见秦老师抱着一沓红色的答题卡走进了班级。他突然庆幸，刹车真是及时。

“传一下，”秦俭把答题卡给了第一排的同学后就站上了讲台，“答案都对过了吧？我直接开始讲了。”

效率，干练，一气呵成。

“喂，你们什么时候对的答案？”卫冕拿笔盖戳前桌后背。

“你不在的时候。”孙凯文故意气他。

“来来来，借我对一下。”卫冕接过答案就对了起来，可是他越对脸色越难看，对着孙凯文说，“完蛋，我完形填空居然错了6个。”

“正常正常，这次大家都考砸了。”他甩手道。

“听力明天早自习再放一遍，我这儿就跳过了，”秦老师一手拿着卷子，正讲解着，“重点看看完形填空啊，你看看你们做的这都是些什么玩意儿！15个空，错七八个的大有人在！”他右手食指有节奏地敲着桌子，俯视着台下低着头不语的同学们。

原来错6个还算少的。卫冕心下略喜。

“哼，你们还不如我女儿做得好呢。”秦老师脸一黑，嘲讽道。

台下顿时起了一阵不大不小的骚动。孙凯文转过头，对上了卫冕意味深长的目光。

“她全对，而且她今年才上初三哦。你们再看看你们自己，好意思吗？”

台下的人沉默了，卫冕则眯起了双眼。

阮思秦、秦老师的女儿、初三、英语卷子。

他如是想着，突然灵光乍现，手上的水笔径直飞了出去。

“怎么了兄弟？”孙凯文俯身帮他把笔捡了起来。

“我刚才想到了一个绝妙的计划。”卫冕单手托着下巴说道。

“什么计划？”他好奇。

“下课再跟你说。”他狡黠地笑。

“又吊胃口，卫冕你故意的吧。”孙凯文对他投来鄙视的目光。

晚自习结束以后，卫冕一个箭步冲到了五楼的办公室。他一把打开门，气喘吁吁。

“什么事儿？这么猴急？”秦俭抬眼儿问道。

“不，我不找您，”卫冕绕开了面前的秦老师，直走向他身后，“我是来找思秦的。”

阮思秦抬头，怎么又扯上自己了？

“你之前问我的那道数学题，我还没给你解答呢。”

“你什么时候变得这么善良？”思秦反问，直觉告诉她，卫冕此时跑来献殷勤绝对别有用心。

“我一贯如此。”卫冕昂起头，自夸自矜。

“好，那你给我讲讲怎么解吧。”思秦顺着他的话往下，正准备从包中把那张数学卷子掏出。

“我现在没法给你解，这题比较复杂，三言两语讲不清楚。”卫冕话锋一转，又恢复了本来面目。

“So？”思秦无语，不知道他打的是什么算盘。

“So，我能不能加一下你的联系方式，等我回寝室后，再慢慢地跟你讲。”

坐在一旁围观的秦老师这时候终于坐不住了，站起来打断他：“你前面兜了这么大个圈子就为了加个联系方式啊？卫冕，你敢再老土一点吗？”

秦俭本来还颇有兴致，想看卫冕如何以天才般的思维辅导思秦做数学题，怎知结果竟朝另一个方向发展。

卫冕忙为自己辩解洗白。秦俭只能摆手道随你随你。有人自告奋勇地要帮她女儿免费辅导功课，他自然是不反对的。说不上公挪私用，毕竟秦俭也很多年没碰过初中的数理化题，好多题他也不会做，教不了女儿。他们理科班这么多现成的好资源摆在那儿，谁不想借过来一用？可这人偏偏是个身上还肩负了别的重任的卫冕，秦俭真有点儿担心卫冕会因此分心。于是他嘴上关照道："你能不能专点儿心搞你的竞赛去？别总想这些有的没的。"

"秦老师您放心吧，我这完全是抬抬手的工夫，一点儿不耽搁时间的。"卫冕拍着胸膛向他保证着。

秦俭姑且听信了他的妄语，于是卫冕顺理成章地加到了阮思秦的联系方式。

"老卫，加到她微信了？"孙凯文坐在下铺的床边好奇地问他。

"我何时失手过？"刚进门的卫冕得意地用右手刮着自己的鼻头，然后一路走到书桌前，用脚后跟踢开了自己的椅子。

"那我们什么时候去偷卷子？"孙凯文迫不及待地问，半个脑袋从床帘里伸了出来。

这时，寝室里的另两个人，闻奕轩和张易难闻声愣了一下，然后同时转过头来看向他们俩，纷纷露出震惊的神情。

"你再敢多嘴。"卫冕气得简直要掀桌。他一大步跨向前，直接用左手戳着他的下巴威胁道。

"不敢了，不敢了。"孙凯文一个劲儿地求饶。

"偷卷子？什么卷子？"闻奕轩好奇地走近扭在一起的他们俩，打探道。

卫冕眼皮儿都没抬一下，继续“折磨”着下铺的兄弟。

“老卫，其实我觉得吧，三个人共享这个计划，也没什么不好的，咳咳。”孙凯文断断续续地说。

“三个人行动力还更高了呢。”闻奕轩补充道。

“你们忘了这儿还有个人吗？”一旁的张易难不满，自己的存在感的确不高，但也不至于在寝室里被当成空气吧。

“好好，带你一个，四个人行了吧。”卫冕敷衍地点头。

“要不我再去隔壁把蔡秉言叫上？”闻奕轩做出要开门的架势。

“他那个死脑筋，绝对分分钟出卖了我们。”卫冕赶忙拦下他，“说好了，四个人最多了，人多容易坏事儿。”

“好好，那你现在能松手了吧？”孙凯文在床头挣扎着。卫冕这才想起来胳膊下还有个人，立刻松开。

“快憋死我了，”他大口喘着气，“我要在床下你绝对不是我对手我跟你说。”

闻奕轩没理会他，继续问卫冕：“你能告诉我们具体该怎么做吗？”前面绕了半天，他除了“偷卷子”三个字以外没有听到任何深入的、有用的信息。

“很简单，你看着。”

卫冕点开微信，给阮思秦去了条消息，问她是否在线。对方秒回，反问卫冕是不是现在终于打算跟她讲题了。卫冕抱头高呼，说忘了还有这茬。随即他发了个语音，说这题其实简单得很，他一口气将辅助线的连接方法与算式口述完，中途并不带喘。思秦点头道，好像确实不难，并质问他为何之前说很复杂，甚至当面讲不清楚。卫冕说，那鬼话你也信。阮思秦在屏幕另一端恼火到无言以对。

卫冕做出包工头老大模样，指挥着一群手下们，说开始办正事儿了。阮思秦反问，刚才那个难道不是正事儿？他没接她的话，先问了一句思秦现在是否在自己卧室里。思秦说是。他又警惕地问，是否就她一人，周围没有别人？她不懂他的意思，问还能有谁？卫冕突然一改先前嬉皮笑脸的模样，认真起来，说接下来要说的话非常严肃，不要当作开玩笑。

思秦坦言，以为卫冕没有一句话是真的。他照样没理会，而是问她知不知道她爸最近都在看些什么书。她停顿了一会儿，然后双手敲出了几个书名号。卫冕立刻打住她，怪自己没说清楚，又重申了他指的是英语书，或者是英语报纸杂志之类。她有些警觉，反问对方有何意图。卫冕插科打诨道，只是随便打听打听罢了，不必太过紧张。她又开始列举，说是秦老师看得很多、很杂，《华盛顿邮报》《纽约时报》《卫报》《路透社》等，他都看。卫冕惊呼他阅读这么广泛。她又补了一句，说秦老师最爱看《经济学人》，那上面的文章又长又难，最适合出考题。

卫冕一看她这回答，激动得直跺脚，心里念道这样的神队友真是千载难逢，忍不住夸赞她实在聪明。思秦抱着手机，不明白他这没头没脑的一句赞扬是何意思。几秒钟后，对面又回过来一条消息："我还没提示你就说到点子上了，我现在就把你拉进群！"

这时，阮思秦的手机又震动了一下，她点开新消息一看——"卫冕"邀请"阮思秦"加入了群组。群组名称，"英语周测碟中谍小分队"。阮思秦看着顶上这个中西合璧的名字，鄙视了一番取名者的品位。

另四个人纷纷喝彩敲锣时，阮思秦直接洞察出了他们的意图，赤裸地反问对方，是不是想贿赂自己，给他们泄题？卫冕笑着一甩手，说贿赂多难听。孙凯文接话，说自己又没钱，拿什么来贿赂她。卫冕一下子从椅子上跳起来，指着床上的孙凯文吼，勒令他撤回。他这阴晴不定的情绪波动把寝室里的另三个人着实吓了一跳。孙凯文被他这突如其来的怒吼给镇住了，小心翼翼地试探卫老大，问自己说错了什么话。孙凯文刚撤回，阮思秦就说自己已经瞧见，何必做贼心虚？

随后卫冕又如无事发生，平静地坐下，敲着手机屏幕打字问思秦，秦老师是不是每次出完周测卷，都会让她做一遍题来测测难度。阮思秦公然嘲讽挑衅，说找自己测难度并没有什么参考价值，自己做全对的，高三（1）班的同学不是照样觉得很难吗？卫冕忍不住骂了个脏字，他站起身，一把踢倒了面前的椅子，喘气说，捧捧她，她竟然还上天了！

闻奕轩见状赶紧跑来缓和气氛，帮他理性地分析着目前双方的形势，劝他消气，毕竟现在还得求思秦。张易难也过来给他支招儿，让他顺着她的话往下说。卫冕不满极了，从小到大，向来都是他嘲讽别人，还从来没反过来被一个小姑娘嘲讽过。但为了大局，他只能装出一副恭维奉承的模样，继续捧眼前这位主。他双手飞快地敲着键盘，说思秦姐实在是厉害，并向她请教全对是如何做到的，又自谦道在下真是自愧不如。发完连他自己都觉得牙酸。谁料想阮思秦竟不领情，说即便卫冕这样说也无用，自己帮不了他们。卫冕怒了，他第一次这样卑微地去求一个女孩，居然是这样的结果。

阮思秦随后又发来了一长串，说秦老师并不会把一套完整的卷子让她从头到尾做一遍，他每次都是打乱了顺序，随机挑一部分出来给她做。所以思秦也不知道秦老师今天让她做的题什么时候会拿来考1班的同学。也许就是下一次周测，也许要下个月，也许就永远弃之不用了。

这么一听，似乎计划比想象中的又上了一个难度。不过就是越难，才越觉得有意思。做简单题毫无兴致，一做难题就两眼放光——这大概就是理科竞赛生的思维。阮思秦当时并不能理解这样一种思维，她本来想劝他们知难而退的，谁想反倒激了少年们迎难而上的野心。

张易难这时在宿舍里问了一句，如果周四下午测验，秦老师一般什么时候会把卷子出好？孙凯文回答，应该是周日，语气并不十分肯定。

闻奕轩点头附和。随后张易难提出新点子，说小秦只要周日晚上潜入秦老师的电脑，把下一周的卷子调出来即可。闻奕轩赞同，孙凯文附议，卫冕最后总结拍板，把计划大致概括成文发送给阮思秦。

阮思秦收到消息后不满极了，反问道自己何时答应要帮他们。卫冕带头招呼道，只要进了这个群就是跟他们一伙儿的人。张易难紧随其后，说是默认。闻奕轩补充道双方心照不宣。孙凯文最后附了句，一切尽在不言中。阮思秦发现对面四个简直是穿一条裤子的。

可接下来就失去了回应，大家都陷入沉默，宿舍内顿时安静了下来。

闻奕轩提议，威逼不行，是否考虑利诱？卫冕招呼他上，宛如一个坐镇后方、调兵遣将的大帅。

闻奕轩发言，说自己以后每天都辅导她拓展超前学习，她要是有什么不懂的作业题都可以随时来问自己。卫冕紧随其后，更是口若悬河，夸下海口，说自己和张易难是物竞组的，孙凯文和闻奕轩是化竞组的。思秦要是有什么问题，找他们四个人中的任何一个都行，他们保证秒答。

面对这样诱人的条件，阮思秦突然有些心动了。她承认，她心里还是很崇拜理科大神的，毕竟她自己对于理科一直很不上手。但因为他们暴露出的面目着实可憎，所以她做出一副高冷的姿态，与他们保持一定距离。可现在，她再也做不出刚烈的样子，她不知该怎么拒绝，屏幕那端沉默了一分钟。

孙凯文捧着手机，惴惴不安地问："卫哥，你说她怎么考虑了这么久，不会要拒绝吧？"

就在这时，安静了良久的屏幕又蹦出了条新消息，"好。"

625男生寝室里传来了一阵欢呼声，门口巡逻的宿管大爷都被这喧闹的声音惊动，敲门向他们四位警告。

热烈庆祝完以后，卫冕向另三人叮嘱道，这事儿绝对保密。大家互相拍着胸膛保证着，随后各干各的。张易难打算直接睡觉，他穿着睡衣爬上了床。卫冕不屑地反问道，才十点半就睡，对得起高三学生这个身份吗？张易难没搭理他，一个人插上耳塞，戴上眼罩，就呼呼睡去。

卫冕觉得没趣，转头问下铺的孙凯文，要不要玩会儿棋，孙凯文爽快地答应了。另一边的闻奕轩又刷了会儿化竞题，刷到十一点半左右，熄灭了台灯，也上床了。孙凯文和卫冕下棋下到了十二点，随后孙凯文也打算睡了，却见卫冕又掏出了两本物理习题集。

“老卫，还不睡？”他问。

“我再刷两小时题再睡。”他信誓旦旦地答。

“那岂不是要到两点？你为什么不先刷题？”孙凯文不解。

“这你就不懂了，这叫‘愧疚学习法’，先玩儿，玩好了以后就会感慨刚才浪费了这么多时间，追悔莫及，心里就想着我一定要补回之前浪费掉的时间，之后的学习自然就高效得多了。所以这样一来其实和你连续刷四小时题学到的知识是一样多的。”卫冕一心两用着，一边做着笔下的题，一边给他介绍“学习经验”。

“还有这种方法？我以前怎么从来没听说过？”孙凯文好奇。

“那可是我读了这么十几年的书，自己总结出来的。”卫冕得意地吹嘘着。在他这张嘴皮子底下，歪理也被说得头头是道。

“可我觉得这方法对我不管用啊。我要是玩儿了两个小时，我接下来就还想接着玩儿，完全不想学习！”孙凯文说到自己，忍不住声儿又抬高了。

“嘘！你小点儿声，他们俩都睡着了，吵醒了算你的。”卫冕用食指作嘘状。

孙凯文识趣地闭上了嘴。

周日晚上，卫冕一行四人在阮思秦的帮助之下，很顺利地窃取到了下一周的周测题目。思秦用最不留痕迹的方法，将题目拍成照片，一张张地传了过来。待第九面的作文题发来后，群里传来了一阵欢呼声。卫冕带头向女壮士感谢，说谢谢思秦姐，张易难也跟着感谢了一句，谢谢姐。

卫冕不屑地嘲讽着一旁跟风的张易难，说自己喊姐，他也跟着喊，真是瞎凑热闹。张易难辩白，说思秦是真的比自己大，他自己2002年冬天出生，今年也不过十五岁。卫冕如刚刚想起这事一般，俯视着眼前这位比他矮半个脑袋，身子精瘦，喉结突起的人，说易难小弟弟可真叫厉害，不光早读书，还跳级呢。张易难顿时觉得自己在他这阴阳怪气的语气面前变得滑稽起来，在一米八上下的男生堆里鸡立鹤群。

卫冕抿嘴，目光往下移，露出了一个意味深长的笑容，问他弟弟是不是还没长大。张易难骂了声脏字，激动地跳起，一把撞倒了身后的椅子。椅子倒在地上，发出刺耳的噪声。闻奕轩赶忙在旁边打着圆场，劝他别生气，说卫冕不过是在开玩笑。张易难恼火地走向卫生间，扬言自己要睡觉。卫冕看了看左手上的腕表，说现在连十点都不到呢。

周四下午英语周测无人监考。秦老师最多会时不时地来班级转悠两圈，剩下的就全凭自觉。毕竟都是一群十七八岁的准成年人，总不能再用管小学生的那套方法来管他们。秦老师相信他们对自己有要求，无需他再过多做约束。下课铃敲响时，蔡秉言在座位上说了句："时间到了，大家交卷。"答题卡、作文纸、答题纸一张张地从后往前传。

秦俭抱着扫描好的答题卡回到办公室，他拧开茶杯，坐下喝了两口水，然后打开电脑，把这次周测的答题卡成绩导入Excel表格。他翻滚着鼠标，粗粗扫了一眼得分率，自言自语道："1班这次完形填空做得还行。"他转头看向另一边的女儿说："估计是我上次拿你的例子一说，大家都有紧迫感了。”阮思秦冷笑，心想着紧迫倒是紧迫，可别把我一起拖下水。随后秦俭就继续批改着试卷的主观题部分，直到统计出平均分。

“窃题计划”自然没能瞒天过海，总有东窗事发的一天。秦俭有次偶然从思秦手机里翻到了这段没删干净的聊天记录，凭着他多年的教学经验，他很快就还原出了整件事情的原貌，又将卫冕这几日怪异出格的举动以及办公室那次居心叵测的行为联系了起来，轻松地推理出了这来龙去脉。

不过，秦俭此时倒并不想当众批评他或是如何，他知道卫冕即将前往长沙参加两周的物理竞赛集训，集训回来后立刻就要比赛，这次比赛对卫冕来说太过重要，高中最后一次机会，成功了就是数十分的加分，高枕无忧地进北清，若是失败了……他不愿意去设想失败的后果。

秦俭是最分得清孰轻孰重的人，他不想在这种关键时候干扰到卫冕的备赛节奏，于是他没有选择当面戳破卫冕，只是偶尔在早自习巡班经过卫冕座位时，敲敲他的桌面，看似不经意地问他一句：“你最近很喜欢读《经济学人》报？”在卫冕稍显心虚的眼神闪过一秒后，秦俭就补上一句嘱咐：“相比于琢磨《经济学人》，你现在更应该多做做物理竞赛题。如果时间忙不过来，你可以向我申请不写我的英语作业，甚至可以不考周测。”他又多添了一句，说：“李川老师昨天还打电话给我，关心你的近况。他听说你要去长沙集训，很为你高兴。我在电话里跟他说，你还是和以前一样爱耍小聪明。李老师关照我要督促督促你，把聪明用在刀刃上，这次给他争口气回来。”说完他就转身走远，言外之意就留给卫冕自己体会了。

第二章　竞赛集训

溽热炎暑随着夏季风一起离开了亚欧大陆，而此时，冷性反高压控制下的快行冷锋早已蠢蠢欲动——

转眼就到了九月中旬。

卫冕正在寝室里整理着此行的行李，他刚挂断他妈打来的叮嘱他穿秋裤的电话，顺手把秋裤扔回了衣柜。他粗粗扫了一眼自己的行李箱，总觉得还缺点儿什么，于是掏出手机，点开微信，给置顶的那个联系人去了条消息。“思秦，你能不能给我一张你的照片啊？我明天就要去长沙集训了，带在火车上没事儿的时候看看。”

阮思秦不明所以，反问：“我为什么要给你我的照片？”

卫冕笑，他知道思秦面儿上虽然冷漠，但内心还是温软如豆腐的，于是他又卖起了可怜：“那边儿管得紧，我可能两个礼拜用不了手机了呢。”

“这跟我有什么关系？”

“用不了手机我会很无聊的啦，我一觉得无聊，做题手就不顺，手不顺就拿不了一等奖，拿不了一等奖就没希望考北清，考不上北清你爸的任务就完成不了，他的事业不顺，你的日子还能好过吗？”卫冕一口气说了一长串，像是多米诺骨牌一般，所有事情都被串联起来，形成了一个巨大的连锁反应链。

“你这逻辑真是……”阮思秦读着这段分析，总觉得卫冕又在那儿胡扯，可她一时也说不出这逻辑链到底是哪儿有漏洞。

“天衣无缝吧？”卫冕帮她补上了后半句。

阮思秦被这回答噎住，然后突然发现了问题所在，卫冕根本就是在和她玩文字游戏，还诱导她偷换概念，她反问：“难不成你每天看我的照片你就能考得好？”

“那必须的！思秦姐可是幸运女神。”卫冕顺着她的话往下吹捧，像是早先就准备好的台词。

卫冕夸得天花乱坠，可对面却迟迟没有回应。

“所以你这是答应了的意思？”卫冕心下没底儿，小心试探着，又补充了一句，“你手头有没有洗出来的照片，不用大，能藏进笔袋里的那种最好。”

“最近没印过新照片，只有小时候的证件照。”纠结徘徊，久久没回应的聊天框里跳出了这么一句，卫冕兴奋极了，一下子从寝室里的椅子上跳了起来，椅子撞到了摊开的行李箱上，发出了刺耳的噪声，把寝室里剩下三人着实吓了一跳。

“这样好！那说好了，你明天早上上学的时候顺路来校门口找我，我到时候搭一早的高铁就跑了。”卫冕发完消息后，幸福地躺倒在了下铺的床上，也没理会旁边张易难的控诉——“那是我的床，别乱躺。”

临水一中的南大门正对小区后门。卫冕正提着行李箱左右张望，还不时地低头看左手手腕的表。

7：05。

南门的保安大叔认识这个小伙子，每次周五下午放学，周日晚上返校时路过都会和他聊上两句。大叔觉得他和别的那些低头看教辅的高三学生不一样，这小伙子看起来一点没个焦虑紧张的样儿，似乎永远都是昂着脑袋，嘻嘻哈哈的。

保安大叔接过卫冕递来的出门条和签有秦老师大名的停课通知单，看着左下角的一栏“出门事由”中写着“竞赛集训”四个大字，不禁心下暗自赞叹了眼前这少年一番，再一看“预计回校时间”，9月27日。

“这么厉害，集训要去两个礼拜？”保安大叔发自内心地称赞着，同时又对这颇长的离校时间感到疑惑。

“不厉害、不厉害，真正厉害的人现在已经保送咯，连学校都不怎么来了呢。”卫冕左手搭着行李箱的拉杆，右手不经意地摆了个弧线。

“你提着这行李是要去赶火车？那现在还在这儿等谁呢？”保安大叔好奇地追问，整个脑袋都探出了窗玻璃。

“等一个很重要的人。”卫冕嘴角一撇，笑得微妙，然后再扭头一张望，恰好就瞥见了她的身影。

“她来了来了，谢谢大叔啊，您这嘴太讨喜了，刚这一说她可不立马就来了？”

保安大叔把卫冕这随口的恭维当了真，识趣地关上了窗户，没再打扰他和重要的人说话。

“你要的照片。”阮思秦从包里掏出一个小文件袋，单手交给他。

卫冕郑重地用双手接过，然后迫不及待地拆开看——一张2寸的白底证件照。

“小思秦怎么穿着校服拍证件照都这么好看？”卫冕捧着手掌里的

缩小版的思秦，双眼直勾勾地盯着看，然后目光就像被锁在了掌心，再也移不开半分。

“我找不到别的了，这张是刚上小学的时候拍的。”阮思秦双手背过身后，看着眼前卫冕的反应，心下略喜，不过她还是装作满不在乎的模样，故意威胁道：“你好好考啊！考不好我就把这照片撕了。”

“别别别，多珍贵啊，我得好好留着。”卫冕惊呼，一把侧过身，把照片好好护在掌心，生怕她真夺过去给撕了。

阮思秦被他那夸张的演技给逗笑了，而后像是突然想起了什么，偏过脑袋问他：“话说回来——”

“嗯？”

“上次在办公室里的时候，秦老师说，你去长沙是为了见，见那个李川老师？跑这么远，又说得神神秘秘的样子，李川老师到底是谁啊？”阮思秦一口气把心中的疑问都抖落了个干净。

就见卫冕先是眉头微微一皱，然后又变回一副嬉皮笑脸的模样，眯着眼说：“说出来别不信啊。”

“哦？”凭阮思秦对卫冕的初步了解，她觉得他好像就没有严肃认真的时候，说什么都像是在开玩笑，询问选择意见时不置可否，信口胡诌时可以面不改色心不跳，哪怕偶尔故作威严，也会马上被打回原形。所以，即便此时阮思秦正面对眼前的卫冕，她还是猜不透他话里的深意，她总觉得他话中有话。

“他是我爸。”卫冕咬字清晰，一字一字地陈述，像个法庭上的公证人。

“不对！”阮思秦几乎是下意识地喊了出来，她就是觉得不对，一定又是卫冕在吹牛，她看对面那人颇有玩味的表情，就又补了一句，“这不可能！”

“怎么不可能？”卫冕笑，一时竟觉得思秦生气时想反驳却又找不出理由的焦急之态真是有趣。

“他姓李，你姓卫，他怎么可能是你爸……难不成你们家也是倒插门？”阮思秦努力地想理顺逻辑，来好好分析分析他这话里的漏洞，可越说越觉得怪，越说越没底气，最后竟得出了这样一个荒唐的结论。

卫冕听她这一通分析，起先还想夸夸她很讲逻辑，听到最后实在忍俊不禁，仰面大笑了起来：“哈哈，思秦你又以己度人了。”

笑毕，他看着面前一脸疑惑的人，说道：“不过很可惜，我妈也不姓卫。”

阮思秦觉得刚畅通的思路又撞上了死胡同，她认为一定是卫冕又在卖关子。卫冕低头看了看表：“哎哟，我得去赶火车了，时间来不及了，回头再聊！”

卫冕单手拖着行李箱，向地铁站飞奔了过去，没多久就不见了人影。

阮思秦一整天都心神不宁。

她想，卫冕大概是在说谎吧，反正他平时也没少说假话，这方面的套路他信手拈来；可看他说那话时严肃的样子，阮思秦觉得李川老师是卫冕他爸的结论似乎并非空穴来风。她又想，卫冕说的是真话吧，毕竟自己父母的事，乱说是要遭天谴的；可她思来索去，着实想不出一个说得通的逻辑，李老师怎么可能会是卫冕他爸呢？如果他们真是异姓父子的话，又为何一个在上海读书，一个在长沙工作呢？

阮思秦走进了临水外国语学校初三（4）班的教室，坐到座位上后，她还在被这个问题困扰着，以至于班主任老师进教室了她都没发现。

非真，一定是假吗？

非假，一定是真吗？

她思来想去，觉得这样下去就离得自闭症不远了，于是她掏出了笔袋里的便签纸，在纸上写下了这两句话，然后趁老师不注意，悄悄传给了后桌的好友。

没多久，她就收到了回传来的纸条——“都什么时候了，你还有空思考这种哲学问题？”

“好姐妹，帮帮我，我想不出来，一整天都会很难受的。”阮思秦继续求助着。

过了约莫两分钟，阮思秦就收到了一段回复。

“真假本来就是黑白对立的两面，你那样说当然没有问题。可如果深究的话，它们也可以不是二元对立的。也许会有一种介于两者之间的中间态，比如白色的谎言、片面的真相、夸大的说辞。”

阮思秦读着手中的纸条，感动莫名，于是回头用眼神感谢着她。好友撇了撇嘴，然后又重新埋首于桌上的托福词汇书。

晚自习时，阮思秦照常背着包走进了隔壁一中5楼的高三年级组办公室，坐在她爸的座位上，写起了作业。

她听到“咚咚”两声清脆的敲门声，抬头，就见理科班班长蔡秉言笔直地站在门口，手上还拿着一沓纸。

阮思秦对门口的人交代：“你找秦老师？他去开会了。”

“哦，没事儿，我就是来交个学籍登记表的。”蔡秉言捧着手里的这沓纸，礼貌又官方，然后就转身打算离开。

阮思秦却像是抓住了个救兵，高声询问道：“蔡班长，我能向你打听个事儿吗？”

蔡秉言有些意外，但还是转过身来，走到她座位面前：“嗯，你说。”

“你认识李川老师吗？”阮思秦直截了当地抛出了困扰她一整天的疑问。

蔡秉言的眼神中闪过一丝讶异和不安，然后右手食指比在嘴前，做了一个嘘的手势，谨慎地环视了一圈周围人的反应：“嘘，小点儿声。让办公室里别的老师听见要误会的。”

阮思秦有些窘，自己是说错了什么吗?

蔡秉言压低了嗓音，细细询问着：“你从哪儿听到这个名字的？”

“在我爸爸的联系人列表里偶然瞥见的。”阮思秦眼神瞟向天花板，信口编造着，不过好在蔡秉言跟她本来也不熟，应该没有看出来她这拙劣的谎言。

“到这边来说，这儿隔音好。”蔡秉言一把把她拉到了右手边的小黑屋。

他一手为她推开了门，然后又递给她一把椅子，最后给小黑屋的门上了个反锁，然后才放心地回头对她说，“以后不要轻易在一中校园里提这个名字，知道吗？”

居高临下，说教意味很重。

“为什么？”阮思秦问。她突然觉得他像是个老师或是领导，而自己在他面前则像是个犯了错的学生。

“没有为什么，这是条不成文的禁忌！”

简单直接，不容辩驳。

“李川老师是一中最好的物理老师，他一直带竞赛，还做过物理国家队的教练。他任教期间带队拿了好几块国际金牌回来，一个高中老师能有这样的成就应该已经到巅峰了吧。”

蔡秉言徐徐开口，和她一点一点地谈论起了李老师过往的光辉岁月。说到李老师的功名成就时，她分明看到他眼里都闪着光。

可这光旋即就暗淡了下来，原本的骄傲化为了扼腕叹息：“不过，两年前他被学校开除了。”

蔡秉言停顿了片刻，才有勇气把这既定的事实陈述出来。他没法儿一口气把那件事倾倒而出，那样太残忍了，他做不到。

“开除？怎么会？”阮思秦很惊诧，从竞赛教练到被开除，这反差未免也太大了些，她一时有点接受不了这样的事实。

“因为一些，不太光彩的事情。”蔡秉言有些吞吐，他想方设法地斟酌措辞，思考着该如何用尽可能婉转的口吻来包装过往的黑暗事件。眼前这个单纯的局外人真的能承受吗？

“呃，具体是什么事方便说吗？”阮思秦还是很好奇，这不太光彩的事情到底指的是什么呢？蔡秉言说得抽象又含糊，她看他迟迟没有张口接话，觉得也许是自己的问题太过敏感，触到了什么雷区。于是她自己接上了自己的话，“如果不方便的话也没关系。”

“其实也没什么，就是他在外面的机构兼职给学生补课，结果被家长举报了。”蔡秉言这次一句话将背后事件和盘托出，一句多余的废话都没有。

“怎么会这样，真是太可惜了。”

阮思秦大致了解了前者的经历背景，然后抛出了她最想问的一个问题，“那李川老师和卫冕是什么关系？”

“你怎么会好奇这个？”蔡秉言又意外了一下，看来她知道的还不少。他觉得自己今晚要是讲不清楚这些事，她没准儿会抓着自己问个没完。

“咳咳，我就随便问问。”阮思秦两眼瞥着天花板，信口胡诌。

“他们俩，不是一般的关系。”蔡秉言望向小黑屋里的杂物堆，说得含蓄又抽象。

阮思秦一惊。不是一般的关系？这句不明所以的评价让她一下子浮想联翩。

蔡秉言一看她这若有所思的神情和女生独有的笑容，就知道她肯定想歪了。他赶紧趁她展开进一步不好的联想之前抢先解释。

“我是说，卫冕是李老师的得意门生，从小就跟着他学竞赛。李老师后来经常给他开小灶，手把手地给他讲题，我们当时很多人一起在他那儿补课，都很羡慕他。我印象很深刻，卫冕初三的时候物理竞赛考了全上海第一名，直接保送进了一中理科班。”他又讲起了卫冕的过往，如数家珍。阮思秦这才从方才的联想中抽身回来，她意识到是自己想得太多了。

“不过，凭我个人的观察，他们俩之间应该超越了师生的关系。具体是什么关系，我也不好说。”蔡秉言接着说，不过并没有给他们俩的关系定性，而是巧妙地回避了这个问题。

“你今天给我讲了这么多，我已经很感谢了。”阮思秦向他点头致谢。她觉得他话里的信息量特别大，她得找个地方好好消化消化。

“不客气。”蔡秉言也朝她点头，然后就转身去开门锁，“没什么事儿的话，我就先回去上晚自习了。”

阮思秦走出了小黑屋，回到了原先的座位上，她大致对两年前的那件事有了个模糊印象，可她总觉得蔡秉言圆滑得很，每次一说到关键点就开始装糊涂、兜圈子，以至她现在还是对他们俩的关系一知半解。

这时，办公室的门又开了，9个班主任老师依次现身。

“老赵这人又开批斗大会，开个没完。”打头儿的秦俭伸着懒腰说道。

“Daddy，过来一下。”阮思秦又像看到了个新救兵一样，高声招呼着。

“啥事儿啊？”秦俭低头看了看自己座位上的女儿，不紧不慢地在原地打转儿。

“你过来嘛。”阮思秦有些心急，她从座位上站起，一手抓住秦俭的衣袖，拉着他的手腕就往右手边儿的小黑屋去。

“什么事儿？这么神神秘秘的，非要来小黑屋说？”秦俭公文包还没来得及放下，就被拖了进去。

阮思秦学着刚才蔡秉言的样子，搬了两把椅子过来，又把门反锁上，然后双手叉腰，严肃地问他："你跟李川老师熟吗？"

他被思秦刚才的举动惊了一下，霎时觉得她今天一反常态，颇为蹊跷，但还是直接回答了她的问题。"熟啊，他跟我老同事了，一直搭档带理科班。怎么突然问起这个？"

"你能再具体说说嘛？"阮思秦追问。

"具体？李川还跟我一届的呢，研究生毕业以后，我们俩碰巧都出来找工作，同时给一中递了简历，而后面试又同时通过了，你说巧不巧？我当时还老取笑他，说他一个清华物理系的，毕业出来就当个高中老师，多浪费啊。你看，我华师大的，他清华的，大学看起来差了一个档次，可结果我们不都还在同一个高中教书吗？"秦俭一说起往事，又滔滔不绝了起来。

"他后来离开一中了是吗？"阮思秦过滤掉了多余部分，揪住这一点不放。

"你从哪里听到这些的？"秦俭皱了皱眉，一时警觉起来。

"我刚才问蔡秉言的。"阮思秦坦诚相告。

"本事大了嘛现在，都会使唤我班上的学生了啊。"秦俭万万没想到思秦居然会这么主动地凑热闹。

"还不都是卫冕搞的鬼。他今早跟我说李川老师是他爸，然后又不说清楚，让我一个人在那儿乱猜。我实在猜得心思紊乱，集中不了注意力了。我要是没搞明白我今晚都睡不着了……"阮思秦可委屈了，她原本也不想这样贸然去打探别人的隐私。

"啧，他说的话得加个过滤器，不能全当真的。"秦俭大概明白了这前后的因果逻辑，再联想到卫冕平时那张嬉笑的脸，这么跟思秦告诫着。

"那卫冕和李川老师到底是什么关系呢？"阮思秦还是好奇这

一点。

“不好说……算恩师？启蒙导师？也可能是，干爹和干儿子的关系。”秦俭双手交叉在胸前，思考了一会儿，想了这么几种可能性。他虽然也不是很确定，但至少还是把所有选择都公开摆在她面前，让她自行判断。

“干……爹？”阮思秦听到这个词顿时觉得很诡异。可她有种预感，觉得这也许是最贴近真相的一种可能。

“这故事我也是听别人说的，不知道可信度有多少，你听过就算过了啊。”秦俭理解她的困惑，他在大脑中回忆了一番，努力搜刮着与卫冕有关的记忆。

“说是卫冕小学四年级的时候，和他爸，他亲爸啊，在菜市场门口打牌，然后正好被路过买菜的李川老师发现了，说他有天赋，劝卫冕去跟他学奥数。结果卫冕在那帮孩子里面鹤立鸡群，李川就看中他，要重点栽培他。”

这次时间点又往前推了几年。原来他小时候就天赋异禀，与众不同了啊。阮思秦不禁联想到了前几天刚复习到的一篇文言文——“舜发于畎亩之中，傅说举于版筑之间”。那这么一说，李川老师可真是个大好人，居然成功挖掘出了卫冕这样一个深藏于市井之中的人才。

“卫冕初中的时候就经常跑去李川家过夜。”

她试探性地问：“李老师的妻子不会反对吗？”

“李川没有结婚，他到现在还是个单身汉。”他如实陈述着，“后来卫冕父母离婚了，卫冕就跟他妈妈住。我猜，可能是因为他从小就缺父爱吧，就把李川老师这样一个男人当成他父亲了。”秦俭说着自己的猜想。

这次阮思秦觉得他说得十分在理，又由此联想到了乔伊斯的《尤利西斯》里的主人公斯蒂芬，觉得真是异曲同工，于是她脱口而出，“尤利西斯？”

“什么？”秦俭一时没反应过来。

“就是斯蒂芬与他亲生父亲断绝了关系，而后去寻找一个精神上象征性的父亲；同时，布卢姆出于愧疚之心，也想寻找一个儿子。他们俩的需求正好是互补的。他们无论是寻父还是寻子，其实都是在寻找失落的自我。”

“你看完了《尤利西斯》？”秦俭有些震惊，之前一直是她妈妈陪着她学习读书的，所以他对思秦的书单一无所知。况且是这么难啃的书，她什么时候一个人偷偷看的他都不知道。

“没看完，这不重要了，然后呢？后来他们俩怎么样了？”阮思秦赶紧把那个话题掐灭，继续追问。

“后来就上了高中嘛，卫冕就名正言顺地在学校里上李川的物理竞赛课了。而且学校的竞赛课还是免费的。两年前的这个时候，卫冕刚上高一，10月份的那场物理竞赛，他拿了市二等奖。当时我们都觉得这对一个高一的孩子来说是个不错的起点，他要是继续跟着李老师学，再学两年，进国家队基本上是没有问题的。”秦俭继续回忆着，话中充满了无限的憧憬。可阮思秦已预先知道了这悲剧性的结局，她也分明听出来了他话里的深意。

“要是……就好了”，这样的句式听着就让人悲哀。

原本触手可及的希望，后来竟变成了最不切实际的幻想。阮思秦想起了以前在书上看到过的一句话，说是世上最悲哀的事不是我不行，而是我本可以。

“可就是不巧，也不知道是谁这么恶毒，跑去匿名举报了李老师。李川就只能灰溜溜地，一个人打包了所有行李，回了他长沙老家。”秦俭的眼神垂下了三分，在瓷砖地板上来回游走着。

从巅峰跌落到谷底，换作谁都不好受的吧？

到底是谁举报的呢？卫冕知道这人是谁吗，他是不是恨透他了？

阮思秦心中的疑问越来越多了，她问：“回长沙之后，他还做老师吗？”

“这就不清楚了。”秦俭换了一个坐姿。

“反正那事儿对卫冕影响很大。学校临时换了个老师教物理竞赛，但卫冕不喜欢那老师的讲课风格。这也正常，谁叫他的启蒙导师就是李川呢？起点都那么高了，之后不管换哪个老师都会不习惯的。”

“再后来，卫冕就决定放弃物理了。”

不知道为什么，当阮思秦听到父亲云淡风轻地说出这个既定的事实时，她竟然有种想哭的冲动。

挚爱是说放弃就能放弃的吗？

她察觉到了事态的压抑，并且平生第一次体会到凄凉的滋味，比日常的鸡零狗碎要浓烈些，又不如英雄的迟暮来得悲壮，没有“葱绿配桃红”说得这么美，有的只是压在胸口的、说不出的难受。

秦俭自不会沉湎于这种小悲喜中，他很快又调整了情绪，继续往下说，“但是，一中有个规定，理科班的学生必须搞一门竞赛，不搞的话就会被踢出理科班。”

“所以为了能继续留在理科班，后来卫冕就去学化学竞赛去了。可没学两个月，他又觉得化学太简单，不好玩儿。然后就换了个生物竞赛玩玩儿。没多久，他又跑去学数学竞赛，说是数学有意思，有挑战性。反正最后每样都试了一下，但都浅尝辄止，没好好深挖下去。高二上学期的竞赛季，全班就数他最忙了，一个人搞了数学、化学和生物这三门竞赛。可最后也就拿了三个二等奖回来。”

阮思秦仔细地听着。两年，四个二等奖，真是听起来就讽刺。

她觉得卫冕真是个矛盾的人，明明内里已经垮得不成样子了，还硬要装出一副玩世不恭的模样。明明心里放不下物理，还是要一个劲儿地欺骗自己，想方设法地去绕开它。

“这孩子真是给毁了。”

这是秦俭对他的最后一句评价。

阮思秦听到这八个字，不知怎的，鼻子一酸，潸然泪下。她过去对卫冕只是有个浅浅的轮廓印象，觉得他就是个又厉害又爱炫耀的人，说话喜欢满嘴跑火车，说正事儿也像是在开玩笑一般，脑子转得快却又口不择言，还总爱捉弄人，大多数情况下行为举止都幼稚得像个孩子，反正对他没什么好印象。

可现在，她突然开始有点儿同情他的悲惨遭遇。一个匿名举报，原来足以毁掉两个天才的前程。

她想，他果然还是爱物理的吧，不然为什么在高三最紧张的关头选择了重新捡起物理竞赛呢？他心里还是放不下李老师的吧，不然为什么要在赛前特地停课、乘五小时的火车去见他一面？可是半途而废了一年多，再拾起不是件容易的事吧。

阮思秦现在真心为他祈祷——

一定要拿个一等奖回来。

一定。

三周后，到了第35届全国中学生物理竞赛复赛出结果的日子，秦俭从一早上坐到办公桌前起，就一直守在电脑前，反复刷新着网页。

你要是问他是什么事儿这么要紧，他一定会反问一句，不知道今天什么日子吗？

“思秦，你来了？今天放学放得早嘛。”秦俭抬头看向背着包，站在办公室门口的阮思秦。

“今天周五啊。”

秦俭干笑了两声，光顾着刷名单，刷得都忘了日子。

阮思秦看她爸每隔一分钟就用鼠标点一次刷新键，其焦虑之态溢于全身上下每个细胞。她觉得反常，他平时从来不是这样的，是因为竞赛季的缘故吗？还是因为在办公室里就可以卸下威严的面具呢？

阮思秦环视了一圈办公室里的其他老师，有的假装在改作业，但眼神时不时地瞥向四周，有的也一样在刷网页，并不只有他心如擂鼓。

“名单出来了！”这时秦俭突然大喊了一声，响遏行云。一干班主任、任课老师们纷纷从座位上弹起，大跨步地冲向秦俭的电脑。

“怎么样？怎么样？”

“我们学校进了几个人？”

“没输给隔壁二中吧？”

阮思秦是第一次亲眼见到这种大场面，对老师们的夸张反应极其意外。她一时竟联想到了医院里手术室外焦急等待的家属们，手术室大门一推开，他们就一哄而上，把主治医生围在圈里，问个不停。

秦俭小心地滚动着鼠标，生怕错过哪个名字。他一点点地往下翻，一连翻到了四个熟悉的名字。欣喜之余，却也忧虑了起来。

怎么还没翻到他？秦俭脑中闪过了一丝不祥的念头。

阮思秦这时也凑过脑袋来看，她仗着自己身形小，从人群中的缝隙穿行而来。她也随着那滚动的网页寻找名字，不过这里面大多数名字她都没听说过，看着陌生又无感。

她只管找那个人。

“我找到卫冕的名字了！”阮思秦手指屏幕脱口而出。

终于找到了第五个。在压线的边缘。还好，还好。

年级组长老赵带头恭喜着：“秦老师，今年你们班不错啊，有五个人进物竞决赛咯！”

“正常发挥，意料之中。”秦俭终于解下了心头的一个包袱，霎时觉得轻松不少，还不忘假装谦虚地回了这褒奖。

化学闻老师也跑来祝贺，顺便大胆预测了一番未来的好图景：“看来今年又要新冒出不少一等奖，那你今年的任务差不多要完成1/4了。”

“闻老师，别乱预测。这八字才刚画了一撇呢，现在只是拿了决赛资格而已。”

秦俭了解闻老师，他最爱在事情还没下定论前就把话说得很满。闻老师以前不知道拍过多少同学的肩膀，对他们说你这次肯定有90分！你考北大、清华没问题的！你办事我最放心了！真不知道他这样捧了多少学生。

相比之下，秦俭就保守多了，即便是有九成的把握，他也从不会向高处预言。如果某同学有冲北清的希望，他只会说“可以试试复旦”；而如果一个同学恰好是考复旦的水平，他也只会对他说“华师大保底”这样的话。

闻老师继续说着他的“玛雅预言”，说到激动处甚至还手舞足蹈起来：“这五个人我了解，越是做难题，越能发挥出他们的水平来。他们都进了决赛，离一等奖还远吗？这可不就相当于一只脚跨进北清了嘛。”

而就在这时，秦俭的手机突然不合时宜地响了起来。

联系人，王校长。

秦俭立刻按下了接听键，一秒不敢耽搁。然后他就冲出了办公室，跑到了外面那条安静的走廊上。

待他接完电话回来时，办公室里聚起来的老师已散去了大半。

秦俭回来向大家汇报着消息：“梅御坤今晚的飞机回上海，我得去接机。”

“原来是梅神回来了啊！”

“哎！对，小梅是不是还没请你吃饭呢？”

“他这趟回来后，估计就要成为全一中最闲的人咯。”

办公室其余的老师纷纷赞叹羡慕着。阮思秦观察着大人们的神情，觉得这次他们的的确确是发自内心地赞叹，与之前对她的恭维完全不一样。

秦俭从公文包里掏出了一张教师卡，递到了思秦手中："小秦，你拿我的卡，去教师食堂随便吃一点吧，我估计要很晚再回来了。"

思秦犹疑地接过卡，试探性地问他："梅御坤是什么大领导吗？"

秦俭一听她这天真无邪的问题，就忍俊不禁，给她解释道："才不是什么大领导，就是我们班上一学生。"

"那怎么派头这么大，还要惊动校长，还要派你去接机？"阮思秦很不解，她发誓这是她人生中第一次见到有老师主动放低身段去讨好学生。

"他上半年进的数学国家集训队，现在保送北大了，今天刚从国外参加别的比赛回来。"秦俭给她简单讲明了背景。阮思秦一听"国家队""保送""北大"这几个字眼，瞬间就被这耀眼的光芒震撼到了，她这时倒觉得老师们去接机也没什么不合理的。

这样看来，理科班的大神很多嘛，而且一个比一个厉害。她顿时觉得原先接触到的、以为天赋异禀的、号称是"物理小王子"的卫冕跟他们比起来好像也不怎么样。

"报告！"就在这时，一个少年嗓音突然从办公室前门口径直传了过来。

"进。"秦俭也没看清那来人是谁，只是条件反射般地接了这句话。再待那人走进，他才认出来者真实面目。

就听秦俭反问："卫冕你怎么来了？"

秦俭一看到他就没好气儿，顺手拿起桌上的英语书就要敲他脑袋，"不是我说，卫冕你这复赛也考得太差了吧，刚压线进，快吓死我了你！"

“我来不是为了这事儿。”卫冕身子机灵，一晃就躲开了，然后侧身向秦老师打听道，“听说梅神今晚的飞机回上海，是吗？”

“怎么？”秦俭反问，心里暗自腹诽着，这消息的传播速度未免也太快了些，他前脚刚接的校长电话，怎么后脚卫冕就跟上来了？

“我要去接机！”卫冕昂着头，挺着胸，坚定地说，在一旁看戏的阮思秦觉得他这表演真是夸张过头。

“你真是闲的！马上就决赛了，能不能收点心？”秦俭对他这不当一回事儿的态度极为不满。

谁承想卫冕居然丝毫没有认识到事态的紧迫性，反倒是把陈年往事的旧交情翻了出来。“那怎么行！梅御坤可是跟我一路学竞赛学上来的好弟兄啊，他以前有不会做的题目还经常跑来问我呢。”

“得了吧你。我跟你说你哪儿都别去，好好准备决赛啊。”秦俭一掌把他拍到了一边，最后提醒了句，然后就拎着自己的公文包出了办公室。

当晚七点，闵行区，虹梅路平阳路交叉口，古美七村，卫冕家。

卫冕妈洗完了所有的碗筷，打扫干净了厨房后，本打算歇息一会儿。可她一看儿子的房间关得紧紧的，只有橙黄的灯光从门底的缝隙流出来。她想，儿子搞竞赛那么辛苦，身体可别搞垮了。而且他平时在学校里，一个人肯定也不怎么吃水果，于是她又取出了水果刀和果盘，打算给儿子切个苹果和橙子补补维生素C。

卫冕妈妈自己只有高中学历，对卫冕现在学的数理化一窍不通，更别提他在刷的竞赛题了。她有时也很想和儿子多交流交流的，毕竟他高中住宿了以后她每周都见不到他多久，但是卫冕每周五一回家就把自己关在房间里，什么都不跟他妈说。

卫冕妈妈端着切好的水果，旋着门把手直接打开了卫冕的房间门，然后她就被眼前的景象震住了——

卫冕正戴着耳机，他根本没听见他妈开门的声音，只是一时觉得自己卧室里的灯光好像比之前亮了些，电脑屏幕上原有的光影也投射出了不一样的反光，于是他一回头——就看到他妈正端着水果盘，愣在原地。

“妈，你进门之前怎么不敲门啊？”卫冕对她妈妈的行事风格非常不满，质问道。

“卫冕，都什么时候了你还在玩？”卫母走到电脑前，恼怒极了，一把摘下了他头上的耳机。

卫冕被他妈这粗暴的动作弄得有些火大，一手护住他自己的电脑屏幕。“干吗呀？我学习一个礼拜了都，玩一会儿你都不让！”

“你下周就决赛了，能不能专点心！”卫母一把把水果盘重重地砸在桌上，发出了清亮的响声。不过好在是塑料的，砸不坏。

“我都不急，你急什么呀？”卫冕又恢复了他那吊儿郎当的本来面目，油嘴滑舌地反问。

“你……”卫母被他这不当一回事儿的态度气得不轻，她绕过他的座椅，直接走向电脑桌后，那错综复杂的、布满电线的地方。

“哎，别拔网线呀！”卫冕见大事不妙，赶紧一把拦住他妈。

卫冕妈气冲冲地出了他房间，卫冕本想着能专心玩会了，结果没多久就听一声巨响，门又被推开。这次卫冕妈提了个新装备过来，依旧径直走向书桌后布满电线的地方。

“妈，你拿菜刀干吗？别乱砍电线啊！那边是总电闸，我们家这老房子，电线本来就老化了，你要是触电了怎么办？”卫冕一看那把剁排骨用的菜刀就被吓了一跳，赶紧跳了起来，把他妈拦在了危险区域之外。他生怕她又做出什么过激反应，干脆一把关上了电脑屏幕，耳机也扔到床上去。

“我非得这样你才肯停下来？”卫冕妈把刀放了下来，看起来应该是恢复了理智。

卫冕一见他妈妈的情绪缓和了不少，又恢复了原先的腔调：“我这还不是在学校里闷得慌，想跟人聊聊天说说话嘛。”卫冕话锋一转，抛出了这么个原因。

卫冕妈妈的情绪大致平复了下来，她坐到床上，终于找到了和儿子说话的切口：“你要是想说话就跟我说呀。”

“跟你说了你又不明白。”卫冕摊手，就他母上大人这“理科文盲”的属性，他真的不知道能跟她交流些什么。

“我怎么不明白？你忘了，你小时候被你爸揍哭的那几次，是跑过来找谁寻安慰的？”卫冕妈极不服气，又发挥了女人的专长，把陈年旧事都翻了出来。

“妈，你怎么还提那事儿。”卫冕面部表情抽搐着，往事真是不堪回首。

“上次开家长会的时候，你们年级组长赵老师都说了，要断电断网，除了台灯以外的所有电器全得断掉。”卫冕妈又搬出了一个有力例证。

“有吗？我怎么不记得了？”卫冕这次不是装糊涂，而是最近发生的事儿太多，他真不记得有“断电断网”这回事了。

“听话啊，妈妈陪你一起断电。”说着，她就摁下了电源开关，只听“呜”的一声熄火声，电脑停止心跳了。卫冕心痛不已，他本来只是想关个屏幕，装装样子，等他妈一走再重新打开的。

卫冕妈挨个儿把房间里的其他电器都掐灭了，面对着她一手改造的“原始社会”，她非常满意。然后卫冕妈就拉着卫冕一起坐到床边，开口道：“小时候你可黏我了，学校里发生了什么事情你回来都跟我说的，现在怎么大了一句都不说。来，你和妈妈说说话吧。”

卫冕在他妈这行动力面前不幸败下阵来，其实要论嘴皮子的功夫，卫冕完全有把握说赢他妈，但他害怕她又做出什么类似于“拿菜刀砍电线”这种危险的行为，只得顺从：“你想听什么？”

“什么都行，你去长沙那两周有什么好玩儿的？”

“哟，那两周可无聊了，连个说话的人都没有，我都后悔，当初干吗要去。那边的人除了做题啥都不会，我主动跑去跟他们搭话他们都不太理人的。”一提到这个，卫冕的话匣子就打开了，一肚子的苦水和抱怨倾倒而出。

“那你见到李川老师了吗？”

“我半夜偷偷溜出来见到了。”

“他有跟你说什么吗？”

“没说什么，就问了问我的近况，问了问你现在的工作。然后就说什么决赛时间紧，来不及的话得先把思路和公式全搬上去，洛伦兹力公式啦、安培力公式啦……哦算了，后面的你应该听不懂了。”卫冕原本还在滔滔不绝地列举着，然后一想到听他说话的他妈是个“理科文盲”，于是赶紧刹住。

“还有说别的什么嘛？”他妈继续问。

“噢，他还说，希望我不仅能成为他过去的学生，还能成为他未来的校友。”卫冕仔细回想了一下，觉得这句话里面应该没有涉及任何物理术语，他妈应该能听懂。

“校友？”

“清华校友。”卫冕进一步解释。

“好。”卫冕妈听到这句话从她儿子口中说出，顿时欣慰无比，看来长沙还是没白去，至少他现在有目标、有动力了不是吗？然后她从床上站起，说，“你先做题，我搬把椅子过来陪你。”

“不，不用了吧，我又不是小学生了。”卫冕有些尴尬，他堂堂一个成年人，居然还要被他妈监督着刷题，想想都觉得羞耻。

“你做你的，我来接着研究一下清华的自主招生政策。”可他妈却像是来了劲儿，一时间干劲满满。

他们家一共就三把椅子，两把用来吃饭，剩下的一把就给卫冕学习用了。卫冕妈从厨房搬了把椅子进了他房间。这把木头椅卫冕再熟悉不过了，是他小时候和他爸一起拿榔头和钉子亲手做出来的。十多年过去了，这椅子不知散架了多少回，可他妈就是不舍得买新的。她就是这样，在生活开销中吝啬不已，却在给儿子交补课费、买物理竞赛书方面格外慷慨大方。

卫冕妈拿着往届学长学姐的家长们分享的自招资料就研究了起来。他们母子俩就这样在一个房间里各干各的，互不打扰。过了十分钟，她抬头看向正刷题的儿子，问道：“你们班其他人竞赛搞得怎么样啊？”

“就那样吧。”卫冕很不走心地回答，笔下还在算着一道磁场大题。

“那个谁，张易难不是跟你一起学物竞的吗？他怎么样？”她想再从他口中打探。

“没进决赛。李川老师说得没错，他根本就不是块学物理的料。”卫冕又把李川这尊大佛搬了出来，凡是有李老师点评的，可信度都升了一级。

“他妈也真是的，非让他从小跳级，现在好了，搞成15岁读高三，啧，被他妈弄毁了。”卫冕妈感慨了一番。其实这些消息她们平时家长群里都聊，谁搞什么竞赛，拿了几等奖她都一清二楚，她这样重复地去问他，无非就是想多跟儿子说说话罢了。

“还有，以前一直跟你玩得很好的那个，孙凯文？”她见儿子并不排斥和她说话，于是又接着问。

“老孙啊？他玩儿心比我还重呢，估计也就那样了。”卫冕刷题答话两不误。

“那你们寝室还剩下一个，是叫闻奕轩？”他妈继续打听着。

“他呀，死脑筋一个，学不会什么东西。”卫冕一提起他，眼神中就充斥着不屑。他是个唯天赋论者，最喜欢和自己同类的“四两拨千斤”的人，自然瞧不起闻奕轩这种天资平平、纯靠蛮劲学习之辈。

“听你这口气，你们班就数你最厉害了？”卫冕妈替他把潜台词说了出来。

她最了解他儿子了，卫冕自从学了竞赛以后就变得越来越自命不凡、不可一世。她起初没觉得这有什么不好，毕竟自信本来就不是一件坏事，何况年轻人狂妄一些也是可以理解的。过去他一直是赢多输少，这少年狂便成为他拿第一然后不断卫冕的底气。可他自己都不记得，从何时起，他开始把莽撞的失败归咎于异己的出现；他也未曾察觉，自信是何时变成了自负，傲骨是何时变成了傲慢。这么多年的竞赛旅途，他一直在竞争中暗自较量，在输赢胜负中摇摆、犹疑着。

然而卫冕并没有回答这个不言自明的问题，他假装在跟笔下的题做斗争。

她一看，话题链又断了，只好另起炉灶：“我听梅御坤妈妈说，小梅今晚的飞机回上海？”

“嗯。”

“真羡慕他妈，她现在应该是最幸福的家长了。”卫冕妈放下了手中的资料，抬头望向窗外。

“哦。”

“你说你们俩从小一起学奥数的，初中的时候你还比他厉害好多呢，怎么现在反倒是小梅进了国家队，保送了北大呢？”

“嗯。”

她见卫冕连续三句答话都惜字如金，除了语气应答词以外没多说一个字，觉得自己可能又烦到他了，于是她问：“你是不是觉得我这样太唠叨了？”

“你没必要再这样没话找话地假装跟我聊天了。”卫冕停下了笔，开口多说了几个字，“家里除了我们俩以外又没别人，你这样是要装样子给谁看呢？”

他妈一下子愣住了。

“这么多年我当然早就习惯了你的唠叨。你现在再不烦我，以后上大学了不就更没机会了吗？”

“上大学……我还没准备好呢……你一个人去上了大学以后，留我一个人在这老房子里，怎么过呢？”

“所以趁我还在你身边的时候，多烦烦我吧。”卫冕说了最后一句，就继续刷起题来。

方圆几里以外的七宝古镇上，华灯初上，人声鼎沸。

第三章　否极

[序1]

我听完卫冕的一通讲述，有些云里雾里的，他提到的许多游戏术语对我来说都陌生得很，于是我试探性地问道："听您的讲述，您似乎是个游戏爱好者？"

卫冕舒眉笑了笑，举起桌前的酒杯，小抿了一口说："不准确，应该在前面加上'重度'两个字。"

我大致习惯了卫冕幽默的说话风格，礼貌性地答道："卫先生，您可真爱说笑。不过话说回来，举报一事的前因后果我依然不太明白，我记得您刚才的说辞是，一个家长匿名举报的？"

卫冕转了转眼珠，然后右手抚摸着下巴上的胡须："哦？我刚才是这么讲的吗？那我可能一顺嘴儿讲错了。"

他的言辞中第一次出现了真假的并置，这让我一时有些捉摸不透事情的真相，于是我回应道：“您的口气听起来不太确定。”

卫冕却满不在乎，反倒是责怪起我来：“老兄，动动你的脑子嘛，怎么可能是家长举报的？家长一去举报，自己家孩子不也补不成课了？损人不利己。”

我被他弄得有点困惑，于是我直截了当地问：“所以举报者到底是？”

他竟然对我卖起了关子：“哎呀不急嘛，多保留会儿悬念。我先给你讲讲我高中三年里对我灵魂震撼最大的一次谈心，这次谈心真是让我受用终身。不过要讲谈心，我还得先铺垫一下，给你依次介绍一下我的几位室友，然后再讲讲否极泰来的前半部分。”

“好，您说，我记。”

我不得不承认，我是个很差的采访者，卫冕抢走了我的话语主动权，之后的节奏都是由他来主导，我俨然变成了一个没有感情的记录员。

[正文]

2017年10月26日，清晨6：55。

“我今早醒来，右眼皮就一直在跳。”卫冕单肩背着包，从男生宿舍门口出来，他反复地揉搓着自己的右眼。

“你昨晚没睡好吧。”室友孙凯文一把钩住他的左肩，然后从理性的角度帮他分析了一下原因。

“不，我觉得这一定是某种神秘的预兆，而且多半是不好的兆头，像什么上课被抽起来回答问题之类的。”卫冕摇头，还是坚持自己的预感。

“老卫，你也太迷信了些吧。”孙凯文一把甩开了左手，对他的说法将信将疑，然后顺手挑逗性地拍了下他的屁股。后者没好气儿地一把把肩上的包朝他脸上砸去。

一旁的张易难看着他们两人这幼稚的行为，感到无语。

7：15，早自习，办公室内。

“闻老师，这是1班的化学作业。”闻奕轩抱着一沓化学练习册，笔直地站在闻老师的办公桌前。

“齐了吗？”他转过身问。

“差卫冕没交。”闻奕轩才不会袒护包庇室友，他非常诚实地把卫冕供了出来。

“哼，那小子胆儿越来越大了嘛，好，我知道了。”闻老师把那沓作业搬到了桌正中，翻开了第一本，边批改边说：“这儿也没外人，不用叫我闻老师了，叫我爸吧。”

闻奕轩却表现得执拗又害羞，扭捏地说了句：“我……我要回去上早自习了。”然后就一转身，跑出了办公室。

8：00，第一节化学课，上课铃响。闻老师不紧不慢地踩着点走进了1班教室。

“我们上节课复习到哪儿了？”他打开电脑，打开投影仪，翻开第一张PPT，“任何理想气体的摩尔体积22.4 L/mol，都可以在标准状况，即STP下计算得到。那么问题来了，标准状况是20℃还是25℃？”他一上来就开始抛问题，这是闻老师上化学课的一贯套路，说是为了帮助同学们早上提起精神，不要走神或是犯困。

“卫冕，你来回答一下这个问题。”闻老师双手背在身后，直接开始点名。

“我那右眼皮预兆也太准了点吧……”卫冕非常不情愿地从座位上站了起来，然后细细地在脑中回想了一下他刚才问的问题，有些犹疑地开口：“应该是25℃。”

“25℃？”闻老师斜眉侧目，反问。

“啊不不，20℃，20℃。”卫冕被闻老师这反问搞得心下没底儿，他觉得看这反应，八成是他说错了，于是立即改口。

“你确定？”闻老师又用了一模一样的口气反问。

“不是太确定，好像还是25℃吧。”卫冕有些捉摸不透他这话里的深意，他很没有底气地又改回了刚才那个答案。

“坐下！”闻老师一看卫冕那摇摆不定的样子，就知道他肯定没复习昨天的笔记，也没心情再跟他在课上耗时间，于是又换了个人问，“张易难，选什么？”

“20℃。”张易难直截了当地站起回答。

“孙凯文。”闻老师开着火车，按顺序往下叫名字。

“25℃吧。”孙凯文挠了挠头，不是十分确定。

“哼，白学了都，我现在去隔壁初中随便抓一个小朋友来答得都比你们好！”闻老师一把把化学书重重地甩在讲台上，声音一下高了个八度，手指着台下的一群学生厉声喝道。

隔壁初中？卫冕脑中第一个想到的就是阮思秦，然后再一联想她那理科水平，连忙摇头，觉得闻老师又在夸张。

“课代表！”闻老师嘲讽完他们，又转身叫起了坐在第一排正中间的闻奕轩。

“是0℃。”闻奕轩站起身，很坚定地说出了答案。

“很好，请坐。”闻老师对他的回答非常满意，脸上终于浮现出了一抹难得的笑意。可是这笑不长久，立刻又被嘲讽替代，“你看看你们学的都是些什么玩意儿？我随便挖一个坑你们就一个个都往里跳啊？”

“闻老头这太坑了！”卫冕低下头，暗自吐槽。

“他上次考氨气键角的时候是不是也挖过类似的坑？”孙凯文努力回忆着过去雷同的套路，“就是问你选A还是选B，事实上答案是C。”

“他简直有毒吧。”卫冕很不喜欢闻老师课上的抽问方式，化学好好的一门理科，硬生生地被他搞成门文科了。

闻老师看卫冕那表情，就知道他一定又在背后说自己坏话，于是又开始点名。

“卫冕，起来背一下平衡常数的诗。”

卫冕又听到自己的名字，站起身后疑惑至极：“诗？什么诗？”他一个劲儿地拿笔戳孙凯文的后背。

“就是昨天上课的时候，闻老头自己写的那首七言绝句啊！”孙凯文回过头来给他小声暗示道。

“绝句？我怎么完全没印象？老孙，你提示我一下第一句。”卫冕仔细地搜寻了一番记忆，还是什么都想不起来，于是不停地向孙凯文请求支援。

“平衡常数不平常。”孙凯文尽可能地压低了嗓音。

“哦，平衡常数不平常。”卫冕依样画葫芦，“然后呢，下一句是什么？”

“只受温度来影响。”

“只受……”

“行了行了，玩传话接龙呢你们这是！”闻老师直接打断了他们俩，高声吼道，“卫冕，拿上你昨天的作业，站后面去，补完了再回来！”

“闻奕轩，你来背一下。”闻老师又把希望寄托在了儿子身上。

平衡常数不平常

只受温度来影响

固液与它都无关

越大正向越完全

一字不差，流利、完美。

“好，你们看看，闻奕轩最近的学习状态非常好！这才是一个高三学生该有的样子。某些同学，现在还浑浑噩噩的，不知道每天都在想些什么！”闻老师拿这一正一反两个典型案例说教着。

卫冕又想到了今天早起时的不祥预兆，扶着脑袋：“我就说吧，我右眼皮一跳就准没好事儿。”

8：45，课间，办公室内。

“马上就期中考试了，1班有好些个人还不在状态，尤其是卫冕啊，作业也不交，上课提问也答不出。秦老师，你得管管。”闻老师对办公桌前的秦俭告着状，说着自己的担忧。

“估计是分身乏术吧。10月份的物理决赛刚结束，期中考试又正好放在11月7日。这两个挨得也太近了点儿。”秦俭帮他分析着客观原因，他不相信卫冕没有能力学好，也许只是有太多东西干扰罢了。

“那也不行啊，高三上学期的期中成绩要算入总评里的，到时候北大清华自招也要看这校内排名的。”闻老师觉得秦俭在帮卫冕开脱，他又摆出事实，心急之态溢于言表。

就在这时，办公室的一个角落里突然传来了一声——

“决赛获奖名单出来了！”

秦俭扭过头，找到了声音的源头，他和一干老师一起冲到了老赵的电脑前。老师们一哄而上，将老赵的座位围得水泄不通，秦俭一时找不到空隙，只得在外围张望着。

老赵滚动着鼠标，从一等奖的第一名一直翻到最后一名，把每一行名字都扫过，生怕错过了哪个。

“不错嘛，秦老师，你们班这次物竞拿了四个一等奖！”人群中让出了一条道儿，老赵走上前，拍了拍秦俭的肩膀，恭喜他。

秦俭一听这数字，相当敏感。

“四个？难道不是五个？谁掉了？”他心下有一种非常不好的预感，他穿过人群空道儿，一把夺过老赵手里的鼠标，继续向二等奖的区域向下翻着。

临水一中，卫冕，高三，二等奖。

白屏黑字，字字分明。

他看到这行字时，心脏突然漏跳了一拍。

呵呵，三年，五个二等奖。

这就是你跟我保证的，停课两周去集训的结果？

这就是你说的，抬抬手的工夫，一点儿不耽误竞赛？

这就是那个扬言要进国家队的什么“物理小王子”？

秦俭心一凉，手指脱力，将鼠标摔在了桌上。

可这一波还未平息呢，另一个角落也传来了一阵响声——

“化学决赛的名单也出了！”

闻老师没有去凑物竞名单的热闹，而是一个人在电脑前默默地刷新着化竞的名单，没想到一刷还就真刷出来了。

一干老师又纷纷从老赵那桌儿奔向闻老师的桌儿，没过几行就看到了个熟悉的名字。

临水一中，闻奕轩，高三，一等奖。

老师们纷纷跑来喝彩。

“恭喜闻老师！”

“你这是子承父业啊！”

“教子有方！教子有方！”

“保送复旦化学系没问题了！”

闻老师假谦虚地回了这赞扬：“谬赞谬赞！犬子运气比较好而已，哈哈。”

第二节课的预备铃响了后，办公室里的老师们就散去了大半。秦俭和闻斌恰好第二节都没课，于是他们俩又都回到了自己的办公桌前，继续改作业、备课、登分数。

闻斌见秦俭忧心忡忡的模样，便走过去同他说：“算了，也别怪他了。他估计现在心情也不好。竞赛季基本就算结束了，让他收收心，好好准备期中考试吧。”

秦俭点了点头，暗自唏嘘着。这孩子，总是让人替他提心吊胆的，真让人操心。

一周后，11月8日，期中考试的最后一门科目数学，在下午3：30考完了。数学组向来是改卷子最快的学科组，下午考完的试卷，晚上就能拆封装订线出成绩。

这天晚上的办公室里异常忙碌，昨天考的小三门和英语成绩也陆续出炉。红笔画过卷子的哗哗声、鼠标的摁击声、键盘输成绩时的敲击声，都在这片不大的空间里来回交织碰撞。

阮思秦停下了手头的作业，在一旁默默地看着。她觉得这场面很有趣，每个人都忙得焦头烂额，却又不亦乐乎。老师们之间也常会互相交流，诸如“数学最后一道大题居然有人全证出来了”“化学满分的是谁啊”“理科班平均分又要甩平行班多少分了”等屡谈不腻的话题。

“有空不，小秦？”这时，秦俭侧过办公椅，问一旁正东张西望的女儿。

阮思秦立马把目光收了回来，点头。

“帮我分一下答题纸，按班级分。”秦俭说着就把桌上几百张打乱了顺序的卷子递给她。

阮思秦接过试卷，一张一张地分了起来。分的时候，她也会时不时地瞟两眼姓名栏，看看有没有她熟悉的名字。

第一张是蔡秉言的，客观题几乎是满分，她心下小小钦佩了一番，然后又好奇地翻到反面的主观题部分，一看到这整洁的卷面和清晰的字迹，她更为惊叹。怪不得放在第一张，看来是当成样卷了啊。

又分了几十张，阮思秦瞥见了卫冕的卷子，他涂卡涂得凌乱，字迹也潦草仓促，看起来似乎很赶时间。

于是她抬头问一旁的父亲："话说卫冕这次考得怎么样？"

秦俭一听这名字就没好气儿，他哼了声，语气硬硬的："他呀，考得跟鬼一样。"

"什么意思？"阮思秦追问，希望他说得更详细些。

"现在除了语文，其他科目都批出来了。"秦俭端起桌上的茶杯，喝了两口茶，然后转过身下的转椅，面向她，缓缓开口说道，"他目前没有一门课是上平均分的。而且凭他平时那语文水平，我看也很悬。"

"怎么会？数学和物理也都没到吗？"

阮思秦总觉得他口中说的和她之前的认知出现了严重的偏差，卫冕不是理科很厉害的吗？他不是还号称是"物理小王子"吗？他平时还经常在微信上教自己做题来着呢。

"校平均分不清楚，反正1班的平均分肯定没到。"秦俭放下茶杯，平淡地说出了这个既定的事实。

阮思秦听得都有点儿替他心急："那还真是祸不单行啊……"

第二天晚自习，在各校领导和各任课老师的强烈要求下，语文组加班加点，终于把全校近400份语文试卷全改完了。

语文成绩一出，六门科目的总分、班级排名、年级排名，自然也都统计了出来。办公室里又免不了一番比较和交流。

"这次年级第一是谁啊？"

“好像是理科班的。“

“是蔡秉言，总分597分。”

“太厉害了吧！”

“我怎么记得上次月考第一也是他？发挥很稳定嘛！”

“北大清华稳了！”

“闻奕轩这次592分，直接蹿到年级第四了，进步很大，不错不错！”

秦俭没有参与其他老师们的“猜第一”的游戏，讨论到1班学生的时候，他也只是淡淡地点点头，看起来与世无争的模样。秦俭一直遵循着自己表面“无为而治”的理念，即便是带毕业班，也从来不会表现出过度的焦虑感。

他公事公办，把电脑里的Excel表格打印了出来，然后侧身向一旁的女儿交代着：“小秦，你去趟1班，把这个给蔡秉言，让他剪成条，发下去。”

阮思秦站起身，接过刚打印出来、还热乎的期中成绩单。她走在走廊上，挑了个光线比较好的角落，悄悄看了起来。

成绩单是按班级排名顺序排的。

她先粗粗扫了眼总体的排名——1 蔡秉言 2 闻奕轩 …… 17 张易难 …… 33 孙凯文 …… 41 卫冕。

她在最后一页才找到卫冕的名字。然后她再从前往后翻，只挑她认识的名字。

班级：高三（1）班

姓名：蔡秉言

语文 118 数学 137 英语 132

物理 94 等第 A+ 折合 70

化学 90 等第 A+ 折合 70

生物 89 等第 A+ 折合 70

总分 597

班级排名 1

年级排名 1

她一看蔡秉言的成绩单，理化生3个A+整整齐齐，非常符合她强迫症的审美标准；再一看语数英，阮思秦突然觉得他不像是个典型的理科生，没有格外突出的一门学科，也没有跷脚的、拖后腿的科目，就是三门都很平均，然后累加起来的总分就能很高。

她迫不及待地翻到了最后一页。

班级：高三（1）班

姓名：卫冕

语文 92 数学 108 英语 104

物理 82 等第 B+ 折合 64

化学 70 等第 C 折合 52

生物 76 等第 B 折合 61

总分 481

班级排名 41

年级排名 366

还真如秦老师说的，像鬼一样……

阮思秦觉得，要不是刚看过第一名的成绩，她初看卫冕这语数英，还会搞不清卷面满分是多少分。

阮思秦这时只觉得卫冕真是个大忽悠，说什么拿了自己的照片就能考得好，全是幌子，不然现在怎就狼狈地落入这般地步？

366，她再看这年级排名，仔细回想了一下她刚分全年级英语卷子时的场景。整个年级好像一共也就不到400号人吧？

这么一来，那倒确实是挺惨淡的。她突然开始有点儿同情卫冕的遭遇，他这样还能如他所吹嘘的轻松上北大清华吗？不知道他看到自己的排名后会是怎样的反应，还会是嬉皮笑脸的、满不在乎的模样吗？

阮思秦交接完成绩条后就回了办公室，没过几分钟，就听到门口一声沉闷的男声。

“报告。”

“哟，卫冕大神来了？等你半天了。”秦俭转过身下的转椅，笑着招呼着。

“等你半天了”是说秦俭确信卫冕看到自己的成绩以后一定会主动来找他谈话吗？他怎么就这么肯定呢？而且卫冕明明已经被打击到低谷了，秦俭却像不知情一样，还偏偏以“大神”称呼着他。

阮思秦猜他是故意的。

卫冕果真垂下眉，将脸埋在头发里，不敢抬头正眼看面前嘲讽挖苦他的秦老师，然后有些哆嗦地说：“去……去小黑屋说，好吗？”

阮思秦看他面色苍白，血色尽失，神情淡漠，眼神飘忽迷离，一时竟觉得不认识他了。她目睹卫冕垂着脑袋，跟在秦老师后面，走进了小黑屋。她有些好奇，就搬了把板凳，坐在小黑屋门口偷听。

卫冕心神不宁的，最后进门时甚至忘记了关严门，所以阮思秦还能清楚地听到里面的对话。

一阵丁零当啷摆放椅子的噪声过后，秦老师先开口了。

“来，说说吧，看到决赛成绩和期中成绩单后，怎么想的？”

“我……我不知道，我原来这么差劲嘛！

“我两边都想要，竞赛和学校里的都舍不得放下，可最后怎么会……怎么会变成这样？您是不是觉得我现在特别堕落？特别不像个人样？我是不是特别丢脸？是不是所有人都在等着看我的笑话？”

阮思秦听他一连串酸溜溜的反问，都觉得扎心，他这么骄傲的一个人，怎么会把自己想象得这么卑微？

“我的名字是我爸取的，当时他还去街头找了个算命老先生，让他算算这名字的吉凶。结果那老先生说，‘卫冕’这名字太霸气太耀眼，不好，长大后会招来祸患的，取名字就要取得贱一点儿，劝他给我改名。可是我爸就是不听，坚持要给我取名叫‘卫冕’。现在想来真是讽刺得很，自从初三那次物理竞赛拿了冠军后，我再也没有卫冕成功过。好像就是从那时候起，我就一直在堕落，一直在走下坡路。我觉得好对不起川叔，他现在要是看到我这副样子，他会怎么想？他肯定后悔当初把我从菜市场里带出来了，后悔教我学竞赛了。

“还有我妈，她还指望着我考清华，指望着我给她争光，来给全家翻身。可我现在这样子，哪里考得上？

“还有闻老师，上课总找我碴儿。好好的化学嘛，非要写诗，写得又不咋样，完了还非要我们背他自己写的诗。没谁能上得下去他这种课，我看也就他儿子能受得了他。

“还有，闻奕轩算是个什么天才？他一点儿竞赛脑子都没有，成天就知道蛮干，凭什么他也能考年级第四，还拿化学一等奖？他跟我一个寝室，一起学习，一起吃饭，一起睡觉，一起脚踩两条船地搞竞赛，为什么他就两样都成功了？为什么最后翻船的是我……”

阮思秦第一次见他情绪这么激动，像是要一口气将所有心里话倾倒而出。她听到他说最后一句反问时，没说完整，嗓子似乎是哽住了。

“说完了吗？”

“对不起……呜呜……”

阮思秦听着他颤抖的声线突然崩溃，然后鼻息瞬间加速，呼吸也变得不均匀。她一时觉得有些听不清楚，于是又搬着椅子，凑近了些听。她听到了擤鼻涕声，夹杂着微弱的抽泣声和连续不断的抽纸巾的声音。

卫冕这是……哭了？

阮思秦有点不敢相信自己的耳朵，她从来没见过一个18岁的少年哭泣的样子，更何况是像卫冕这样整天嬉皮笑脸、看起来没心没肺的人。她本以为，卫冕对什么事儿都满不在乎，她本以为，卫冕能就这么轻轻松松地一路笑到最后的。

原来他也有顶不住压力的时候吗？原来他也有软弱得需要寻求安慰的时候吗？

“我……我现在是不是特别失败？我觉得我的人生都毁了……不行了，没有希望了……呜呜啊……”

阮思秦继续凑近了听，这回他彻彻底底地把心中所有的负能量倒了出来，说话断断续续的，喘息声很大，很急促，有些音都卡在嗓子眼儿，沙哑模糊得说不完整了。

“平时……平时周围的人都喜欢管我叫天才，叫大神，叫物理小王子，叫得多了，我也就信以为真，真把自己当成个神了……可……可是我发现我根本没他们口中吹得那么厉害，我觉得我真是太差劲了……呜呜哇……”

她又听到了狠抽纸巾的声音，说到最后一句自嘲，终于说不下去了，放开了声，也不顾及什么形象，大哭了起来。

阮思秦躲在门缝后，看不见他此时此刻面部的神情，但也能大致透过声音想象得到。她忽而竟有些心疼，他怎么会变成现在这副样子？

可她忽而又焦急了起来，爸爸怎么还没去安慰他？难道就任他这样一哭解千愁吗？

阮思秦正这样想着，就听秦俭开口了：“咱一个个来。你知道你精神萎靡不振的根本原因是什么吗？”

哭声霎时停了下来，然后小黑屋内外一片寂静。卫冕红着鼻子，用右手胡乱抹了两下眼睛，迷茫地看着面前的人。

“我帮你总结，理想和现实落差过大。”

“你说别人总是恭维你，过高的赞誉让你觉得压力大？”秦俭故意重复了一遍他刚才的意思。

卫冕点点头。

“这么跟你说吧，好话谁都会说，而且说好听的话他本身是出于一个社交的目的。我赞美你、恭维你，其实是我这个说话的人的一个很主观的行为。就比方说，我说卫冕是理科班里长得最帅的男生。难道我真的有客观地去做调查分析，去把班里的每个男生都选出来比较一番吗？没有，就是很随口的一句赞美，我说这话都不用负责任的。但是你当真了，你听着开心，那我社交的目的不就达到了吗？”

卫冕顿了顿，像是开通了一个小口子，然后放下纸巾，两眼红肿地看向他。

“当然，如果我选择恭维你，那就说明我跟你之间还属于陌生人，我不得不用这种不走心的手段来讨得你开心，跟你拉近关系。相反，如果我跟你关系很亲密呢？那说好听的话已经没用了，因为我跟你关系已经很好了，不需要再通过这种方式进一步地拉近关系了。那我就有可能会说一些不好听的、批评的话，我说这种话绝对是冒着得罪你的风险说的。所以批评的真话，比恭维的假话更难得，不是吗？”

卫冕这时端坐了起来，思考着刚才那番阐释分析，然后点了点头。

“好，那么接下来我就要说一些不那么好听的真话了。按你现在期中考试的这种水平，别说北清复交，能不能上一本还是个问题。当然，我知道你这次是发挥失常。但凭我对你的了解，你想裸考上北大清华也是不太可能的。反正我就先小人后君子了，你要对自己有个清晰的认知，你觉得你自己现在是个什么水平？”秦俭收起了比方和例子，开始严肃地问他。

“复旦、交大？”卫冕想了想，不太确定。

“好，假设你现在就是考复交的水平，你就不要整天把考清华放在脑中，先丢掉这些宏观的东西，想一些手头的、具体的事情。不要想着“我数学一定要考到150”这种事，想想每一种大题具体的解题方法、每一个知识点背后的联系。总是想些形而上学的大概念容易把人脑想乱、想空、想虚。话说，你有没有看过《三傻大闹宝莱坞》？”

阮思秦一听到这个问句，就知道她爸接下来要说什么了。

“里面有一句很经典的台词——追求卓越，成功会在不经意之间追上你。”

阮思秦对着口型，跟秦俭同步念出了这句台词。

“你追求的不应该是一个特定的分数，而是一个整体的、全面的知识体系，这样当你抛开所有空虚的东西，沉潜进去学习后，你发现原本求之不得的好分数自然就得到了。”

阮思秦觉得新奇，这是她第一次听她爸以一个班主任的口吻谈心，她突然有些沉浸其中了。

“当然，也不是说要把考清华这个目标完全忘记掉。尽管你现在只有个考复旦、交大的水平，你依然要坚持冲清华。”

“为什么？”卫冕追问。这话怎么听着前后矛盾呢？他原本以为秦老师此次谈心的目的就是劝他调低目标的，可这么一看好像又不是这么简单。

秦俭顿了顿，咬字清楚地说：“因为，做难事必有所得。”

“你理科思维好，应该很好理解。从反面来看，如果做容易的事，会有什么结果？”

卫冕在脑子里即兴打了个草稿，然后开始分析：“分类讨论一下，如果成功了，那么人还是停留在舒适区，没有长进；如果失败了，那么自信心会被打击，舒适区会进一步缩小。”

“反过来，做难事呢？”秦俭继续引导着。

“也是这样分类，如果成功了，那么人挑战了自我，获得了成就感，各方面能力都提高了；如果不幸失败了的话……”卫冕沿袭着先前的思路，却在挑战难事失败的条件下卡住了。

秦俭接上了他的话：“即便失败了，你在这挑战的过程中也收获到了超越结果的价值。”

“所以去挑战难事，不管输赢，都是赚了？”卫冕犹如灵光乍现，脑中顿时豁然开朗，想通了这一层道理。

“嗯，所以清华还是要冲的，但是不必紧盯分数，做好手头的每一件事情，把每一个不清楚的点都弄明白，分数自然就来了。”

秦俭说完了一通抽象的道理，看卫冕这舒眉展眼的神情觉得他应是已领悟得差不多了，于是又转回到一开头的那些具体的导火索上去：“再说回到闻奕轩，你觉得你和他很熟，每天都做一样的事情，但结果却天差地别。”

“是啊，为什么呢？”卫冕还是没想明白这一困惑。

“这个问题不应该来问我，你跟他每天一起学习、一起吃饭，你们之间最熟了，这个问题该问你自己。”秦俭巧妙地把这具体问题又抛还给了他。

既提纲挈领地把住了大方向的正确，又在细节上给卫冕留了自己观察思考的空间。阮思秦突然觉得他这一回答真是明智至极。

之后有一阵搬弄椅子的嘈杂声音，阮思秦没听清楚他们后来说了什么，她站起身，想凑近了听，结果“咚”的一声，门突然被打开，一个眼睛红肿、脸上残留泪痕的人走了出来。

阮思秦没想到他们的谈话这么快就结束了，她还没做好撤离的准备，正一个人愣在原地，还保持着刚才的姿势。卫冕一推门，就被眼前这人的存在震惊到了，脱口而出——

“思秦？你怎么在这儿？”

“啊，那个，我……好巧啊！你怎么也在这儿？”她有些窘迫，觉得凭卫冕这脑子运转的速度，肯定早就猜出了事情的原委，她只能假装将自己此时此刻的出现归因于巧合，希望能遮掩一点点刻意为之的心理。

卫冕对她这信口编造的理由很无语，突然严肃地反问道：“刚才在小黑屋里的话你全都听见了？”

“对不起，我不是故意想偷听的，就是，门正好没关上……”阮思秦有些别扭，她怕卫冕要为这件事找她麻烦，可她也知道是自己理亏在先，解释起来也没有底气。她眼睛瞥向了另一侧，尽量不去对上他的目光，断断续续地说道。

“我现在得回去上晚自习，你最好别跟过来了。”卫冕生硬地扭过身子，转身就径直走出了办公室，连个模糊的背影都没给她留下。

阮思秦有些惶恐，他怎么一下变得这么冷漠？是因为自己窥探到了他鲜为人知的一面而生气了吗，还是因为自己说谎的水平太过拙劣而被他瞧不起了呢？

卫冕回到六楼教室时，第二节晚自习刚刚开始，整栋教学楼死气沉沉，只能听见水笔尖与纸面摩擦的细碎声响。卫冕一眼瞧见自己凌乱的书桌、被撞出去的椅子，以及正面朝上的期中成绩条，与他去办公室前完全两样。他当然记得，蔡秉言给所有同学发放成绩条时都是将带分数的一面压在底下，而自己临走前根本无心掩饰这张纸条。

卫冕抬头向前排望去，正好看见第一排的张易难也在回头看自己，不过张易难很快又转过脑袋，奋笔疾书了起来。卫冕一眼就识破了眼神背后的意涵，他走到前排，黑着脸，压低嗓门，严肃地问：“谁允许你动我成绩条的？”

张易难自然是摇头否认，辩护说自己才不会干这种没良心的事，反咬对方血口喷人毫无道理。卫冕完全不相信他口中的话，可心里郁怒起来又不知如何发泄。原本在讲台前看自习的蔡秉言这时走了过来，勾着卫冕的肩，拉他到教室外说："这不是张易难一个人的问题，你也别找他麻烦了。刚才课间你不在，班上四十多个同学出于好奇多多少少都翻过了你的成绩条。所以……"

卫冕原以为他准备安慰自己，没想到只是雪上加霜，他瞪了蔡秉言一眼，打断道："所以，你就这么放任他们偷窥？还是说，你自己也跑上去凑热闹了？"

蔡秉言原本希望以和为贵，未曾料想他话中还夹带着尖刺，只能尴尬地笑道："瞧你说的，我知道你这次考砸了，心情不好，晚自习结束后我陪你去打一会儿球？"

卫冕在心里骂了声"伪君子"，扭头回到自己座位上，心不在焉地理起了书包。他越理越觉得烦躁，总觉得有声音从后排传来，可是却寻不到这声音的源头。他仿佛听到各种谣言在攻击自己，有人在暗处低声谈论着自己徒劳无功的物竞省二，有人在放肆地嘲笑他期中倒数的排名，有人指着选择题的红叉在他眼前讥笑，说这种送分题也能做错？卫冕实在忍受不了暗地里的窃窃私语和四起的流言，自己在流言面前太渺小无力，快要被淹没了。他拿笔帽顶了顶前桌孙凯文的后背，问："你有没有听到什么，很吵闹的声音？"

孙凯文摇头道："什么声音？很安静啊。"卫冕咬了咬下嘴唇，说没事，可能是自己胸闷，头昏脑涨，身体不舒服，想提早回宿舍躺着歇息。他提起包，就往后门走去。下楼的时候，正好撞见执勤老师，老师责问他是哪个班的，晚自习还没结束为何就提前离席。他以生病为由搪塞了过去。走到一楼大厅时，不知从哪儿传来了嬉笑声，这笑声听得他心烦意乱，对着空荡的大厅大吼了两声"安静"，话音未落，一只足球就打到了他肩膀，他抚着肩，暗骂了几句脏话，抬头才发现是国际部的几个留学生在黑灯瞎火的教学楼中踢球。他没有心情再去与他们争，只能快步跑回了男生宿舍六楼。

就在卫冕呆坐在椅子上、盯着灯发呆的时候，他的手机突然响了，是一条消息，他顺手点进去，是李老师发来的。

听闻了你的近况，很为你感到惋惜。前几日我托人去查了你的试卷，与省一的分数线差得并不多，磁场大题答得很好，只是前面的多选题，每道题都恰好多选了一个选项。其实你本可以不那么追求完美的，少选几个选项，就不会失这么多分，或许还能有机会。但事已至此，也无法挽回。接下来还有不到九个月的时间准备高考，祝好运。你的人生还有很长，机遇还有很多，至少不会活得像我一样碌碌无为。

卫冕读完这段话，悲痛与悔恨再次袭来，他甩开手机屏幕不去看，一个人走去阳台，扒着栏杆，眼泪滚落脸颊，落进唇舌，苦咸苦咸的味道。

九点晚自习正式结束后，宿舍楼渐渐喧闹了起来，625的另三位室友也陆续回到了宿舍。张易难瞧卫冕的位子上没人，以为他尚未回寝，就漫不经心地说道："看卫冕前一个月游手好闲的样子，我还以为他妥妥拿省一了，没想到他学六年物竞跟我这学了两年的人居然下场一样。瞧他前几天嘚瑟的模样，真是活该。"张易难说完，没人接话，他自觉冷场，就悻悻地闭口不言，顺便在卫冕的座椅上踩了两脚。孙凯文比了个嘘的手势，然后指了指上铺床位荡下来的一根书包带子，小声说："卫冕的包在床上呢，他人早就回来了。"正当他们在找卫冕在何处时，阳台上传来了一阵号哭声。

宿舍内的三人都愣了一阵。张易难起初不相信，认为卫冕不可能会哭，这一定是楼下传来的别人的哭声。孙凯文摇头，说刚才晚自习时卫冕就说他身体不适，肯定是竞赛期中双翻船，心情郁闷透顶了才跑来阳台哭的。闻奕轩抬头看了两眼就插上了耳机，做出一副事不关己的样子。孙凯文一时不知道该如何安慰心情崩溃的好兄弟，只能跑下楼去小卖部买了一袋零食和酸奶，他不敢贸然打开阳台大门，担心卫冕情绪一激动做出什么出格的举动，他只能坐在门口默默等卫冕自己调节好情绪后，递上一些零食，也许陪他一起吃一些夜宵会让他好受些。

几分钟后，阳台门开，卫冕的校服外套被秋风吹得鼓鼓的，反倒衬得他更加清瘦，但是脸上一点哭过的痕迹也没有。孙凯文试探性地问他饿不饿，他摇了摇头，但还是接过了那一袋零食和酸奶，然后朝他颔首微笑。孙凯文心里有数，知道兄弟并无大碍。卫冕说，我没有事，我没有事，我已经在秦老师那儿找回了方向，我只是，需要一点时间。

11月10日晚。

阮思秦照常来到了一中高三年级组办公室，她坐在一旁的自习椅上，正盯着自己的手机屏幕发着呆。她前两天刚把卫冕置了顶，生怕他突然发来什么消息，自己也好及时回复。一连三天，卫冕都没跟她说过一句话，微信上也是，现实中也是。她正单手用大拇指来回滑动着屏幕，反复刷新着微信界面，可不管怎么刷，那个联系人的对话框始终都是空白。她只觉得胸口闷得慌，于是她在今天第33次点开他的头像，干脆放低了身段，主动去找他说话。

她刚打了两个字，对面突然就蹦出了条消息。

“你，现在有空吗？”

“有空有空。”阮思秦秒回。

“陪我下去转转吧。”

阮思秦直接就跑出了办公室，小喘气地爬到6楼的楼梯口。她双手背在身后，站在墙边儿等他，还时不时地探出脑袋四下张望着。

第一节晚自习的下课铃刚响，三三两两的人群从教学楼中涌出，走廊里的回声本就好，此时就显得闹闹哄哄的。

阮思秦再一探头，就在人群中看到了卫冕的身影，她赶紧缩回脑袋来，希望他没看到自己。

可惜她初中物理没学好，都不知光是沿直线传播的——既然思秦能看到卫冕，那么卫冕就一定能看到思秦。

这时，卫冕已走到了她身边，他俯下身，抬眼看向一旁的思秦，“去小花园走走吧，小花园你去过吗？”

阮思秦摇头，她每天晚自习都跑来一中，按理说应该对这儿的地形不算陌生，但她自己是个典型的路痴，所以为了保险起见，她除了教学楼和食堂以外就没去过别的地方。

他们俩从六楼的楼梯口一路往下走着，楼梯转角处灯光很暗，此时整个楼道里都几乎漆黑一片。卫冕怕她踩空，于是就走在她前面为她开路。

他们就一前一后地这样走着，一路穿过器材室、医务室、小卖部和操场。一楼的人流量不小，汇集了三个年级的住宿生，其中不少是晚自习课间休息跑去小卖部买零食的，也有很多“夜跑大军”在操场上跑圈。长廊下，进进出出的人令人眼花缭乱，阮思秦有些被裹挟在人流中的力不从心之感，她有些慌张，害怕又要迷了路。

这时卫冕下意识地回过头来，一把握住了她的左手手腕。

阮思秦还没反应过来，只一下子觉得左手很温热，很舒服，有一股很强的作用力把她朝外围拉过去。很奇怪，她的身体居然没想着反抗，而是任凭这力随意摆布，不受控制地向着那方向走去。

刚从人群中穿行出来，卫冕就立刻松了手，像是甩开一个烫手的山芋那样直接甩开了她的手腕，一秒都没有耽搁。

阮思秦有些脸红，扭过脑袋没去看他。

他们就这样保持着一前一后的姿势，两人都沉默着，一语不发。

一路就走到了卫冕说的小花园，阮思秦观察了一下四周，人烟稀少，灯火阑珊，去年的老落叶还没扫干净，脚下又踩上了新落叶，发出咯吱咯吱的声响，她心下有种说不出的预感。

卫冕停下步子，转过身来面向她，问："关于李川老师和我以前的事情，你是不是也全都打听过了？"

阮思秦一时不知该说什么好，她只觉得好像她做过的事情都被眼前这人看透了。

他现在是不是还在生我的气呢？

"那么在你眼里，卫冕，是一个什么样的人呢？"他紧接着抛出了这样一个问题。

阮思秦不知他是何用意，她目光移向小花园里的油菜花和野雏菊，又盯着脚下的鹅卵石和落叶细细思考了一阵，说："很复杂，很矛盾……不好说，也许是一个很爱装的人吧。"

"哦？"卫冕踩着脚底的落叶向前走近了一步，好奇她这婉转说辞背后的深意。

"就是外表一副无所谓的模样，但内心其实很在乎别人的评价。乍一看光芒四射、无所不能的，但卸下外衣后也有很软弱的一面。你总是别出心裁，心思特别多，很爱一心两用，而且从来不循规蹈矩。你有时很幼稚，有时却又很早熟。不过……不过好像你也挺不容易的，竞赛、考试，好几次都劳而无功，好几次去尝试新东西，好几次又都落空，从头来过。反正是个挺矛盾、挺可怜的人吧。"

阮思秦把她能想到的都毫无保留地倾倒而出，从初见时的主观印象到之后的改观，她一口气列举了好多形容词，这些零散的碎片被仲秋的晚风刮起，迎面吹向了落叶堆上的少年，和他融为同一个立面体。

他掸落了校服上的干碎叶，然后像是放下了所有的心事，幸福地笑："看来我在你面前，已经没有什么秘密可言了。"

阮思秦觉得他话里有话，然后用手捂上自己的嘴："糟糕，我是不是说太多了。"

卫冕弯腰，捡起鹅卵石上飘落的一朵枣花瓣儿，然后迈步走近，轻轻地放到了阮思秦的头顶。淡绿色的五角和淡黄的花蕊像是本来就长在了她头发上，细嫩、天然。

"对不起，我前几天心情很差，对你说了些不太友好的话，很抱歉，你没生我气吧？"卫冕低下头来看她，眼里充满着歉疚之意。

"我还以为是我惹你生气了。"阮思秦有些意外，她万万没想到事态竟然和她想象的是完全相反的。

卫冕又凑近了身子，轻轻地对她说："思秦，你知道吗？我一想到你，我的五羟色胺水平就会提高，肾上腺素和多巴胺都会分泌出好多，我相信生理反应是不会骗人的。"

阮思秦的大脑一下子就短路了，她霎时觉得自己的整个耳根都烧红了起来，脸颊也在不自然地发烫，还好天黑看不清，不然她可能得找一个角落把自己埋进去。

卫冕直起了身，看着她的眼睛坚定地说："我知道，我现在一无所有，一穷二白的，学习也在低谷，状态也在下滑。"

阮思秦听他的自我剖析，一时又心软了下来，她纠结万分。

"不过你等等我，我很快就会恢复状态的，学习也很快就会变好的。你现在可以不急着回答我，等有一天，我变得足够强大，有能力保护你的时候，我再来找你，好吗？"卫冕诚恳地向她保证着，目光坚毅有神，不容置疑。

阮思秦觉得整个人都有些恍惚，她转过头，小花园里，晚风悠悠，暗香幽幽，迟升的上弦月点亮了深夜的红楼。

鱼在冰里游，追寻着北半球的洋流，流到海的尽头，流到尽头的山丘，最终流入你深情的眼眸。

是你吗？你的眼睛为什么会这么亮？

因为我的眼里流入了一整个世界啊。

阮思秦抬起了额头，仰头看到了满天星海。

这一定是一场梦吧，不然心尖怎么会这么温柔？

梦最好永远都不要醒来吧，来，走上去，就这样孤身横穿沙漠和冰海。

这时阮思秦转过了脑袋，又对上了他坚毅的眼神，最后说了一句：“好，我等你。”

第四章　双重家长会

[序2]

我一手托腮，听着他一人分饰两角，绘声绘色地表演着，末了忍不住感叹：“哦，真好，真纯洁，我都羡慕了。”

卫冕抬了抬眉毛，得意地笑着：“是吧？我也羡慕。”

我听到这话愣了一下，内心突然感到一种被欺骗的愤怒：“您这话是什么意思？您为什么要羡慕您自己？卫先生，难道刚才那段在小花园里的故事不是真实发生的，是您杜撰出来的？”

卫冕摆手打消着我的忧虑：“瞧你这话说的，发生是肯定发生过，就是我记不太清是不是在期中考试成绩出来之后，没准儿是我月考考了年级第一之后发生的事。反正时间不重要了，你就不妨假设是紧挨着期中吧，这样不是听起来更感人吗？要是功成名就、荣光加身之后，那就太无趣了。患难之交才可贵嘛。”

我一时竟不知该如何反驳他，这理由对一个作家来说的确很充分，我只好点头："好吧，都听您的，您怎么说我就怎么写。那讲完了举报，接下来是不是该轮到出走了？"

卫冕却颇有耐心的样子："再等等，还早着呢，换个家长的视角看看呗。"

[正文]

周五下午最后一节班会课。

"期中的成绩大家都拿到了吧。"秦俭站在讲台上，双手撑着台面儿，俯视着台下的四十多个低头的男生们。

"对着那几个数字唉声叹气有什么用？这些什么期中啊、月考啊、周测啊，你们还嫌平时考得不够多？那些加起来也不抵最后那一场考试来得重要。"秦俭一看他们这身心疲惫的颓丧模样，就一个劲儿地摇头。好好儿的年轻人，都是早上八九点钟的太阳，怎么就变成了这副蔫儿不拉几的样子。

"下周四，11月17号晚上开家长会啊。"他手指捋了捋讲台上的一沓通知单，然后抬手示意，"蔡秉言，把这单子发一下，带回去给家长签个名，下周一收上来。好了，下课！"

下午16：50，阮思秦放了学，照例来到了一中高三年级组办公室。

昨晚卫冕在小花园里跟她说的话她不敢多想，毕竟卫冕现在自身都难保。阮思秦同情他的处境，也没什么过多的要求。

有时，他们会在晚自习课间休息时出来接水，然后碰巧在走廊上迎面相遇，那顶多也就是微笑着颔首点头，简单地打个照面。微信上还是照常嘘寒问暖，每天"早安""晚安"地固定问好，每天"高三加油""初三加油"这样地互相打气。除此之外，好像也就和刚认识时没什么两样了。

“Daddy，在回执单上签下字吧。”阮思秦放下包，从中掏出了一张A4纸，双手郑重地递给秦俭。

秦俭接过纸来，一看抬头上白纸黑字地写着几个大字“临水外国语学校初三年级家长会邀请函”，然后直接跳过了开头的套话，粗略地瞥了眼家长会时间。

“你们11月17日晚上开家长会啊？”秦俭原本打算直接签上大名，可一看到纸上的那行字就格外吃惊，反问道。

“怎么了吗？”

秦俭放下了手中的笔，左手抵着脑袋，长叹了口气，然后自言自语道：“怎么搞的，跟一中的高三家长会撞时间了。”

“啊，那怎么办？”阮思秦明白了过来，她有些烦恼，垂下了眼皮。真是太不巧了，她现在甚至怀疑初中和高中是不是串通好了的，不然怎么五天里随便挑一天开家长会都能撞上？

“等等，不急啊，我想想。”秦俭脱下了眼镜，闭上眼，右手大拇指和食指反复按摩着自己的鼻梁。

秦俭是班主任，又是主讲者，肯定不能缺席高三（1）班的家长会吧。可思秦妈又不可能这时候专程从美国飞回来，那也只能思秦爸去开女儿的家长会咯。

真是又当爹，又当妈，家长会还得两手抓。

谁让他这样一个正处壮年的男人偏偏还身兼多职？过去一直是思秦妈妈陪着她学习，家长会也都是她去开的，那时他基本全身心地扑在高中的教学上，还没怎么体验到分身乏术的烦恼。

可现在，他是真的觉得心累。或许家长会的前半段秦俭还是个可以为人传道授业解惑的宗师形象，下一秒就得沦为被别人指点教育的对象。这角色身份的转变，真是一下子很难适应得过来。

“这样吧，晚上六点到八点，我先在一中跟家长们开会。然后我找个借口，推脱给闻老师，借机跑出来，应该还能赶上你那边家长会的后半段。凭我这当老师十几年的经验，估计前两小时讲的都没啥干货，主要后面我跟老师单独一对一聊才聊得有针对性些。”秦俭思考了一番，最终想出了这样一个不偏不倚的中庸的法子。他又拔出水笔笔盖，在右下角签上了自己的大名。

“好吧。”阮思秦点了点头，把回执单对折，重新放回了包里。

11月17日下午16：30，平时宽敞无比的临水东路突然堵起了车来。有的车敞开了半扇门，霸道地占领了中间的车道；有的直接拦路横在了大门口。不少小轿车都被堵得动弹不得，连掉头都困难。

卫冕妈妈是乘地铁来的，她从家门口的七宝站乘上9号线，坐了13站路到世纪大道站，再换乘2号线。她怕遇上晚高峰，特地提早了半小时出发。快到一中校门口时，她给卫冕打了个电话，让他到门口来接她。

“妈，每个月都开家长会，你又不是不认识路。”卫冕满嘴的不情愿，他觉得他妈又是在使唤他这个廉价劳动力。

“乖儿子，妈妈出门时没带伞，外面好像有点儿下雨了。”

“好好好。”卫冕只得奉命行事。

在一中南门口接应上后，卫冕把一把黑色的天堂鸟折叠伞扔给了他妈，然后自己就戴上了连帽衫的帽子。

雨势本就不大，其实不撑伞也是可以的。何况从教学楼走到食堂的那段路有一条避雨走廊，说是一中十多年前的校友捐资建造的，这走廊很神奇，连通了教学区和生活区，这样一来在学校步行根本不需要打伞。

他们母子俩正并排走在避雨走廊上。

卫冕像是突然想起了什么，问：“妈，你有没有看见我衣服口袋里一张照片啊？不知道怎么搞的，上周末我翻遍了学校和家里每个房间，怎么就找不见了呢？”

“照片？什么照片啊？”卫冕妈佯装不知情地反问。

卫冕转念一想，这件事他妈还是不知道为好，不然到时候要是问起来证件照上的女孩是谁，自己又是通过什么途径认识的，他根本解释不清楚，于是他摆手说：“哎呀，算了算了，我自己再找找吧。”

卫冕妈挽着他的手臂，抬头对他说：“带我去你们食堂吃晚饭吧。”

卫冕右手从口袋里掏出张绿色的小卡片，说：“你拿着我的校园卡自己去吃吧，我没啥胃口。”

“那怎么行？要饿出毛病来的！你看看，在学校住宿的这几天你又瘦了。”说着，她还真的掐着他的脸，像是要从中多掐出几两肉来。

正当他们俩互掐起来时，突然一阵细柔的女声从走廊那一段传来——“嗨，卫冕妈妈。”

紧接着又是一个少年声——“阿姨好”。

卫冕妈转过头，认清了来人后，故作惊讶地打着招呼：“嗨，孙凯文妈妈，才一个月没见，你怎么又变年轻，变漂亮了。”

就见孙凯文妈妈化了淡妆，肩上挎着蔻驰包包，戴着爱马仕钻戒和项链，左手手腕上是和田玉手镯，还穿着一身黑色连衣裙，整个一贵妇人的打扮。

“你们母子俩刚迎面走过来时我还没认出来是你，我还以为是小孙和他女朋友呢。”

“卫冕妈妈太会说笑了！”她纤细的右手遮挡在嘴前，然后弯着眼、不露齿地笑着。

“呵呵，妈你这冷笑话一点儿也不好笑。”卫冕在一旁睥睨着，对他妈这刻意溢美的段子丝毫不感冒。

孙凯文则开始遐想连篇，想到一半就立即摇头：“要是真有个女朋友像我妈一样天天管着我，那才叫可怕好吗？”

卫冕一句话掐灭了他们这寒暄，直接问孙凯文妈：“话说孙叔叔今天有来吗？”

“哟，他那个大忙人啊，忙着开他的房产商董事局会议呢，哪儿有闲工夫顾得上咱呀。”她优雅地笑着，右手微微摆了个弧线。

孙凯文他爸是做房地产的，年薪少说也有一套房，优渥富裕。十年前，当小白领们还在为每月的房租辛苦卖力地加班时，他们家早就实现了财产自由，在上海浦东世博园区凭着拆迁分到了六套房子。

卫冕妈一听，对比着自家，心下不免又欣羡起来：“真羡慕你们家呀，老公能干，衣食无忧的，你都不需要上班，就在家里做全职太太，难怪你能保养得这么好呢。哪像我呀，一边儿要操心着饭碗，卫冕又一点儿都不懂事，竞赛啊、学校里考试啊，没一样能让我省心的。女人这上了四十以后，一下子就老得很快。”

卫冕一听她妈又开始要抱怨生活的不公，为了避免她继续发牢骚，他赶紧打住这话题：“妈，你还去不去吃饭了？”

孙凯文妈双手合十，表情惊诧：“呀，你们还没吃晚饭？那快去快去，一会儿进教室开小会了再聊。”

避雨走廊上人来人往，孙凯文家朝着南面去了教学楼，卫冕家则继续朝北走。

进了食堂一楼后，恰好赶上了晚饭高峰期，即便是10个窗口全打开了，还是供不应求。一楼霎时排起了长龙。

放眼望去，来的家长中还是以母亲居多，而且平时那些嬉皮笑脸的少男少女们今天突然就变得收敛多了，一个个都老老实实地杵在家长身边。

他们母子俩正排着队呢，又听到背后传来一声——“卫冕妈妈！”

她下意识地一回头，就看到一个衣着简单、举止夸张的妇女，立刻就辨认了出来："哟，是闻奕轩妈妈呀？"

"那边儿还有两个空位，我给你们留个座儿吧。"闻奕轩妈妈把饭盘和手提包都转交给了儿子，然后自己热心地给他们引着路，收好折叠伞和包。

她是个幼儿教师，平时接触最多的就是小孩子。虽然她外表上看起来也挺操劳的，黄斑、白发、皱纹一样不少，但一开口说话就一下子显得很年轻，很有童心。

"好，谢谢了啊。"卫冕妈妈点头向她感谢着。

待他们好不容易排到了队，打完了饭菜，坐到了预留的位子上后，卫冕妈就开始好奇起来："闻奕轩她爸呢？他怎么没带你们去教师食堂吃？"

"他呀，忙着去接待学校大领导去了，顾不上咱娘儿俩呀。"她夹着碗里的菜，微微笑着。

"哦哦，听说这次闻奕轩进步特别大呀，考了年级第四是吗？竞赛也搞得很好，这怎么学的呀？给卫冕传授点经验呗。"卫冕妈妈看向坐在她斜对面的闻奕轩，向他打探着。

闻奕轩原本一直低头沉默着扒拉筷子下的饭，这时听到提起了自己，方才抬起头，瞥了一眼坐他对面的卫冕，然后说，"没有什么经验，只要不用'愧疚学习法'就肯定能学好。"

卫冕一听他这口气就来气儿，他这分明是在故意嘲讽自己。

闻奕轩妈见状赶紧过来打着圆场，"唉，小闻跟你开玩笑呢！"然后拿手肘戳了戳他。

"我记得初中我们一起上李川老师的物理竞赛课的时候，卫冕在那帮孩子里学得最好了。那时候闻奕轩有不会做的题目还经常跑来问你呢。"她又提及过往的光辉岁月，想借此再夸夸他。殊不知这与惨淡现状的对比反而更容易平添现实的落差感和失重感。

——呵呵，我不过是个过气儿的大神，我唯一值得夸耀的事居然还要追溯到初中。

“所以卫冕妈妈你放心好了，卫冕脑子这么聪明，肯定没有问题的。”

不过卫冕早就想开了，上次秦老师和他在小黑屋的谈话他仍清楚记得，这些恭维性质的好听话，听过也就算了。于是他抬起头，冲闻奕轩和他妈笑了笑，就继续扒拉着筷子下的饭，没再搭话。

他们两家吃完了饭就出了食堂门口。闻奕轩家说是要去等他爸，就继续朝北走，去了最北边的行政楼。卫冕算是完成了陪他妈吃晚饭的任务，他也朝北走，回到了男生宿舍。卫冕妈一个人朝南，打算直接去教学楼。在那条避雨长廊上，她隐约又看到了一个熟悉的人影，于是她高声招呼着。

“张易难妈妈？”

一个打扮朴素的中年妇女回过了头来，跟她打了个简单的招呼。

“你家孩子没跟你一起吗？”卫冕妈看她孤身一个人，觉得有些奇怪。

“他说要一个人去自习教室学习，我就没去打扰他。”她说得一本正经的，一点不像开玩笑般轻松自然。卫冕妈跟她其实也不算特别熟，毕竟张易难中间跳了几级，他们是到高中以后才做了同学，也是在一起补课之后家长们才开始互相认识的。

“这么爱学习啊。话说你们家这次期中考试考得怎么样啊？”卫冕妈妈又趁机打探着“情报”。

“还好，班里中上游吧。”她说得淡淡的。

“你们家小张肯定没问题的，本来就比周围孩子小个两三岁，这回15岁就上了大学，可是要上新闻哪！”卫冕妈一说起这个就眉飞色舞的。

“借你吉言。”张易难妈还是惜字如金，平平的、冷冷的。

卫冕妈妈穿过了避雨走廊，就走上了6楼，来到高三（1）班教室门口。蔡秉言正站在门口给家长们引导着座位，顺便将打印好的期中成绩条发到家长手中。

卫冕妈早就知道他儿子这惨不忍睹的分数和排名了，只不过她担心越说他，他心态越崩，搞不好再一叛逆就厌学了。所以她当着儿子的面也不好多说，只得把所有焦虑的心思全压在自己心里。

她按照投影仪屏幕上打出来的座位表，找到了卫冕的位子——第三列第六排，桌肚清得特别干净，像是在刻意隐藏一样。

卫冕妈看到隔壁桌儿的人落了座，再一细看，又是个熟人，于是恭维地招呼着：“梅御坤妈妈，你儿子这回拿了金牌，又保送了北大，可真是给你争光啊！”

梅御坤妈闻声一转头，笑着回了句：“哪有哪有。”

卫冕妈又凑过去，像个居委会阿姨般打听着：“这拿了奖也有一段时间了吧，打算什么时候请大家吃饭啊？”

“还得看他爸爸的时间。他那个大官儿，每天忙进忙出的，总是要开会啊出差啊。我们在家都很少见他好好闲下来过。不过应该快了，估计下周末他就有空。放心吧，不会忘了你们的，到时候一定把你们都请上。”

梅御坤他爸是副局长，这官位在整个1班里应该算最高了。

这家长们一个个还真是卧虎藏龙啊。

只可惜梅御坤一点儿没遗传到他爸的特点，他整天埋头刷题、不温不火的慢性子反倒是随了他妈多些。他妈是做会计的，细心得很，办正事儿时总是不苟言笑，家长们聊八卦她也不太参与，但在补课交学费时，她总是记账记得最清楚的那个。

正当家长们还在交流着各自孩子的情况时，秦俭走进了1班教室门。“好了，我们差不多准备开始了啊！”

于是家长们纷纷落座，端坐的姿势乖巧得像个学生。

秦俭今天穿得格外正式，白衬衫配藏青条纹西装，还打上了个酒红色领带，头发好像也特地梳得很整齐。这倒不是因为要见1班的家长们而故作庄严，反正上了高三以后家长会是每月都开，这会儿装得像模像样的，到时候可不还是会露馅？秦俭之所以如此隆重地打扮主要还是为了一会儿去开思秦的家长会时表现得体面些，给老师留下个好印象。

他松了松领带，又清了清嗓子，然后指挥着靠边儿坐的家长们说，“帮忙把门窗都关一下，好好，谢谢。”

台下的家长们见他这又是关门又是关窗的，神神秘秘的，觉得秦老师多半是要开始讲一些鲜为人知的内幕和敏感话题，总之肯定是重要信息，不能被别的班偷听了去的那种，于是他们一个个都拿出笔记本，时刻准备着开始记笔记。

“本来呢，年级组长是要我来讲讲‘3+3’高考改革的影响的，但是今天时间比较紧，我一会儿八点钟还有个事儿，可能要提前走。所以，我们就调个顺序，先来一对一的提问，有什么问题就现在提啊。”

台下霎时响起了一片疑惑声，这就是我们翘首以盼的重点？怎么听起来像是在偷工减料，像是在应付交差？

大多数家长都有些迟疑，台下一阵窸窸窣窣的。就在这时，闻奕轩妈妈第一个先上了，她一步跨到讲台前，用不轻不响的音量问：“秦老师，您看看我们家闻奕轩怎么样？”

秦俭侧过身，右手微微扶了一下镜框：“挺好的呀，他不是拿了一等奖保送复旦化学系了吗？”

坐在第一排中间的家长清楚地听到了他们谈话的内容，一听到“一等奖”“保送”这些字眼就开始咋舌，他们一致觉得闻奕轩妈妈这个提问根本称不上是个问题，简直是在变相展示优越。

可她却表现得有些苦恼，接着说：“这孩子也不知道怎么想的，说不想去复旦，想考北大。他现在主意可大了，回来都不跟我商量商量就给复旦写信，把这保送名额给拒了。”

“拒了啊？”秦俭一听这结果，意外得眼珠子差点儿没蹦出来，不过好在有副眼镜片儿抵着，又把这眼珠给堵了回去。他故作镇定，思考了一会儿后缓缓开口道，“我觉得吧，这也不是什么坏事儿。他这次期中不是考得挺好的吗？当然我现在也不能说满话，说他一定能考上或是怎么样，但有考北大这个目标，在这个适当的压力驱动下，如果能一直保持这种状态的话，还是很有希望的。”

闻奕轩妈听到这回复，眼角弯弯的。她颇满意地下了讲台之后，张易难妈妈也紧随其后，上前去问：“秦老师，我们家张易难能考什么学校呀？”

秦俭掏出期中的个人排名，扫了两眼那串数字后又看向她，说：“他呀，复旦、交大应该没问题。”

这么保守的回答显然不是张易难妈想听到的答案，于是她追问：“那清华呢？”

秦俭一听这，就在面前挥动着右手腕，笑着说：“哟，这我可不好随便乱讲。现在哪怕是蔡秉言家长来问这个问题，我都不敢打包票说他一定能考上。”

张易难妈见状，干脆将内心想法和盘托出，打起了感情牌：“他本来就比班上其他男同学都小几岁，骨子里比较自卑，秦老师您要是能鼓励鼓励他，说他能上清华，他说不定学习就更有动力了呢。”

秦俭知道他们心里在想些什么，反问道：“好话谁不爱听呢？大家都爱听。那既然大家都想听，那我不如跟全班每一个同学都说一句，你肯定能上清华的，你考北大没问题的。可这样说有用吗？而且我要是真这么说，可不一定是动力了，搞不好是压力会更大。你说是不是？”

张易难妈没有从秦俭那儿听到她想听的，一个人悻悻地转身下去了。

而在讲台两侧，早已排起了两支长长的队伍。

后来孙凯文妈也上去咨询着："秦老师，我们家孩子啊，这次期中考得不太理想呀，竞赛嘛，也没搞出来呀。"

她说话时声音嗲里嗲气的，每个小句后都要拖一个长长的语气词，秦俭一看后面还有好些个家长排着队，他担心时间来不及，于是打断了她前面的背景陈述，干练地问："那现在是什么打算？"

孙凯文妈把右手收到胸前，比画着说："哦，现在嘛，我和他爸商量了一番，想让他出国呢。"

秦俭换了个姿势撑在讲台前，然后摩挲着自己的下巴，简单思考了几秒钟后说："出国嘛，你们家财力摆在那儿，经济上比别人有优势，应该也能负担得起。只是，从现在才开始准备，我实话说，有点儿晚了。"

孙凯文妈一手抵着太阳穴就说："是啊，真是好伤脑筋呀。为这事儿，我又多长了一根白头发呢，害我前几天又跑去理发店染了个发呢。"

秦俭假咳了两声以掩饰尴尬："咳咳，我建议啊，让他再好好准备准备下个月的月考。如果月考成绩有起色的话，那就还是以高考为重；如果还是不行的话，那就做好出国的打算吧。"

孙凯文妈问完之后，陆陆续续地又上了十几个家长，秦俭都一一给他们分析了孩子的情况，他尽量说得简短，每个人的谈话都控制在五分钟之内。

阮思秦这时正在初三（4）班门口焦急地等待着。她跟班主任王老师说了她们家的特殊情况，可王老师却将信将疑。

"你妈呢？"

“她现在在美国，而且那边有时差，现在还是大清早呢，她肯定还没醒。”阮思秦努力解释着背后的原因。

“那叫你爸过来。”王老师双手交叉在胸前，如是说。

“我爸他，他在开他高中的家长会，他跟我说他八点之前肯定能赶过来。”阮思秦还是重复着与之前一样的说辞，她今晚都不知道把这话颠来倒去地说了多少遍了，可老师就是不理睬。

“现在都八点半了，少说谎了！”王老师低头一看腕表，然后冷笑了一声。

“我没有说谎，是真的！”阮思秦急得红了脸，她一脚用力跺着瓷砖，奋力辩驳着。

“那你现在就给他打电话。”王老师单手指着窗外，语气不容反抗。

“我打过了，一直没人接……”阮思秦越说到后面声音越小，她自觉这理由无力至极，说到最后一点儿底气都没有了。

“电话给我，我来打。”王老师直接夺过了她手中的手机，翻着通讯录里的联系人号码，按键拨了过去。

“对不起，您拨打的电话暂时无人接听，请稍候再拨……”

一中高三年级组办公室里，空无一人，只有一部手机还在不停地震动着。

秦俭再一抬头看班级后墙上的钟——

赫然已是20：30了。

糟糕！这一谈心就谈得忘了时间。他下意识地摸了摸自己的衣服口袋，想掏出手机赶紧给思秦打个电话。

可他一摸，空的。

秦俭这才想起来，他为了第一次去开女儿家长会能打扮得正式些，特地下午问闻老师借了件崭新的条纹西服，而他平时常穿的那件大衣则被他扔在了办公室的转椅上。

手机在大衣里，而大衣在办公室里。这都叫个什么事儿！

他刚准备先一步撤离，卫冕妈妈就一把把他拦下。“秦老师，我还没跟您聊卫冕的学习情况呢。”

秦俭一回头，他心下暗自腹诽着，卫冕妈这来得可真不是时候，然后匆忙地推托：“哎呀，卫冕他之前已经单独找我聊过了，他现在心态挺好的，没什么问题。我一会儿是真有事，得先走了。”

秦俭直接绕开卫冕妈，一步跨到班级门口，还不小心撞到了第一排的桌椅，桌椅拖着地面，发出了刺耳的摩擦声。他右手刚触到门把手，就听卫冕妈高声地呼喊——

“等等，秦老师。您看看这是什么！”

就见卫冕妈从钱包夹里掏出了一张2寸白底证件照，照片上的女孩看起来很嫩、很单纯，头发梳得很齐，还绑了个高高的马尾，腼腆地笑着，明明穿的是校服，看起来却别有一番味道。

秦俭一回头，第一眼就认出了照片上的女孩，他惊诧至极，眉头紧蹙，鼻尖微皱，眯着双眼仔细地盯着她手中的照片看，像是能透过这照片看出什么超现实的东西来。他刚触到门把手的右手这时也无力地滑落了下来，他霎时觉得这背后的信息量太大，一时不知从何说起，只能后背倚着门，来回按摩着自己的太阳穴。

“我觉得我儿子竞赛和期中没考好是有原因的。”卫冕妈似乎是有备而来，她手举着这张照片，斩钉截铁地下着定论，毫无辩驳的余地。

“等等……你，你手上怎么会有这个？”秦俭刚刚才勉强消化了这突如其来的巨大信息，他暂时无暇理会卫冕妈的推断，也不想判断她说的到底有无道理，他现在只想知道这照片从何而来。他怎么也想不明白，这私人的照片怎么会传到卫冕妈的手上？

“上周我帮卫冕洗校服，这是我从他的校服口袋里找到的。秦老师，您说说啊，这都什么时候了，他居然还有空分心？”卫冕妈左手食指和大拇指捏着照片的一角，右手中指关节来回敲着照片上女孩的脸，照片捏出了许多褶皱，女孩的脸庞也变得扭曲起来。

“但是照片上这个女孩看起来很面生啊，我反正是从来没见过，也不知道卫冕是从哪里认识的？他结交的圈子按理说我应该都了解啊，这应该不是我们同一届的女同学吧？是下一届的，还是外校的？外校也不该啊，他哪儿有空去认识外校的同学啊？难不成是网友？这可糟了，网上随便认识个阿猫阿狗就要来了照片，那可了得？”

“秦老师，总之拜托你了，一定要帮我查出来照片上这个女孩是谁！卫冕说，他以后可是要做李川老师的清华校友呢。”卫冕妈一口气将所有的猜想倾倒而出，她越说越激动，越说越激动，说到最后直接一步站上了讲台。

“卫冕妈妈，您，您先冷静一下。”秦俭心里真是五味杂陈，可凭他这立场，也没法告诉卫冕妈她的真实身份，不然那事儿可就真的解释不清楚了。

这都叫个什么事儿啊。

他觉得心累，一手扶额，一手向她伸过去，佯装不知情：“这样，您先把照片给我，我回去之后来帮你找，好吗？”

“好好，那就麻烦秦老师了。”卫冕妈像找到了救兵，一下收起了刚才的气焰，点头感谢着。

“不麻烦不麻烦，不过我现在是真的得走了，哟不好，现在已经八点四十了。得赶快了。”秦俭再一看钟，不得了，被卫冕妈这照片一耽搁，更加来不及了。他心急如焚，他怕思秦是真要等急了，于是一个箭步冲出了教室门。

门板撞在门框上，反弹发出了剧烈的声响。

窗外，大雨滂沱。

临水外国语学校，初三（4）班门口。班主任一连打了两遍电话都是无人接听。

“你留的不会是假号码吧？”王老师放下了手机，俯视着她，满脸的质疑。

“老师您为什么就是不相信我呢？”阮思秦急了，她双手叉着腰反问。

“那给你妈打电话吧。手机给我，我来打。”王老师翻开了她的微信，点了语音通话。几声嘟嘟声后，电话接通了，一阵泼辣的女声霎时响彻云霄。

“Oh shit，大清早的，哪个杀千刀的吵着老娘睡美容觉了？”

王老师一下被这突如其来的尖锐嗓音惊到了，半天没反应过来。

“我来吧，”阮思秦伸手拿回她的手机，然后放在耳边软软地说，“Mommy，是我。”

“哦，小阮啊？什么事儿啊，非急着现在找我？”对面的语气瞬间变得温柔起来。

“今晚开家长会，班主任想跟您聊聊。”阮思秦如实交代着。

她虽然刚醒，但脑子还是很清醒的，立马觉察出了事情的反常，她反问：“你爸呢？”

“他，他在开高三的家长会，不知道为什么他手机一直打不通……”阮思秦越说声音越小，委屈至极。

“他敢对你的事儿这么不上心？等我回去收拾他。”

一旁的王老师见铺垫交代得差不多了，就要过手机来，切入正题。

“阮思秦妈妈吗？我是她班主任，我来和您聊聊思秦的事儿。她呀，其实挺适合出国的。但是呢，中考也不舍得放下，所以就说到这个到底出不出国的问题，我今天呢主要就是来跟你聊这个事儿的……”

秦俭刚冲出教室门，就被刮来的雨点淋了个正着，他头发被打湿了，眼镜片儿上也沾满了斑驳的雨滴，一下子模糊了视野。

“啧，外面的雨越下越大了。”他狼狈地退回了教室门口，自言自语着。

“秦老师，您没带伞嘛？拿我的吧。”卫冕妈看秦老师那淋了雨的模样，干脆把她自己手上的那把黑色的天堂鸟折叠伞给了秦俭。

“好，谢谢您了啊。我得赶紧跑了。”秦俭接过伞就向外奔去。

从地图上来看，一中和隔壁外国语初中就是隔墙相望，操场还是连着的，按理说直线距离应该很近。但这要是走阳关大道的话，就得兜个大圈子，从南大门一直兜到斜对角，最快的话也得走个十多分钟。

秦俭本来想走操场角落那边的捷径，可雨着实下得大，小道儿泥泞不堪，一脚踩下去就陷入一个大坑，再拔出来就得费好大的劲儿。他也没带雨鞋，现在穿的还是皮鞋，何况这皮鞋还不防水，就刚那几下倒腾的工夫，他早已沾了满脚的泥。

秦俭还是屈服了，泥泞小道果然不好走，他还是老老实实地从南大门出去兜大圈子。等他好不容易兜进了初中大门时，已是九点整了。

这时，他猛然想起一个严重的问题——

思秦是几班来着的？她们班是在几楼？

真是要了老命了……

秦俭看到家长们正在陆陆续续地向自己迎面而来，只有他一个人在逆向前进。家长不会结束了吧？别吧。秦俭心下有一种很不祥的预感，他甚至能预想到思秦此时此刻心如死灰的模样。

这时，他突然在逆流而来的黑压压的人群中看到了一个有些眼熟的人影。他大喊：“唉，雪儿！”

那女孩转过头，循声找到了声源。

秦俭不是很确定地问：“我记得你是阮思秦的同学是吧？”

“嗯对，您要找她？”

“她是几班的呀？”秦俭毫不掩饰地抛出了这个问题。

雪儿偏过脑袋，眯着眼上下打量着眼前这人：“您真的是她家长吗？不是坏人吗？”

“啧，我第一次来开她家长会，一下子脑子卡住了……”秦俭有些尴尬，想方设法地寻找着借口，借此掩盖一点失职的过错。

雪儿仍有些怀疑，但看他这被雨淋湿的焦急模样，还是选择和盘托出，“她是4班的，在四楼北边第二间教室。”

秦俭向她点头感谢着。

“不过你最好赶快了，她好像等你等得很着急。”雪儿又提醒了他一句，随后便转身和她家长一起离开了。

秦俭爬上了四楼，寻路找到了4班教室，他在门口探了半个脑袋出来，四下张望着，寻找着她的身影。

讲台前的王老师走到门口，看他这被雨打湿的头发黏在了额头，杂乱得像没修剪过的草坪，他的眼镜片儿上也早已模糊一片。王老师虽然从未见过这位家长，但也大概猜出了来人是谁。

“你是阮思秦的父亲？”

“唉，是我是我。”秦俭点头，然后摘下眼镜，在自己的衬衫上擦了擦雨滴。

“你们怎么这么没默契？她前脚刚走，你后脚就来了。”王老师单手扶着自己的眼镜，唏嘘着他们父女俩这不巧的时间差。

“她怎么不说一声就回去了？她出门连伞都没拿吧。”秦俭一手扶着脑袋，懊恼之余也担心了起来。

“冒昧地问一句，您的电话是不是调静音了？”王老师伸着脖子，小心翼翼地打探。

“咳咳。不好意思啊王老师，手机被我忘在另一件大衣里了……”秦俭尴尬地清咳，然后稍稍正了正衣襟，说，“那老师您再跟我单独聊聊她的学习情况吧。”

“我刚才已经和她妈聊过了。”

“她妈？”秦俭一听这字眼，就惊诧起来，“你们打的越洋电话啊？”

“微信电话。”

“哦哦，那就麻烦您再跟我讲一遍吧。她妈毕竟在美国，鞭长莫及。”秦俭从包里掏出笔记本，翻开了空白的一页，握笔待命。

“其实也没什么大事儿，你女儿挺优秀的。就是，在一些大的抉择方面，我希望她能想清楚，家长也帮着把把大方向，不要意气做决定。”王老师按着一贯的套路先客套了一番，随后又卖了个关子。

“具体是什么事儿呢？”秦俭不解王老师话中的话。

“初三开学之后，我们不是重新分过班了吗？”

王老师本想启发性地问问他，想让家长自己领悟问题所在，可他停顿了一会儿后对面竟然毫无反应，他只好接着说道：“当时阮思秦去的是出国班。我觉得挺好啊，她英语挺好的，妈妈在国外又有个照应，你们家经济水平也能负担得起。”

欲抑先扬，标准套路。

“但是不知道怎么回事，她前几天突然跟我说她不想出国了，想参加中考，还说什么一定要考上隔壁一中。我问她为什么，她也不说。”

想考一中啊，哼，是为了他吧？

“我实话实说啊，我们临水外国语学校基本就是一半直升，一半出国的，参加中考的几乎没有，或者有这想法的也早就转走了。一个是没有中考的氛围，另一个，中考很看重数理化的成绩，但阮思秦的理科没有优势，而且她这决定做得这么晚，现在想要再开始着手准备已经来不太及了。”

你明明知道来不及，但还是要去做，为什么呢？

“再说了，一中是市里最好的高中，分数要求不低，不是说考就考得上的。”

对啊，哪儿那么容易啊？

“我给您看看去年的数据啊，加上体育的话，满分630分，一中的分数线是600分上下，也就是说每一门课都要往满分考，连体育也不例外……”

秦俭频频点头，边听边记着笔记。

窗外，雨滴簌簌敲打着屋顶的瓦檐，淅淅沥沥的清脆声在屋内回响着，像是这场谈话的背景音乐，还自带鼓点和节奏。

待他们俩的小会开完，雨势已变小了不少。

秦俭回到家中，还未来得及擦干脸上的雨滴，换了鞋就跑到思秦房间，却见房间门紧闭着，时有橙黄色的灯光从门底的缝隙流出。

他试探性地敲了敲门，“咚咚咚”。

没反应。

“思秦，你睡了吗？”他倚在门口，身子整个俯在门把上，轻声地问。

“我已经睡着了。”

自相矛盾的言语霎时暴露了所有赌气的小心思。

“还生我气哪？”秦俭笑了笑，然后右手下按门把手，却感受到了明显的阻力，他皱着眉反问，“你锁门干什么？”

他见里面没有回应，就跑去书房柜子里找出了备用钥匙。

“咔嗒”一声，门开。

房间内，灯火通明，窗帘也没拉上，飞蛾们都聚在窗边，一个劲儿地扑上来。女孩抱着枕头坐在床头，下巴枕在膝盖上，头发自然垂下，盖到腰际，额前的刘海还是湿的，发梢黏在一起，有些凌乱。她抬起红肿的眼看向面前的人，神情迷离。眼角有不明液体滑落，不知是未干的泪痕，还是雨滴的残迹。

“好啦，我跟你道歉。是我不好，去太晚了。”秦俭走近，张开双臂把她拥进怀里，她的脑袋顺势倚在了他胸膛上。可他明显感到了阻力，思秦推开了他，抬眼质问：“你眼里是不是只有你们班的学生？你连我是几班的都不知道吗？”

秦俭有些意外，他未料想到他的窘态让女儿知道了，他有些歉疚，面对女儿的质问他无话反驳。

“还害我把妈妈吵醒了，妈妈明明平时工作那么辛苦，还要因为我的事情休息不好……”她接着说，说到末尾，嗓子眼像是被鱼刺卡住了，有些哽咽。

“好，怪我怪我。”秦俭把全部过错都归咎于自身，然后抚着她的脑袋，用宽大的手掌摩挲着她头顶的发丝。

待她情绪稍微稳定下来了之后，秦俭反过来问她：“我问问你啊，你为什么突然想要参加中考？想考一中？”

思秦还没完全从刚才的控诉中缓过劲儿来，听了他这问句，愣了一下，没意料到他会这么直截了当地问，亦不知如何开口提及那背后的原因。

“是因为卫冕吗？”秦俭直接说出了自己的猜想。是试探，也是套话。

“你，你为什么这么问？”阮思秦听他这语气，觉得他好像知道了什么，心下不自然地擂起了鼓。她本就心虚，这一来更是暴露了全部的心思。

“你现在和卫冕是什么关系啊？”秦俭当然看出了她反常的反应，接着问。

“我，我不知道……”阮思秦不知该从何说起。

秦俭见她迟迟没回答，觉得也许是这问题太直接了，于是又换了个问法："你的证件照怎么会在卫冕手上？"

阮思秦更惊讶了，她睁大了双眼，用不可置信的眼神盯着他看，她心下有一种非常不祥的预感，觉得他好像知道了自己的全部秘密，她犹疑了一小会儿，然后干脆破罐破摔，说："我还不是为了你吗？"

"啊？为了我？"秦俭听到这回答，着实惊了一下，这少男少女的事儿怎么还牵扯上自己了呢？

"上个月，卫冕去长沙集训之前，他问我要照片，说这样他就能考好，能帮你完成你的任务。"阮思秦复述着他的原话。

"他这鬼话你也信，你也太好骗了点吧？"秦俭一听就听出来了，谁让思秦这么天真，碰上卫冕这油嘴滑舌之辈，能不被忽悠就怪了。

"我……"思秦被他这反问堵得说不出话来。

"其实你要是想上一中的话，用不着去挤中考这座独木桥。"秦俭侧身坐在了床边，右手环着她的肩，又转回了弯儿，聊起了思秦的升学问题："有我在这儿，可以借读呀。"

阮思秦却噘着嘴，嘟囔着："才不要呢！借读太丢人了。"

秦俭被她这反应逗乐了，笑着跟她聊起来："这有什么？在哪里学不是学？我给你举个例子啊，闻奕轩你认识的吧？"

他想了想，找到了一个她熟悉的例子。思秦听到这名字点了点头。

秦俭接着说："他当时没考上一中，就是借读的。"

阮思秦听她爸这讲述，觉得又一次和她先前的认知矛盾，她反问："他？怎么会？他不是挺厉害的吗？"

"那是后来的事。他刚进来时底子可差了，可闻老师嘛，非要拔苗助长，硬生生地给他塞进理科班里。你是不知道，他一开始在一堆理科天才的大环境里，学得可痛苦了。"秦俭一说起自己的学生，又滔滔不绝起来，时而扼腕，时而同情。

"可我觉得我能凭自己的实力考上。"阮思秦上下转了转眼珠，转过头来严肃地对他说。

“这么自信啊？”秦俭舒眉笑着。

“现在还没有，以后一定会有的。”阮思秦握着拳头保证着，然后狡黠地朝他眨了眨眼，“做难事必有所得，这不是你说的吗？”

“你这孩子……”秦俭被女儿用自己的名言反呛了下，一时竟哭笑不得。

“行吧，去做你想做的事儿吧。”他大手一挥，轻轻拍着她的后背，像是一个要目送远行者的旅人，眼底不自觉地流淌着宽爱的目光。

然后他站起了身，最后说了一句——

“放心，有爸爸在。”

第五章　庆功宴

[序3]

卫冕讲了近一个小时了，他说自己平时很少连着讲这么久的话，这会儿嗓子有些哑。我顺手从旅行包中掏出了一颗润喉糖递给他，他没推脱，两下撕开糖纸后就把糖塞进了嘴里。他又站起身来活动了会儿，我也起来转了转颈椎，揉了揉太阳穴。

五分钟的短暂休息后，卫冕大致恢复了精力，他重新坐回了座位，深呼吸了一口气，说道："接下来这段儿，是个大场面，最多有13个人要同时在一个空间中出现，而且，会有一次大的时空交叠错乱。"

"蒙太奇？"我闻言脱口而出。

卫冕耸了耸肩，"我不懂这些名词，也许是吧。"

"那我洗耳恭听。"

[正文]

“在学习呢？”卫冕妈端着一盘刚切好的苹果放在了卫冕的书桌上，她侧过身想看看他笔下写的公式和数字，可是什么也看不懂。

“嗯。”卫冕闻声应了句，然后就左手用牙签插着苹果片，右手照样做着题，两边儿不耽搁。

“这周六晚上，梅御坤他们家摆宴席，请你去吃饭呢。”卫冕妈也拿牙签夹了块苹果，她边嚼边向他通知着消息。

“哦，都请了哪些人啊？”卫冕抬了抬眉，不经意地问。

“还能有谁啊？就你们从小一起学竞赛的这批人呗。”卫冕妈放下了牙签，扬着手回答这简单的问题。

“不去。”谁料想卫冕竟然丝毫不给面子，直截了当地用两个字拒绝了。他把牙签放回了盘中，就继续埋头学起了习。

“怎么了？你前两周不是还嚷嚷着要去接机的吗？怎么现在这么好的和梅御坤碰头的机会都不要了？”卫冕妈对儿子这冷漠的回答很不满，搬出之前的事情反问。

“这么多人，闹闹哄哄的，下次再找机会单独吃饭吧。”卫冕虽然嘴上这么说着，但他妈早就看出了他话语中的别扭和不甘。

“怎么？怕大家笑话你啊？这次主角又不是你。”卫冕妈知道他在想些什么，故意这样反问他。

卫冕右手握着的笔突然顿了下，试卷上晕染出一个小墨点，墨点迅速向四下漫溢开去，洇出一摊不规则的墨迹。

别人的庆功宴，别人的荣耀，别人的喝彩声……我，果然心里还是没放下吗？

卫冕妈见他没反应，觉得他又是受刺激了，于是换了个角度接着说：“这次好不容易大家都有空，这么多人能聚在一起多难得啊。你知道吗，梅御坤他爸推掉了好几场饭局，孙凯文他爸也不去开他那房产商董事局会了，连秦老师都抽出空来，答应带着他马上要中考的女儿一起去。你说说，大家伙儿都这么忙，又不是只有你一个人，十几号人要凑一个时间多难啊……”

“哎，等等，你说秦老师也来？”卫冕直接打断了他妈，揪住话中一个无关紧要的小细节反问。

“是啊。”她此时只觉得儿子说话怎么不捡重点听，核心思想没领会到，这种细枝末节的东西倒是关心得老起劲的，怪不得语文英语学不好，看来是有原因的。

“不不不，我要去，你别拦着我啊。”卫冕眉毛一挑，嘴角一咧，激动得一把合上书，转过身就从椅子上站了起来。

卫冕妈被他这忽冷忽热的反应吓了一跳，一时还没反应过来他怎么就突然答应了。她暗自腹诽着：“你这孩子，主意变得也太快了些吧。”

周六晚6：00。龙飞假日酒店，三楼，御庭轩大包间。

“阿坤！”卫冕推开包间门，一看到端坐在中间座位上的那个人，就激动地扑上前去。

“卫神。”梅御坤从椅子上站起身来，害羞地挥手招呼着他，温顺地任由面前的人对他又搂又抱，他毫不反抗。

卫冕抱够了，就松开了手，站到了离他一步远的地方开始从头到脚细细观察着他。卫冕眯起了眼，双手还做出了拍照片的手势。梅御坤有些无措，他霎时觉得自己像个动物园里被游客赏玩的熊猫，不知道卫冕又在玩什么花头。

就见卫冕走近，两手捏着他的脸，一脸慈父般的忧愁：“阿坤啊，你上个月从西班牙比完赛回来怎么就瘦了呢？”

梅御坤不好意思地挠了挠后脑勺。

“阿坤，你知道吗？本来前两周我想去浦东机场接机的，可秦boss

说什么都不让。”卫冕已经自觉地搬了把椅子，坐在了他身边，还跷起了他标志性的二郎腿。

“谢谢。”梅御坤点了点头，他抿嘴微微笑着，脸颊上的小酒窝也浮现了出来。

“啊，还有，有件大事儿一定得跟你说说，你知道原来我们那个数学张老师……”

卫冕正准备开始唠家常，就被他妈一把打断。

“卫冕，你可消停点吧。今天人家小梅才是主角，他还没怎么说话呢，就听你在那儿叽歪半天。”卫冕妈走过去，食指顶着他脑门儿就是一下。

“他们也挺久没见面了，唠唠嗑儿嘛，正常正常。”梅御坤妈这时也过来打着圆场。

“小梅还是一如既往的话少啊。”卫冕妈暂时放过了她儿子，也跟着一起笑着打趣。

梅御坤听了她这话又害羞了起来，缩着肩膀，低下了头。

卫冕妈这时看到梅御坤父母同时走近了来，就一掌拍在卫冕后背上，压低了声儿提醒着：“你叫人了吗？”

卫冕一下子站起了身，朝那方向鞠了个标准的90度的躬：“梅局长好，阿姨好！”然后右手在空中画了半个弧线，夸张地指向一旁的梅御坤：“你瞧我这，都差点儿忽略了叔叔阿姨，还不都是国家队的光环太亮眼了。”

“是副局长，副局长。”梅御坤爸也被他那夸张的表演逗笑了，还不忘纠正他话语中的一个小毛病，这丢了一个“副”字，平白升了一级可不好。尽管他也看得出来，卫冕是想奉承恭维他，才故意漏说了一个字的。

卫冕又坐了下来，转着脑袋把四下的环境都打量了一番，然后问一旁的梅御坤："话说我是来得最早的吗？"

"嗯。"

"阿坤，还是我最瞧得起你吧哈哈。"卫冕又拍着他的肩，那口吻，真是老成又市井。梅御坤在他面前似乎也甘作小弟，被他使唤来使唤去的也很满足。如果进国家队的人是卫冕的话，这样看去，似乎也没有什么违和感。

"怎么说话的你！"卫冕妈看不惯他那样儿。人家梅御坤好歹也是国宝级人物，去国外比完赛，拿了奖回来后，说他是中国人的骄傲也毫不过分。这怎么到了卫冕跟前就卑微得什么都不是了呢？

"叮咚——"就在这时，大包间的门铃响了起来。

"哪家到了？"梅御坤妈站起身来，跑去开门。

"来，阿坤，看看是谁第二爱你？"卫冕也好奇地扭过身子，一手撑在椅背上。

包间大门推开了，人未至，声先行。

"哎哟哟，我没迟到吧？"就听一声洪亮的招呼顺着地板的缝隙贯穿而来。闻奕轩爸走在最前，打着头阵，母子二人紧随其后。

"没，您是第二家到的。"梅御坤妈在门口热情地迎接着他们一家三口。

闻老师看着端坐在中间座位上的梅御坤，快步走上前，完完全全地放下了老师的架子："梅神，好久不见啊。"

梅御坤受宠若惊，条件反射般地从座椅上站起，腼腆地向面前神情夸张的闻老师点头致敬。

闻老师一大步跨上前去，一把握住了他的右手，然后煞有介事地摇晃着，半开玩笑地说："听说这跟国家队选手握了手，这数学就能多考10分儿哈。"

梅御坤左手抓了抓脑壳，朝闻老师礼貌地笑了笑。

之后，闻奕轩也走上前来，向他握手，也许是想沾点儿数学的好运，也许只是单纯地出于礼节：“御坤，恭喜啊。”

“谢谢。”梅御坤也礼貌性地回了他。

“叮咚——”这时包间的门铃又响了，梅御坤妈还没来得及坐下就又跑过去招呼。

就见一个大腹便便的中年男子立在了门前，他一身西装革履，黑皮鞋尖儿上反照出锃亮的油光，头发上还抹了些头油和摩丝，两侧的头发被倒梳到了中间，像是为了刻意掩饰中部的秃陷。他面部脂肪饱满，胶原蛋白满溢而出，耳垂宽大，看起来福相满满。

梅御坤妈本来只开了半扇门，但来者身形伟岸，他侧身迈了一条腿进来后，另一条腿就被卡在了门后。卫冕妈这时也跑过去帮忙，把另半边门也打开了，他这才勉强跨了进来。

在门口倒腾了半晌，来者终于现了真身，他喘了口气，然后把公文包放到了门口的座椅上。

梅御坤爸认清了面目后，就开始大力吹捧：“孙大老板，您这大户我们平时可很难见到真容啊！”

孙凯文爸仰天大笑，徐徐踱步到梅御坤爸身旁，伸出右手和他隆重地握了握手，然后左拳拍着自己的胸膛，也回以了同样的吹捧：“梅副局长言重了，跟您每天这忙进忙出的比起来，我顶多算个逍遥散人哪，哈哈。”

孙凯文直接绕过了他爸，走向两人身后的座位。梅御坤刚想从座椅上站起来，就见孙凯文一手摸着他的头顶，边捋着他的头发边说：“小坤坤啊，你今儿可算是出息了！”

“嗯嗯，谢谢。”梅御坤点头回礼，可当孙凯文把手收回去时，他才突然觉得刚才这举动怪怪的，这场景……真是像极了儿子被父亲、徒弟被师父夸奖时的模样，他忍不住这样想。

孙凯文拉开了个座位坐下了，他扭头看了看四周，又拿手指点了点人数：“123……11个人，我们人齐了吧？”

转盘上，有些冷菜已经呈上来了，孙凯文看着面前的那盘酱牛肉，口水都快流到餐盘上了，他迫不及待地问：“咱们是不是可以动筷了？”

“就知道吃！”一旁的卫冕趁机在座椅下踢了他一脚。孙凯文表情痛苦扭曲，无奈地放下了筷子。

“秦老师一家怎么还没到呢？”梅御坤妈扭头张望着，再一看包间里的时钟，已然是18：05了。按理说，秦老师应该是个挺守时的人呀，家长们有些想不通。

正当梅御坤妈打算掏出手机打个电话过去问问时，一个带着喘气声儿的熟悉的男声从包间门外传了过来——

“不好意思，我来迟了！”

秦俭左手推开了包间门，右手在空中挥举着，一边致歉，一边笑迎。阮思秦则小碎步跟在他身后，她抬眼四下打量着房间奢华的布局，又躲在他身后悄悄张望着桌边的十几号人，陌生的家长们的面庞让她觉得不安，但她瞥到了熟悉的少年的身影，顿时又松了口气。

“您这面子最大了，我们就等着秦老师来，才敢坐下呢！”梅御坤爸站起来迎接，又故作谦虚，开始大力吹捧着来者。

“哟，不敢当不敢当。”秦俭笑着向他摆手推辞，花哨的说辞他一概免疫。

“这下人齐了，我们开吃吧。”孙凯闻迫不及待地握起了筷子，目标直指眼前的那盘酱牛肉。

梅御坤妈没有参与他们的互相恭维，而是去看跟在秦俭身后的人，她本着主人之仪起身招呼着：“这位是，秦老师家的千金吧？”

其余人这才把注意力从迟到的秦老师身上收回来，纷纷转向他身后的女孩。

阮思秦不习惯这被目光包围的感觉，一时有些惶恐，向众人点头鞠躬道，“叔叔阿姨好，学长们好。”

闻奕轩妈笑得眉眼弯弯，夸奖道：“小姑娘长得好清秀啊。”

孙凯文妈拍着双手，笑脸盈盈地望向她说：“秦老师怎么保护得这么好？真是养在深闺人未识啊。之前从来没带出来让我们见过呀，今天可算是一饱眼福了呢。”

原本这种时候，卫冕妈绝对是第一个跳出来八卦的家长。可今天她沉默得很，一手托着下巴，两眼直勾勾地盯着面前的女孩看，像是要从她脸上盯出一个洞来。

这小姑娘，好生眼熟啊。

她仔细回想着。

“没什么好稀奇的，我们跟思秦早就见过面了。”孙凯文一边夹着转盘里的菜，一边说道。

“你们怎么会见过？”家长们纷纷转过头来看向他，疑惑至极。

“托卫冕的福，还有他整出来的偷英语卷子一事儿。”闻奕轩斜眼看向对面的卫冕，不怀好意地把幕后黑手当场供了出来。

“什么意思啊？”在座的一干家长都没听懂他们打的这哑谜，这含蓄又抽象的只言片语似乎透出了什么线索，可听起来又扑朔迷离、不着边际。他们努力地想顺着这藤去摸深处的瓜，却无功而返。

“没什么，没什么。”卫冕赶紧摆手掐灭着众人的联想，然后拉开了身旁刻意留的空座，招呼着来人，“来思秦，你坐这儿吧。”

阮思秦闻言把斜挎包放在了空座上，然后向桌前的人们点头，匆忙地坐了下来。她低下头，假装扒拉着筷子，她是真的害怕再沦为谈论的焦点了。

梅御坤爸则开始仔细端详起面前的这个女孩，黑长发披落至腰际，齐刘海下眉目分明，尤其刚才被万众瞩目后脸颊羞红的样子，真是愈发惹人怜了。

“你们说，秦老师今天带女儿来，简直就像是来相女婿似的！”梅御坤爸挥着右手，打趣道。

“哈哈哈，您说笑了。”秦俭知道那不过是助兴的玩笑话，自然也没放心上去，他客气地回了一个笑脸。

“您看看，这四个男孩子，您随便挑一个都是宝啊。”梅御坤爸手指环绕了饭桌一圈，然后摊开手掌，开始一个一个分析着。

他先拍了拍右手边自家儿子的左肩：“要我说啊，挑女婿还是挑我们家梅御坤最好了，这数学脑子，就是国家的先进生产力啊！以后我们两家结为了亲家，那也常往来啊。”

梅御坤听到说起了自己，不好意思地低下了头。这时，一旁的孙凯文妈跳出来，笑着说：“小梅那闷葫芦，平时话也不怎么说的，肯定得把小姑娘一个人晾着闷坏了。”

闻奕轩妈也附议：“就是啊，小梅确实话太少了，得让他多锻炼锻炼。”

孙凯文妈转过头捏了捏自己儿子的脸：“还是挑我们家孙凯文好了，人好，性格也好，平时相处起来肯定不会闷。”

说着，孙凯文还真就配合着他妈，嘴里的肉还没嚼完呢，就咧嘴笑着。

闻奕轩妈点头称道：“是是，小孙确实性格好，我每次都见他乐呵呵的。”

梅御坤爸则开启了他的官腔：“而且又有您老人家这靠山，就凭这拆迁分到的六套房子，后半辈子也绝对衣食无忧了。”

梅御坤爸又看向对面的人，夸道：“闻奕轩也好啊，学习可卖力了，待人接物又特有礼貌，都是闻老师教得好！”

孙凯文妈也附议："而且你们两家正好都是教师子女，平时肯定没少被当作廉价劳动力使唤吧？你们俩共同话题肯定多啊。"

闻老师这时候站了起来，拍了拍儿子的后背，骄傲地说："你们有所不知，闻奕轩可还是理科班里文学修养最高的人。来，我昨天刚新写了首诗，你起来给大家背一背！"

闻奕轩听话地站起，就仿佛平时上化学课时被点到名一样。他深吸了一口气，然后开始机械地背诵。

七律 酸碱滴定

查漏洗润切分明，装液排气再调零。
待测液中加试剂，酚酞或是甲基橙。
左手轻轻旋活塞，右手摇动锥形瓶。
瓶下垫纸眼观色，颜色突变立即停。
半分钟内不变色，滴定实验定成功。

一气呵成。

"好！"

"不愧是闻老师一手带出来的！"

"真是文理兼备啊！"

坐者高声叫好。闻奕轩在一波掌声中腼腆地坐下。

"这……这也叫七律？这分明有十句话。"阮思秦压低了声音，问一旁的卫冕。

"这不重要了，我们只负责鼓掌叫好就行。"卫冕跟着一起恭维奉承。

"不是，这韵脚也不对，平仄也是乱的，中间两联还不对仗……"阮思秦在脑中仔细回味了刚才那首诗，越想，错误越多。

“管它什么韵脚平仄的！闻老师说它是七律，它就得是七律。”卫冕扭过头看向她认真的表情，哭笑不得。

阮思秦被他那样一说，只好低下头，假装在吃碗里的菜。

忽而她又抬起头，拿手肘戳了戳旁边的卫冕：“话说今天不是梅御坤的庆功宴吗？”

“怎么了？”卫冕扭头看向她。

“可主角都没怎么说话，尽是其他人在乱出风头，我怎么觉着，这反倒像是相亲大会呢？”阮思秦偏过脑袋，说着自己的猜想。

卫冕被她这后知后觉的反应逗笑了，他强忍着笑意，凑在她耳边说：“噗，可能你长得太美，把他们惊艳到了。”

阮思秦没好气儿地从座椅下踢了他一脚。

“不是，我夸你呢！干吗打我？”卫冕一个趔趄，差点儿从椅子上摔下来。

“你就不能正经点儿吗？”阮思秦突然严肃地叉腰。

“哎呀，家长们平时闲着没事儿就爱聊八卦啊，开开玩笑啊，而且他们之间也挺久没见面，最近也没怎么见着过女同学了，正常正常，他们就是随口恭维两句，笑过也就算过了，你别放心上就好。”卫冕只好给她从头捋了一遍这里里外外的逻辑。

阮思秦满意地点了点头，然后继续扒拉着筷子下的菜。

“卫冕好像跟小秦很熟嘛？”孙凯文妈敏锐的八卦神经觉察了一切，她看他们俩窃窃私语了半天了，家长们却还在自顾自地乱猜。

“对啊，刚才挑女婿时怎么把小卫给忘了？”梅御坤爸这时也才反应过来，举杯向卫冕这个方向走来。

卫冕一看矛头指向了自己，赶忙摆手推托道：“我不行的，我太菜了，配不上的。”

大家都嘘他，没人信他这故意卖弱的说辞。

卫冕隐隐感觉到他妈的目光正盯在他脊背上，如匕首一般锋利，他甚至能想象得到那刀刃在冒着蓝光。他不敢回头，只好继续顺着这话往下说。

“而且做秦老师家的女婿是要有条件的。”

“什么条件？”家长们纷纷嗅到了八卦的气息，一个个都探出脑袋来，想听听卫冕口中的条件到底是什么。

秦俭也转过头来看向他，连他自己都不知道招女婿有啥条件呢，他倒好奇卫冕能怎么说。

“秦老师只招上门女婿。”卫冕咬字清楚地说。

其余家长们愣了一下，纷纷开始在脑中思考着卫冕刚才那话里的巨大信息量。

阮思秦一听，立刻就听出来了他话里的影射，没好气儿地在座位下踢他。“你什么意思？”

卫冕看她嗔怒的样子，赶忙嬉笑着打着圆场：“不是不是，我的意思是说，思秦这么可爱，秦老师怎么可能舍得呢？”

卫冕妈在一旁忍耐了很久了，她伸着右手掐着他的后脖颈，压着嗓子，压着怒火说：“我给足你面子了，回家再慢慢跟你算账。”

梅御坤爸看着这气氛变得不太对劲儿，于是大手一挥，笑着缓解着气氛：“哎呀你们别打趣了，人家小姑娘脸都红了。”

谁承想孙凯文爸听到这两个字特别敏感，直接站起身说：“说到脸红，我正好带了瓶法国红酒过来，来来来，赶紧开了瓶，大家一起喝到尽兴。”

说着，孙凯文爸还真就从包里掏出了一瓶没开过封的、包装精致的红酒。

“孙老板，可巧了不是，我也带了瓶酒过来！”梅御坤爸激动地拍了拍饭桌，然后也从自己的包里拿出了一瓶。

众人好奇地看向那包装——耀眼的中国红，配上稻谷的金黄。

“您这可比我厉害多了！”孙凯文爸甘拜下风。

“梅副局长真是太给面子了！”孙凯文妈吹捧着。

“我们今儿个可是有口福咯！”闻奕轩爸拍着自己的大腿高声欢呼。

梅御坤爸使唤着包间里的小服务生，拿来了几个专门喝白酒的小酒杯。

瓶盖一打开，顿时醇香四溢。

“好香啊。”孙凯文凑过脑袋，闭着眼睛去闻那香气的来源，边闻边不住地赞叹。明明还没品到酒，他却好像已经醉了。

“你不许喝啊。”孙凯文妈拿筷子敲着他，左手摁着他的脑袋把他堵了回去。

“妈，就尝一小口嘛。”孙凯文摇晃着他妈的手，恳求着。

“别管他，来，梅叔叔，给我满上吧！”卫冕站起身，一把绕过了孙凯文，单手举着那小酒杯就向梅御坤爸示意，那举动，真是像极了红高粱山头前慷慨就义的壮士。

梅御坤爸正在挨家挨户地倒着酒呢，一下被卫冕这举动惊到了。

“哟，卫冕很厉害嘛！”梅御坤爸提着酒壶就往他这个方向走来。

卫冕妈扯着他的衣袖，厉声喝道：“卫冕，你什么时候学会喝酒的？我怎么从来没见过？你就老老实实地喝你的椰奶去吧！”

卫冕执拗地反驳：“怎么？我已经是成年人了，喝酒又不犯法！”

梅御坤爸怕这气氛又快搞僵了，赶紧过来打着圆场：“今天高兴嘛，就破例让孩子喝一小杯呗。”

他朝卫冕的小酒杯里倾倒着，直至杯满将溢。卫冕兴奋地捧着手中的小酒杯，小心翼翼地捧回了桌前。

梅御坤爸回了原座位后，就趁着这气氛，拉着妻子和儿子起立，开始挨个儿敬酒："来，咱们先敬秦老师！"

"谢谢秦老师对我们家小梅的栽培。"梅御坤妈向秦俭鞠躬，说着致谢的客套话。

梅御坤则沉默在一旁，举着手中的椰奶杯，笑着向大家点头。

"不敢不敢，都是孩子自己学得好。"秦俭站起身，谦虚地恭维着，然后举杯，一饮而尽，最后把空酒杯底对向梅御坤爸。

"哟，秦老师酒量很大嘛！一杯酒直接就下去了，来来来，再满上！"梅御坤爸被他这爽快的作风震撼到了，他又提起了酒壶，朝空杯中倒着酒。

"我先说好，这可是最后一杯了啊。"秦俭双手端着酒杯，脸颊两侧泛起了浅浅的红晕。

"就喝两杯多不尽兴啊，再多来几杯！不喝就是不给我面子啊。"梅御坤爸开启了他的劝酒腔。

"哎不行不行，二两是我的极限了，不能再多了。"秦俭摆手推脱着，酒杯一注满，就立刻收回了手。

梅御坤爸见状，也不好强人所难，只好恭维道："秦老师真是有自己的原则啊！"

酒过三巡后，中年男人们的脸上都仿佛刷上了一层红酱。

梅御坤爸好歹是经历过大场面的人，这点小酒哪儿能难得倒他？他摊着手掌，向对面的孙凯文爸高声说道："孙老板！您这个房地产大亨给我们说说呗，这几年有什么新开盘的好房子没有？"

"是啊是啊，给我们透露点内幕消息呗。"闻奕轩爸也转过头来，抱住他这条大腿。

"这2008年的时候，我们家隔壁那小区才5000一平，现在都涨到10万一平了。"闻奕轩妈也凑了过来，还摆出了几个触目惊心的数据。

"我们家闵行那老房子一直说要拆迁，怎么到现在还没啥动静？"

卫冕妈也凑上前去，向他打探着最新情报。

“秦老师，还是你们家生女儿好，不用准备房子。”孙凯文妈扭头看向一旁最淡定的秦老师，笑着打趣道。

“来，咱们敬孙老板一杯！我们以后都得抱着您的大腿，您说哪儿的房子会涨，我们就去买，就是砸锅卖铁也得把这首付搞定！”梅御坤爸又站起了身来，朝对面那醉醺醺的壮汉敬酒恭维着。

卫冕这时看向一旁托着下巴的阮思秦，问道：“思秦，你看大人们来回敬酒，觉得闷不？”

“有点儿吧……”阮思秦已经把筷子底下的莴笋戳出了好几个洞眼，豆腐也被她切成了各种形状，内心的无聊早就溢于言表。

“他们每次一见面不是聊八卦，就是聊房子，颠来倒去就这点儿事，一点新意都没有。你看我的哈。”卫冕似乎对这种场合很有经验。阮思秦也好奇着他会怎么做。

“妈，你不觉得我们十多号人围坐着挤得慌嘛？”卫冕转过头向他妈诉苦。

“你又想搞什么花头？”卫冕妈一听他这开头的说辞，就能猜到个七七八八。凭她多年的经验，卫冕凡是以反问句开头的话，多半是不好的事儿。

卫冕却是虚晃一枪，绕开了他妈，直接高声向对面的梅御坤爸喊道：“梅叔叔，我跟阿坤今天都没怎么好好说上话呢！”

“哟，卫冕大神不高兴了？得罪得罪。”梅御坤爸拱手作揖，假装谦卑。

卫冕继续说着：“而且秦老师和闻老师两尊大佛坐在那儿，搞得跟平时上英语课上化学课似的，多没劲儿啊。”

梅御坤爸顺着他的话，继续配合着他：“哎呀呀，那可如何是好？”

“劳烦您给我们五人再单开一桌儿吧！”卫冕铺垫了半天，终于道出了真实意图。

“好咧，我记得是不是隔壁就有一间小包间？”梅御坤爸一手指向对面那间空房间。

“好，就要那间！”卫冕眉毛一挑，双手击掌。

“你也真是够折腾的！”一旁的卫冕妈拍着他的后背喝道。

“五个孩子嫌我们大人太闷咯。”闻奕轩爸摇晃着脑袋打趣道。

“行行行，让他们几个自己玩去吧。”孙凯文妈双手托着腮，笑着目送这五个少男少女的背影。

“别光顾着自己玩儿，照顾好人家小姑娘啊！”梅御坤爸最后嘱咐了一句。

五人小包间内。

“卫哥，你就让我尝一口吧。”孙凯文拉拽着卫冕的手臂，来回摇晃着，眼神中满是恳求和无辜。

阮思秦看着眼前这画面，不自觉地联想到了一只委屈巴巴的金毛犬摇着尾巴向主人讨赏的场景。

“不行！你还是未成年人呢。”“主人”一掌抵在“金毛犬”头顶，推着它远离酒杯，珍爱生命。

“好不容易远离我妈了，没人能管得着我了。”“金毛犬”跳起来就要夺过“主人”手中的酒杯。

“乖啊，喝椰奶哈。”“主人”爱抚着摸了摸“金毛犬”的脑袋，顺手把手头的那瓶海南椰奶丢给了它。然后自己捧着小酒杯小口小口地品尝了起来。

这狗主人的设定怎么这么带感。

阮思秦狠狠挠了挠自己额前的刘海，赶紧停住了脑中的小剧场。她拿起桌上的一个小水杯，倒过来当作话筒，抵在卫冕面前。

“卫冕同学，我来采访你一下，第一次喝酒是什么感觉？”

卫冕很配合地入了戏，接过水杯就开始了他的夸张表演，“就一个字，烫、辣、香、爽。哦！嗓子好烫，胸口要烧起来了！啊啊，不行了！”

卫冕每说完一个字，眉毛都要挑一下，他的口型也故意做得很夸张，还一手捂着胸口，像是美国警匪电影里中了弹的男主，垂死而未死，即使只剩最后一滴血也能挣扎着活到大结局。

阮思秦看他这幼稚荒唐的表演，忍不住捧腹大笑，笑到眼睫毛打战，笑到胃部岔气。可她忽而觉得这样有失矜持，于是甩手拍着他的肩：“你就演吧！”

卫冕看阮思秦被自己逗乐了却还要装出一副忍住不笑的高冷模样，也是忍俊不禁。

正当他们俩笑成一团的时候，闻奕轩却死死地盯着卫冕手中的无色透明液体看，他摩挲着自己的下巴说：“这边正好有盘沾小笼包吃的醋酸，混上你手中那52%的乙醇，再加个催化剂，是不是就能制出乙酸乙酯来了？”

余下四人纷纷转过头来，用看异类一样的眼神看向闻奕轩。

“好不容易远离闻老头了，提啥化学？”卫冕对他这假正经嗤之以鼻。

然后他转过头来，拍着沉默良久的梅御坤的肩膀，问：“阿坤啊，你说你现在有了这八个月的假期，打算怎么过呀？”

梅御坤低头思考了很久，其他人都屏息凝神地等待，不敢出声。

梅御坤抓着自己的后脑勺：“还没想好呢。”

“我都羡慕死你了好吗？”卫冕撇着嘴，跷起了二郎腿，钦羡之情溢于言表。

梅御坤偏过脑袋来，看向面前的四个人：“如果是你们的话，会怎么规划呢？”

孙凯文第一个跳起来说："我要是有这么长的假期，早跑去世界各地旅游去了，把各地的特色美食全都测评一番，像什么泰国的芒果糯米饭啊，印度的咖喱饭啊，法国的鹅肝和鱼子酱啊，日本的寿司和生鱼片啊，意大利的正宗意大利面啊，卢旺达的咖啡啊……"孙凯文像是用嘴画了一幅世界地图出来。他边说还边夹着盘里的南翔小笼包，一口一个地往嘴里塞。

"再吃！再吃回来你就得买双人座的机票了！"卫冕没好气儿地在座位下踢了他一脚，还不忘开着嘲讽腔。

另一旁的闻奕轩没去理会他们之间的玩笑和推搡，而是正襟危坐起来，扶了扶鼻梁上的眼镜框儿，说道："八个月的话，去提前预习一下大学的教材应该足够了吧。"

卫冕对他这套冠冕堂皇的说辞完全免疫："闻奕轩啊，你要不要这么正经？你爸妈又不在旁边听着。"

阮思秦则单手托腮，两眼看向天花板，眼珠子转溜了两圈后开口道："我的话，可能想去学学法语，学学吉他，然后补补以前想看但没时间看的小说、日漫、韩剧之类的吧。"

卫冕拍着手赞叹："思秦真文艺啊。"

阮思秦选择性地无视了他的恭维，扭头问他："卫冕，你呢？"

卫冕假装认真思索着，然后看似不经意地来了句："去电竞队试训看看，然后顺便当个什么职业选手之类的吧。"

大家都嘘他。

他说什么话都像是在开玩笑，做什么事儿都看起来很不严肃。这话估计也就只有卫冕能说得出口了。

"你们都好有想法呢！"梅御坤听了一圈后，颇有感慨。

多年之后，阮思秦再回想起年少时餐桌上的遐想，仿佛重逢的漫游者。"那时我们有梦，关于文学，关于爱情，关于穿越世界的旅行。"

她后来觉得北岛《波兰来客》中的这句概括得最美。

彼时，梅御坤腼腆地笑了笑，偷偷抬眼看向众人："可我，我还是不知道自己该做些什么。我平时，除了刷题，好像就没什么别的兴趣爱好了……"

众人沉默了，原来闲下来无事可干，也是一种烦恼吗?

"卫冕你鬼点子最多了，你帮阿坤想一个。"阮思秦推着他的肩膀，把这个光荣的任务交给了他。

卫冕摸着自己下巴上刚剃过的胡须，反复摩挲着，思考了几秒后，突然拍着自己的大腿，高呼道："有了！"

众人纷纷凑过脑袋来听。

"阿坤，不如你来做我们班数学老师吧！"

梅御坤震惊至极，阮思秦也歪着脑袋，没听明白他在说什么，另一旁的孙凯文和闻奕轩二人做出恍然大悟状，看起来像是知情者。

孙凯文拍着梅御坤的肩膀，给他从头梳理起事情的起因："哦对，小坤坤，你还不知道，就前两周，我们原来那个数学张老师突然生病了。"

"是重病，一病不起的那种！"卫冕右手在空中挥舞，表情极夸张，声音也高了几度。

"估计也是张老师年纪大了吧，本来说带完我们这届就退休的。"闻奕轩端坐一旁，理性地分析着背后的原因。

"是啊，我还挺喜欢张老师的数学课呢，他讲课思路贼清楚。"孙凯文补充道。

"然后因为这事儿发生得太突然了，学校也一时没找到解决措施，于是我们就自习了两节数学课。"闻奕轩客观地叙述着经过。

"最让人恶心的是，新派来教我们班数学的居然是赵老头！"卫冕拍着桌子就跳起来，像是被触了逆鳞一般，饭桌上的餐盘都跟着震动了起来。

“也就是年级组长老赵。”孙凯文帮他耐心地做着注解。

“他上数学课简直，啊，一言难尽。”卫冕一提起他就开始犯愁，他扶着额，摇头叹息。

“昏昏欲睡。”闻奕轩把他难尽的那一言补充了出来。

“他简直有催眠大法，我怀疑。”孙凯文进一步吐槽道。

梅御坤和阮思秦在一旁看他们这三人的反应，怀疑他们仨的吐槽语料库被同时卸掉了阀门，一下子各种词汇倾泻而出。

“我现在都形成条件反射了，老赵一进来，就能立刻睡着！”卫冕振臂高呼。

“有这么夸张？”阮思秦对他这夸张的用语打上了个问号。

“你不懂他的意图，他根本就不是为了教课！”卫冕一提起这个就气愤至极。

“那是为了什么？”阮思秦对他这“说话只说半句”的特点极为不满，又追问道。

“你不知道，老赵觊觎我们班很久了，他一直很想教我们班，但学校一直没批准。

“因为他知道，按往年数据，理科班一届可以考20个上下的北清。他要是教了我们班的数学，他就能对外吹嘘，说他教出来了20个北大、清华的学生。

“其实这跟他一点关系都没有！他在高三复习的时候来横插一足算什么？这些明明都是张老师的功劳！

“他完全就是为了他自己的事业和前途考虑，他眼里根本就没有我们，他只是把我们当成他仕途中的螺丝钉而已！

“所以上周，我发动了半个班，罢课了！

“以后老赵就别想跨进我们教室门！”

卫冕一口气将他憋了许久的心里话倾出，中途不带喘气儿的，他的脸色因激动而有些涨红，额头两侧的青筋也凸起了。他说最后一句话时拳头都在空中挥着。阮思秦是第一次见到他这么激动又恼怒的样子，一时有些被吓到。

梅御坤大致理清了卫冕这话中的逻辑，然后开口问："所以，你们现在数学课还是自习？"

"我自学都比他教得好！"卫冕赌气般地跺着脚下的瓷砖，然后他突然站起身，高举手中的酒杯，透明的液体在吊灯的灯光下折射出了金黄的光。

他微抿了一小口，然后朝天高声吼道："揭竿而起反抗'暴政'，推翻老赵的'政权'！"

"你怎么突然这么神经兮兮的？"阮思秦被他这一举动吓到了。

"啧，血气方刚的小伙子嘛。"孙凯文好像见怪不怪，好心地给思秦科普着。

卫冕又转过头来，一把握住梅御坤的手，郑重地说："所以阿坤啊，你一定要来救救我们班！"

梅御坤一听，自己被寄予了这样的厚望，一时有些不适应，他不好意思地低下头说："我，我不太行吧……"

"你都国家队了，还谦虚个啥。"卫冕放下了手中的酒杯，重重地拍着他的肩膀说，"你以前给我讲题的时候讲得可好了，比老师还好，真的，不骗你！"

"但是，那是跟你一个人……"梅御坤试图辩白着。

"这有什么关系呢？跟一个人讲是讲，跟四十多个人讲不是讲？"卫冕给他从里到外分析了一遍。

"我再想想吧。"梅御坤挠了挠自己的后脑勺，踟蹰着。

"没什么好多想的了，兄弟我今天就干了这杯酒！一言为定啊，我要是能一口气喝完，阿坤你就来当我们班的数学老师！”卫冕见劝说不行，只得拿行动说话。说话间，他又拾起了桌上的小酒杯，学着方才秦老师的帅气动作，一举杯，一闭眼，一饮而尽。

“别太逞强了！”梅御坤对他这举动有些担心。

“悠着点啊。”阮思秦也过来劝他。

就看卫冕吃力地一咽，深深地一喘气，然后把空酒杯底朝向另四人，得意地拍着自己的胸脯：“看，我啥事儿都没有吧，我身体好得很！”

众人看他那反应，明知是强装出来的镇定，也不去拆穿他，只得假装迎合着这位主儿，生怕他又惹出什么事儿来。

卫冕的脸颊由白逐渐变粉，他手指着对面的人就问：“阿坤，你也过了18岁生日了对吧？”

还没等他回应，卫冕就开始自言自语：“哦对，就是前两周，在西班牙过的是不？”

梅御坤点点头，其实卫冕手指的根本不是他的方向，但他也只能点头应和。

“那你一个人异地他乡的，过得多草率啊，不如我们再给你补过一个生日吧！”卫冕右手用力地拍着桌子，杯碗相震，发出丁零当啷的清脆响声。

“思秦！我记得你是11月份生日对吧？”卫冕又指着对面一人开始反问。

“怎么了？”其实阮思秦根本不是坐在他对面的，但此时也只好配合着他。

“阿坤是10月底生日的，你们没发觉什么规律嘛？”卫冕直起身来，摊着右手掌心发问着。

众人困惑。

“你们没觉得10、11月过生日的人格外多吗？”卫冕突然做严肃状，叉腰反问。

“每天都有人过生日好吗？这算哪门子的规律？”阮思秦对他这脑回路很无语，直接反驳了回去。

“不，这是我第一个发现的！我给它取名叫，叫——卫冕第二定律！”说着，卫冕还真就在空中比了个“二”。

“为什么是第二？”阮思秦歪着脑袋，疑惑地问。

孙凯文凑过来，给他做着实时翻译解说：“第一定律是愧疚学习法。”

“不过我怎么觉得卫冕现在有点神志不清的？不会是酒的后劲上来了吧？”孙凯文单手捂嘴，小声地说着自己的猜想。

“都是刚才赌气，喝得太急了，这下好了吧！你怎么对自己的酒量一点儿掂量都没有？”阮思秦像在教导一个不争气的儿子一般，摇头叹息。

“我还从来没见过他喝醉酒、耍酒疯的样子呢，我得录个像，好好珍藏一下。”闻奕轩说着，还真就掏出了手机，对着面前这脸颊红扑的人。

卫冕一手指向对面的空气，说话也变得断断续续的：“阿坤啊，思秦啊，你……你知道你为什么10……11月份过生日吗？”

然后他又自问自答：“啊呀倒推一下，很简单嘛……说明你爸妈是1、2月份怀上你的……正好是过年的时候，闲着……闲着没事儿干……”

卫冕头仰在椅背上，胸口一起一伏的，手指痉挛着，大张着嘴，仰天大笑。

“妈，卫冕又开始胡说了！”孙凯文对着门后高呼。

“咚——”

只听一声厚重的闷响，椅子上的人，头朝地，砸在了大理石地板上。

“咚——”

啊，头好疼！

卫冕头晕目眩的，他觉得自己好像是失重了，然后跌入了一片暗无天日的漩涡，四肢根本使不上力，整个人就这么陷落了下去。漩涡将他不停地向下拽，他动弹不得，只得任人摆布。

卫冕觉得自己仿佛误入了太平洋中心，鼻腔呛水，呼吸不畅，他胸口异常闷热，一如被恐怖的窒息感所笼罩。他觉得额头上方有很强的压迫感，眼睛也被压得睁不开来，但是耳边能隐隐约约听到一些模糊的声音，可分辨不清。

突然，他感到身体被一股很强的力甩了出去，四肢失控，不知道要被甩向何方。不记得这样的失重感持续了多久，他倏地后脊梁骨一震，后背径直贴到了一把椅子上，然后肩膀也抖了抖。卫冕最先恢复的是触觉，他伸手就摸到了坚硬的桌面，然后听觉也恢复了，他听到酒杯碰撞的声音和人们高声交谈的嗓音，之后嗅觉也回来了，他闻到小麦和酱油的气味，最后恢复的是视觉，卫冕努力眨了眨眼，环视了一圈周围的环境，又默数了遍桌上的人数。

13个人。

龙飞假日酒店，御庭轩大包间。

“妈！卫冕又开始胡说了！”孙凯文正嘟囔着嘴，拉着他妈妈的衣袖告着状。

卫冕妈一掌拍在他脑门上：“好了！卫冕，你就消停点儿吧。”

卫冕表情夸张地高呼，转头向另一边的男人求救。

李川老师在空中挥着右手，脸上收敛不住的骄傲和快意：“今天高兴嘛，平时你把孩子看得太紧了，他都没什么机会好好玩儿。现在他物竞拿了初三组第一名，全上海市的冠军啊，可给我长脸了，今天就由着他疯吧！”

卫冕回过头，正对上李川的目光。李川欣慰地拍了拍他的肩，然后主动为他服务，给他往杯中倒饮料。

卫冕点着头，爽快地接过手中的杯子。

梅御坤爸站起身，向大家敬酒：“我们这四家人还真是有缘啊，小学都一起在李老师那学奥数，初中考了同一个班，现在马上上高中，又要做同学了！”他边敬酒边感慨着这几年来的同学情谊和奇妙缘分。

孙凯文爸也端起自己的酒杯，恭喜卫冕：“还是卫冕最厉害啊！都不用参加中考，直接保送了一中理科班。”

卫冕见状也站起身，向他碰杯回礼。

家长们敬过一轮过后，他们脸上或多或少都泛起了微红。这时，李川一手拖着卫冕，一手端着酒杯，走向了另一个陌生的人。

“来，见见你未来的高中班主任吧，这是秦老师。”李川拍着卫冕的背，向他介绍着。

“秦老师好！”卫冕恭敬地朝他鞠躬。

“你好，你好。”秦老师也客气地向他招呼着，跟他简单地握了握手。

卫冕转过头来，偏着脑袋问向身边的人。“川叔，为什么不是你做班主任呢？”

李川摆手推脱着：“我就教教书还行，做班主任那一套我还真不会。”

卫冕好奇地追问：“那秦老师是教什么的？”

“英语。”秦老师干练地答。

“英语老师怎么能做理科班班主任呢？”他反问。这答案真是完全颠覆了卫冕过去的认知。

李川拍着秦俭的肩膀，大力吹捧着他：“可别小瞧了啊，秦老师跟我一样，在一中做了十几年老师了，他的谈心水平，那可真是一流！有什么负能量的情绪，找他一聊，全都好了。我有时候心情不好也喜欢找他去聊天，聊完之后就特畅快！这点一点儿不夸张，我是甘拜下风。”

秦俭把他的手从肩上移开，谦虚地回了他这褒奖：“李老师，您少抬举我了！”

就在秦俭和李川互相恭维对方之时，梅御坤爸走了过来，手上提着一瓶酒壶，这包装看着很熟悉——耀眼的中国红，配上稻谷的金黄。

“梅处长可是太给面子了！咱今儿可是享福了！”大家都高声欢呼着。

李川拿了两个专喝白酒用的小酒杯，给秦俭倒着酒。他见秦俭第一杯一饮而尽，爽快又潇洒，连忙又给他满上。李川看他这孤家寡人、茕茕孑立的孤单模样，向他打探道：“你们家那小姑娘呢？怎么没带出来一起吃饭？”

秦俭自嘲地笑了笑，手指窗外的方向：“她妈妈带着她去上钢琴课了。”

李川一推他，打趣道：“保护得这么好，什么时候带出来让我们见见呗。”

“下次，下次。”秦俭摆手搪塞着。

李川又转过身来，看向身旁这15岁的少年，青涩白嫩，纤瘦得骨节分明，额头上还冒着青春痘，眉角锋利，天生一副王者气，嘴上却总是嬉笑个不停。他看着卫冕，仿佛能一眼看到他荣光加身的未来，却又恍惚间看到了自己模糊的过去。

李川时常会想，这么多搞竞赛的好苗子，自己怎么就唯独看上卫冕了呢？说是英雄惜英雄也不为过，大概是卫冕和年轻时的自己实在是太像了。只可惜自己当年没有遇到一个好老师，在学物理这条路上平白走了许多弯路。现在碰到了卫冕，李川决心一定不让他重蹈自己的覆辙。

“卫冕啊。”李川对着他那不安分的后脑勺喊了一声。

卫冕应声回头。

“你听我的，以后上了一中啊，你就来上我的物理竞赛班。你跟着我再踏踏实实地学两年物竞，凭你这脑瓜子，绝对闭着眼睛进国家队！到时候北大和清华抢着要你，两边的招生官都跑来求你，你倒要开始纠结到底去哪儿了！”李川一口气跟他讲完了未来高中三年的规划，放眼望去，那前景真是一片光明。

卫冕也忍不住在脑中展开了联想。我，国家队吗？

卫冕一想到这个，脸上就不自觉地浮现出放荡的笑容。他虽然没喝酒，但脸上也泛起了红晕。

正当卫冕沉浸于对未来的遐想时，下一个敬酒对象走了过来。

“这是一中的化学闻老师。”李川向卫冕介绍着。

卫冕歪着脑袋，眨着眼说：“我认识。我们一起在闻奕轩家补课时见过的。”

闻老师单手指着卫冕，夸奖道：“我记得卫冕，我上次考了你们一个题，你想都没想，答案就直接蹦出来了！”

卫冕不知道今天是第几次被褒奖了，他只管一个劲儿地笑着。

“小卫啊，你平时这是怎么学的呀？给我们家闻奕轩多传授点经验呗。”闻老师凑过身，向他悄悄打探着。

卫冕看一旁闻奕轩有些失落的样子，清楚攀比是最伤人的，于是他想方设法地寻找着闻奕轩身上的优点。“闻奕轩背您写的诗背得挺好的呀，上次那个什么‘升失氧，降得还，单线桥法一线连’，他背得可溜了！”

“他光会死背有啥用？他要是能有你一半聪明，我就开心坏了！”闻老师的褒贬倾向过于明显。

李川带着卫冕敬完了一轮酒之后，就回到了座位上。转盘上还剩了好多菜，但大家似乎都已吃饱，纷纷放下了筷子。

许久未动的转盘这时却大幅度地转了个方向，一盘酱牛肉转到了孙凯文面前。就见他伸出筷子，夹了一大片回来，酱汁还滴了一路。

“老孙，你再吃！就知道吃！”卫冕看他那吃相就不顺眼，转过头来就朝他踢了一脚。

“好吃嘛。人活着多不容易，最后不就是为了吃口好吃的嘛。”孙凯文笑着，边说边往嘴里塞肉。

他们俩这一闹腾，动静还不小，其余人的目光都向这方向投来。

卫冕妈趁机开始向孙凯文爸请教：“孙老板，您给我们讲讲房地产的内幕呗。”

“我一直纠结来纠结去，要不要买，本来2008年5000一平的，现在都涨到5万一平了呢。”闻奕轩妈紧接着摆出了一个触目惊心的数据。

“我预估，房价肯定还会再涨下去的，你现在赶紧下手买房一点儿都不亏，搞不好过了个三五年的，房价又要翻一番了呢！”孙凯文爸一掌拍着桌面，另一掌在空中挥着，开始了对未来房价走势的大胆预测。

“我们这每天拼死拼活地上班也赚不出这么多钱来哦。”卫冕妈一手托腮，开始发起了牢骚。

“川叔。”这时卫冕拉了拉他的衣袖。

李川转过头来问他：“怎么？看大人们敬酒聊天觉得闷了？”

“你怎么知道我在想什么？”卫冕歪着脑袋看向他。

“我还不懂你嘛？”李川弯眼笑着，然后指向对面一件小包间说道，“那边儿是不是有个空包间啊？去那儿再开一桌吧，你去跟你的好兄弟们好好玩玩儿！”

“谢谢川叔！”卫冕兴奋地从椅子上跳起，一脚就已经迈了出去。

可另一脚还没来得及动弹，他就立即转过了身来，凑在李川的耳旁，压低了嗓音说：“哦，对了……”

“怎么？”

卫冕纠结了一下，然后把憋了许久的问题问了出来：“您打算什么时候，去跟我妈妈领证啊？”

李川也收起了玩笑意，顿了顿之后开口道：“稍微缓一缓吧，等你开了学，高一竞赛季差不多结束的时候，我也正好闲下来，就去把那事儿办了。”

李川跟他讲起了时间安排，最后给了他一个肯定的承诺。

卫冕听到那确定的答复，心下有按捺不住的激动，却也不敢声张。他仿佛能预想到几年之后的荣耀和辉煌，他现在迫不及待地盼望着快点上高中，他想快些长大，他已经等不及竞赛季的到来，等不及新父亲的补位，等不及重新拥有一个圆满的家庭，等不及去迎接未来的那一片光明。

突然，卫冕的视线变得模糊，眼前的场景被揉进了一团漩涡，时间也碎成了一摊碎片，黄昏、夜晚和次日的清晨都被冲搅，冲进了太平洋中心，被黑色漩涡吞噬，一去不复返。

他什么也看不清楚了，只隐约听到耳畔传来了音乐声，是一首歌，有些耳熟，嘶哑的人声让他有些发怵。他断断续续地听出了几句歌词——

我听着那少年的声音

在还有未来的过去

渴望着美好结局

却没能成为自己

当未来还是不可知的时候，少年曾经充满憧憬。

可是“我”已经是现在的我了，我早就提前知道美好结局都是幻觉。

我弄丢了我自己，在还有未来的过去。

这一天，除了孙凯文爸预言房价还会持续上涨以外，其他所有关于未来的预言都被证明是假的。卫冕拿了五个二等奖，没有进国家队，北大和清华没有来抢着要他，他也没有资格再去给闻奕轩传授学习经验。李川老师受举报被一中开除，他和卫冕的妈妈没有领证，没有组合成一个家，卫冕还是没有父亲。

莫非年轻时不能太锋芒毕露，否则运气用光，余生都将黯然失色。

卫冕醒来时发现自己躺在一张柔软的床上，床垫很舒服，整个身子都仿佛陷进了这温柔乡里。他此时只觉得头疼难耐，胃部抽搐，浑身散发着一股酒肉气。他试图从床上坐起，可头晕目眩，他凭着微弱的光线辨别出了这屋子里的布局之陌生——这不是他家。

卫冕揉了揉双眼，试着爬起身去拉窗帘，刺眼的日光霎时倾泻而入。

他一点点地张开眼皮，看到紫色的床板、白色的书桌、木制的衣柜。

这不是孙凯文家，不是梅御坤家，也不是闻奕轩家。

我现在到底在哪儿？

卫冕回过头来，审视着眼前那张床——粉红色的床单、小碎花图案的被子，床头还放着一个兔子抱枕。

“我的天！”卫冕看了这房间内的布局和陈设之后，心下有一种非常不好的预感，他再抬头一看，就看到了床头柜上的相册——一家三口，幸福美满，中间的女孩笑得很开怀。

就在卫冕欣赏着相册时，他突然听到了隔壁传来了钢琴声，他觉得耳熟，但却叫不出这曲子的名字，应该是个什么有名的古典曲目吧，总之听起来华美又流畅。

卫冕走出了房间，循声推开了隔壁的房门。

房间内右手边是三层书柜，柜上摆满了各式各样的书，左手边放着一台施特劳斯的三角钢琴。女孩的手指在黑白琴键上舞动着。她听到门被推开的声音，手指停了下来，踩着踏板的脚也收了回来。

“你醒来了？”阮思秦抬头看向立在门口的卫冕。

卫冕愣了一小下，然后假装不经意地问，“你，你刚才弹的是什么曲子？”其实他在推门之前就有预想到可能会是这样一幅场景，但当他真正亲眼看见时，还是有些惊诧。

“《山海》，草东没有派对的，我自己扒的谱子。”她答。

“思秦，你能给我讲讲昨天晚上到底发生了什么事情吗？我为什么会在这儿？”

“你一点印象都没有了吗？”阮思秦眯眼反问。

“我只记得我好像喝得有点迷糊，要让阿坤教我们班数学，其他、其他我真的什么都记不起来了。”卫冕扶着额头努力地回忆着，但记忆像碎成了碎片，他只能勉强记起一些零碎的片段。

“不是我说，你酒量也太差了一点吧，一杯下去直接就倒了啊，而且还是头朝地倒在地上的。”阮思秦坐在椅子上就开始笑话他，不过她看卫冕那抽搐的神情，还是收回了继续嘲笑他的冲动。

她侧过身来，开始说起事情的来龙去脉：“你家是不是也住得挺远的？反正这大晚上的，你妈一个人拖不动你，我爸就叫了个代驾把你拖回来了。”

她那三言两语就把事情带过去了，卫冕心中的困惑还是没解决，于是他又揪住一点追问道：“那为什么不是孙凯文或阿坤把我带回他们家呢？”

“你就别提了，孙叔叔和梅叔叔喝得比你还醉，整个人都瘫倒了，动也动不了。每家照顾一个醉汉已经很麻烦了好吗？两个醉倒的大男人放在一起，那还得了？”阮思秦叉腰，接连反问。

“这么看来，在场喝了酒的人里面，也就秦老师没醉咯？想不到他这么有克制力。”卫冕大致厘清了这前前后后的逻辑，心下不禁小小钦佩了一下秦老师。

然后他凑过脑袋，向她确认着先前的猜想：“所以，我昨晚睡的是你的房间？”

阮思秦点头。

卫冕重启了自己的大脑，然后飞快地运转着：“所以是我睡了你的床，你睡了你爸的床，然后你爸睡的沙发？”

“算你有点智商！”阮思秦白了他一眼，然后没好气儿地甩了一句，肯定了他的推理。

“天哪！我都干了些什么……”卫冕一手捂脸，满脸委屈和懊恼。

阮思秦觉得他这反应怪得很，反问他：“怎么？我都没嫌弃你占用了我的房间，你反倒嫌弃起我来了？”

卫冕把手从脸上放了下来，神情有些不自然地说道：“不是，我第一次进女生房间，有点紧张。”

阮思秦见他那扭捏的样子，一时觉得有点好笑，不过还是故作高冷，“要不是我昨晚同情你，我就把你扔到地板上睡去了，让你一早起来关节疼去！”

“思秦大人有大量。”卫冕看出来了她的心思，知道她虽然嘴上说得不情不愿，但心里肯定还是块软豆腐。

不过卫冕心中还是有一点困惑没被解答，他又追问：“那为什么没把我放到秦老师的床上去睡呢？那样不是还省得你换房间了？”

阮思秦只觉得他的问题一个接着一个没完没了了，只好又给他解释。“昨天本来是想这么干的，但他那个房间离厕所有点远，秦老师怕你半夜起来上厕所找不着地方憋得慌，所以就放我这儿来了，你看，这儿一出来就是厕所。结果没想到你睡得这么沉，到中午才醒。”

“说到厕所，我的膀胱现在真的要炸了。”卫冕边说边捂着自己的下半身，拔腿就往厕所的方向奔去。

他解决完了内急，一推开门，就见一个围着围兜的男人出现在眼前。

“卫冕，醒了啊？”秦俭挑着眉看向他。

“秦老师早啊！”卫冕点头招呼着。

“不早了，这都中午了！”秦俭低头一看表，就拍着他的背，催促着，“快，洗洗脸，洗洗手去，马上开饭了。”

“您亲自下厨啊？”卫冕看秦老师那一身“家庭主夫”的打扮，一时还没适应这身份的转变，他惊诧至极。

“怎么？你嫌弃啊？”秦俭故意噎他。

“那不敢不敢。”卫冕赶紧摆手辩白着。

待卫冕洗漱完，坐到餐桌前时，秦俭就盛了一碗汤，端到他面前。“来，先把醒酒汤喝了。”

卫冕双手端起，小口抿着。

“啧，小年轻，对自己几斤几两一点儿掂量都没有。”秦俭看他那样子，顺带又多说了几句，然后他掏出手机，开始打着字，边打字边说，“我得跟你妈讲一声，她要来这儿接你。”

卫冕一听，立刻摆手推辞：“不用了吧，她那大老远的，何必呢？我穿个马路过去不就直接到学校了吗？”

秦俭抬眼看向他，犹豫了一下，然后把手机扔到了一边。

卫冕喝完了汤之后，顺手抽了桌上的纸巾，擦了擦嘴。

阮思秦却突然问他：“话说你昨晚有做什么梦吗？”

卫冕被她这没头没脑的问题怔了一下：“为什么这么问？”

阮思秦偏着脑袋，一手托腮："你回来的路上好像一直在说梦话，但支支吾吾的什么也听不清楚。"

卫冕脑中碎成碎片的记忆像是突然活了过来，那坠落的失重感、酒杯碰撞的叮咚声，还有关于三年前的回忆和李川老师对未来的预言，一个个记忆片段都重新回到原位，连成了一条完整的记忆链。

他的脑袋又开始疼了起来。

卫冕扶着酸涨的脑袋，踟蹰着开口："那不是梦。"

"什么？"阮思秦疑惑。

卫冕顿了顿，开口道："那是一件真实发生过的事情，就在三年前，同样的地点，人也差不多，不过那时候没有你……算了算了，这事儿以后有机会再跟你说吧。"

阮思秦刚听了个开头，本来还兴趣盎然的，结果卫冕欲言又止，两句就掐断了话题。她只好埋下头，继续扒拉着碗里的饭。

吃完中饭后，秦俭又化身为了"家庭主夫"，他穿上了围兜，开始收拾桌子、洗碗筷。阮思秦和卫冕则又回到了书房里。

卫冕指着左手边那台施特劳斯钢琴，摩拳擦掌："思秦，你这钢琴能给我玩玩儿吗？"

"你学过？"

"没，我就以前去孙凯文家里瞎玩过几次。"

阮思秦看起来也不是太反感，就顺手帮他翻开了琴盖。

"这个是'do'吗？"卫冕看着那88个黑白琴键，伸手试探性地摁了摁中间一个白键。

"这是'fa'，这个正对这条线的才是'do'。"阮思秦伸手给他纠正着，然后瞥了他两眼，质疑道，"你真的会弹吗？"

卫冕尴尬地笑了笑，转而玩起了黑键："等一下啊，让我找找音，这个是'升fa'是吧？"

“你要看谱子吗？”阮思秦看他那不靠谱的样子，就打算走去书柜那儿取琴谱来。

“别别别，五线谱那密密麻麻的，眼睛都要看瞎了，我自己摸索摸索就好。”谁承想卫冕居然以这种理由拒绝了。

他坐在了琴椅上，左手在低音区拨弄着。

卫冕断断续续地弹了一串音符出来，阮思秦仔细听着，辨认了出来：“你是要弹《菊次郎的夏天》？”

“你也会啊？”卫冕兴奋地一抬头，凑到思秦身旁。

“废话，这入门曲目好吗？”

“思秦，那你帮我弹弹右手吧，我左右手还不知道该怎么合起来呢。”卫冕嘟嘴向她恳求。

“你坐过去点儿，”阮思秦挥手把他赶到椅子的一角，然后坐在了右半边，她右手张开，俯在琴键上，“跟上我的节奏，我弹到第二个‘mi’的时候你左手进来，别弄错了啊。”

主旋律毕，节奏稳当，灵动跳跃，行云流水。

“我们俩配合得真有默契啊！”卫冕得意地拍着自己的大腿。

阮思秦玩儿得差不多了，想起还有不少作业未写，她不想再浪费时间弹简单的曲子，于是站起身说：“你自己玩儿吧，我写作业去了。”

只剩下卫冕一个人，在书房里把玩着这88个黑白琴键。

15分钟后，秦俭洗完了碗筷，甩着手从厨房里出来，就听见了书房里传来的灵动跳跃的琴声，他觉得有些耳熟，下意识地说：“小秦啊，你弹这种轻快的小曲子也挺好听的嘛。”

“我没有在弹啊。”阮思秦张口否认。

“那是谁在弹琴？”秦俭反问。

阮思秦心下的念头一闪而过，她着急慌忙地冲到书房门口，一把拉开门，对琴椅上的人喊道：“卫冕，你再弹一遍！”

卫冕被她这举动怔了一下，又从头弹了一遍。这一遍尤为流畅，远没有最初的磕磕绊绊。

“你已经学会左右手配合了？”阮思秦瞪大了眼，嘴也没能合拢，她不可思议地反问，“不可能！我练了两个月两只手才能配合好的。你就摸了15分钟怎么可能会？”

卫冕却甩了甩手腕，开始自顾自地总结起规律来：“左右手配合好像也没说得那么难嘛，不就是一心两用，左右同时干不同的事儿嘛！”

阮思秦就站在他身后看着，她被卫冕的可怕学习力惊到了，她难以接受自己多年的练习和努力在这人面前变得一无是处，她心里就是莫名地来气，朝他喊道：“那是我学了八年钢琴才弹得出来的好嘛！”

卫冕又跷起了二郎腿，开始自吹自擂：“弹钢琴这种一心两用的东西嘛，我最擅长了，我以前上初中的时候就喜欢一边看书一边写作业，两边儿不耽搁；打扑克牌的时候，一边记牌一边算牌；画画的时候左手画圆右手画方；我以前还试着练过左手写数学右手写英语，不过那个没练成，反倒是数学老师跑来质问我课前补作业的字怎么这么丑。钢琴不也是那样吗？左手摁和弦，定节奏，右手弹高音的主旋律，两边儿不干扰。何况钢琴有这么多键，自学起来可方便了，钢琴应该是世界上最简单的乐器了吧。”

卫冕讲了一长串，中间不带喘气儿的。

阮思秦从小接受的教育都是“只要努力就没有什么做不到的”，可是如今，这条一直被她奉为圭臬的信条却在卫冕这儿坍塌了。卫冕的“唯天赋论”听着真是欠打，可她实在找不出有力的回击手段，只能无力地重复这苍白的说辞：“卫冕，你怎么这么讨厌啊！”

卫冕看她那憋红了脸的样子，觉得可爱至极，继续开着腔：“那我也没办法，谁叫这一心多用是天生的呢。”

可他说完了这句不要脸的话后，语气突然低沉了下来，全没有了先前的那般狂傲和自负："可我不知道这到底算是一个优点还是缺点。我学新东西的确学得特别快，但我做什么好像都太轻易了，兴趣点太多，专注不起来。

"以前上幼儿园、上小学的时候，老师们都特别讨厌我。因为我坐在座位上就不安分，屁股坐不牢，跟前后左右的同学总有说不完的话。上课老走神，下课后就喜欢搞破坏，把教室里的瓷砖给卸了，拿水枪把厕所里的灯泡给打爆了……"卫冕两眼望向窗外，讲起了他的过往。

阮思秦双手交叉在胸前，没好气儿地说："你活该吧，从小就不安分。"

"他们总是跟我妈说我有多动症，劝她带我去医院检查脑子有没有毛病。然后我妈就带我跑遍了全上海的几个大医院，去儿童医学中心做过检查，又去精神医院问过，医生们都说我健康得很，没毛病。"

阮思秦听着他的叙述，突然觉得有点心疼，被当成异类和黑山羊，肯定不好受吧。于是她追问："那到底是什么问题呢？"

"当时一直找不到原因，直到我上四年级的时候，遇到了李川老师，是他跟我说，我连接左脑和右脑中间的神经元比正常人发达，神经细胞的树突比一般人要多得多。因为左脑是管逻辑抽象运算的，右脑是管图像记忆的嘛，他说我的两个半脑可以同时运转，所以就可以左右手同时干不同的事情，也可以边记忆边计算。"卫冕开始讲起了大脑的构造，又冒出了一些生物术语，阮思秦听得有些云里雾里的。

"是他告诉我说，注意力不集中跟多动症半毛钱关系都没有，只是因为脑子转得太快，思考的东西太多，太发散而聚焦不到眼前一个小点上。"

阮思秦听他那说辞，将信将疑："怎么听你说得这么玄乎呢？"

"李川老师还跟我说爱搞破坏是科学家的前兆。

“那是他第一个发现的，是他第一个说我是天才，说我不应该被埋没了。他说，他当老师这么多年，知道埋没天才是多大的罪过。以前我一直吹嘘这一点，觉得我会一心多用就高别人一头，我一直把它当作我独有的天赋。”

“可是，”阮思秦这时打断了他的话，她此时冷静了下来，组织好了合适的语句来反驳他，“你是不是从来不知努力为何物？从来没有体验过为一件事倾尽全部心血的感觉？你一切都得来得太轻易了，你体会不到那种在黑暗长夜中为一个特定的目标奋斗的快乐，也体会不到那种来之不易的收获和成就感。”

“是啊，所以我觉得上天在惩罚我，我被这玩意儿害惨了。就因为兴趣点太多，什么东西都不当一回事儿，总是三分钟热度，专注不起来，沉潜不进去，真是痛苦死了。”卫冕双手挠着头，自我检讨。

“所有人都等着看天才陨落的笑话。我现在真是迫切地需要一场考试来证明一下自己，我绝对不是期中考试那个水平！”

她听了卫冕过去的经历和不要脸的自我剖析之后，不知为何，突然有点儿同情他的遭遇。他的生活也没她想的那么轻松自如，他也很苦恼的不是吗？

“少想点这些有的没的了。”阮思秦走近了来，拍着他的肩头说，“你们两周之后不就是月考嘛，想证明自己，就去打个漂亮的翻身仗吧！”

卫冕看向她的眼波，感激莫名。他一把站起身，郑重地说，“等着瞧吧。”

第六章　淬火重生

［序4］

“我现在终于明白您为什么要约我到酒馆里讲故事了。原来卫先生早就尝过白酒了，那威士忌这种烈酒对您来说简直不值一提。”我举着琥珀色的酒杯，向面前人恭维道。

卫冕对我这套不熟练的恭维完全无感，只客套地回了句：“那都是很久以前的事情了。之前我们讲过否极泰来里的前两个字，对吧？接下来我要开始讲后两个字了。”

卫冕调整了一下坐姿，我双手伏在键盘上说：“我迫不及待想听一个淬火重生的故事。”

［正文］

11月24日，上午7：45。出完早操的学生们陆陆续续地回了教室。

教室的窗户密闭着，不透风，空气里因夹杂着太多二氧化碳而显得有些沉闷。

卫冕掏出了书桌里的一套绿皮封面的《走向成功——2017年上海高考二模卷（数学）》，封面边角儿起了些褶皱，红笔的笔迹也杂乱无章。他翻开第二套卷子，在最后一道解析几何的大题那儿写了个“解”字，然后开始从后往前做。

卫冕懒得拿草稿纸，直接在试卷上写着椭圆和双曲线的解析式，他边列韦达定理的式子边自言自语道：“今天数学课走进来的会是谁呢？赵老师，秦老师，还是阿坤？”

蔡秉言不知何时走到了他面前，单手撑着桌子问他：“卫冕，有空不？”

“啥事儿啊？”卫冕抬眼瞥了瞥他，右手却没停下来，继续代入着题干里的数据，开始暴力计算。

“跟我去一楼团委那儿搬几把椅子上来。”蔡秉言简洁明了地跟他交代。

“老孙，一起去吧。”卫冕右手拿笔盖戳了戳前桌孙凯文的后背，然后左手敲了几下计算器，解出了第二小问的答案。他翻了一下参考答案的小绿本——

答案正确。

卫冕把二模卷合上，拖着孙凯文，跟着蔡秉言从后门出了教室。

“为什么要搬椅子啊？”孙凯文莫名其妙地就被抓来做了免费劳动力，他现在还是不明所以。

“领导来听课。”蔡秉言惜字如金。

“听课？听谁的课啊？”孙凯文抓着脑袋，还是没闹明白情况。

“还能是谁的课？当然是阿坤的课呗。”卫冕敲着他的脑袋，顺便踢了他一脚。

蔡秉言点了点头，然后补充道："今天校长、副校长、年级组长、数学组的老师们，还有秦老师，他们都要来听课。"

"妈呀，这阵势也太夸张了点儿。"孙凯文刚差点儿摔了个趔趄，他一手扶墙，稳过身子来。

"阿坤这下要紧张坏了吧。"卫冕却摩挲着自己的下巴，为主讲人担忧着。

趁执勤班的同学们换班轮休的空档，他们一行三人偷偷违规乘坐了教师电梯。一路小跑到了一楼的团委办公室。

卫冕叉腰看着眼前那掸落了灰尘的椅子，问他："一共要搬多少把椅子啊？"

"11把，"蔡秉言跟他交代，然后边搬椅子边解释说，"11个人听完他的课之后打分，如果审核通过了，就批准梅御坤教我们班的数学课；如果没通过的话，就还是赵老师来教我们。"

孙凯文两手各提了两把椅子，暗自说着："一定不能让老赵回来。"

卫冕双手抱着三把叠起来的椅子，赌气般地说："他要来教我就不学数学了！"

8：00，第一节上课铃响。梅御坤拿着一沓讲稿走进了1班教室。

"梅神太牛了！"

"国家队大佬请收下我的膝盖！"

"跟梅神比起来我简直菜得不行！"

台下又是欢呼，又是掌声，气氛好不热烈，这外人要是来一看，不知道这是要上数学课，还会以为在搞什么仪式。

坐在教室最后旁听的那一排老师看了众人这反应，也是怔了一下。他们教书这么多年，还从来没见过台下的学生们这么兴奋过，看来梅御坤深得民心啊，这隐约成了第一个加分项。

梅御坤看到教室后坐着这么多高层老师，又见大家这样热情的反应，有些不好意思地挠了挠头。

“阿坤加油啊，好好讲课，你没问题的！”卫冕知道他在众人的目光焦点下会紧张，给他鼓励加油着。

梅御坤朝卫冕的方向点了点头，冲他感激地笑了笑，然后拿起了讲台上的一支白粉笔，回过身来开始在黑板上画平面直角坐标系。

台下瞬间恢复了安静。

“我们今天继续复习压轴题系列，解析几何和数列结合起来的综合大题。先看第一个椭圆……”

梅御坤单手握着粉笔，在黑板上哗哗地写着解析式，列着一步步的算式，写了整整半个黑板，最后在答案那儿画了一道下划线。

“就是这样做的，然后答案就出来了。看下一道，双曲线和抛物线的运动轨迹……”

梅御坤5分钟神速讲完了第一题，台下人忙着一抬头一低头地记着笔记，努力跟上他的节奏。

“诸位觉得如何？”王校长听了这开头，大致就摸清楚了他的情况，他转过头来询问老师们的意见。

“还行，思路还算清楚，小梅毕竟国家队的，自身水平摆在那儿。”秦老师客观地评价着，不偏不倚，不褒不贬。

赵老师这时冒出来，从头到脚全方位地否定着他：“我看不行。他讲题完全按着自己的逻辑，讲得太跳跃、太快了，一些不是很明显的步骤他跳了好多的。重点太不突出，讲得也没啥激情，太平了。”

秦老师摇着头，对他这鸡蛋里挑骨头的说法不理解：“这要求有点儿过了吧，还要有激情？我现在上课都没激情。”

赵老师继续解释，像是刻意摆脱挑刺者的帽子，做出一副为大家着想的好人模样，“他一个人这么干巴巴地讲着，气氛有点沉闷啊，要是能多搞些互动之类的就好了。”

“那你这对一个学生来讲要求也太高了点儿，我刚工作那会儿也不会搞互动，就一个人在那儿写板书，我看能讲成这样就不错了。”秦老师接着他的话，又举起了自己的例子，个中暗示不言自明。

卫冕的个子算班里中等偏高的，他坐在靠后的座位上，听到了后排老师们的窃窃私语。他眼珠子一转，立刻就想出了一个法子。

他突然从座位上站起身，椅脚与地面摩擦发出刺耳的响声，这一动静把台前台后的众人都惊了一下。前排的同学都回过头来看向他，后排的老师也抬头望向他的后脑勺，讲台上的梅御坤也放下了手中的粉笔，不知道他这时突然起立是何意图。

“梅老师，我有个问题。”卫冕郑重其事地提问，还特地称呼他一声老师，尽管在别人耳里听来有些戏谑。

“卫冕，你说。”梅御坤抬手示意他继续。

“为什么这条双曲线的右半支上，x要从2m开始取？它的定义域难道不是从a/b开始算起的吗？”卫冕左手指着黑板上那张图提问。

梅御坤反应也很快，几乎是脱口就回答了这问题：“因为题目里有一个隐含条件，P点在射线MN上运动，构成凸四边形MNPQ，那是一个小陷阱，我以为大家都懂了，所以就跳过了这一块。”

然后他转身，打算接着往下讲：“好，那我们再看下一道题。”

“等等，我还有个问题。”卫冕似乎还不满足，继续站起身，举手提问着。

斜前方的闻奕轩对他这一次次的打断很不满，回过头来质问他：“卫冕，你故意的吧？”

“哼，算你小子情商够高啊！”秦老师坐在后方洞察了一切，对他这刻意营造的问答哭笑不得。

“这互动可不是说搞就搞起来了吗？”王校长拍着自己的大腿，欣慰地看着眼前这批男孩子们。

“你要的重点和激情也有了。”秦老师转过头来，笑着看向一旁的赵老师。

“我看这下挺好。”

“我也觉得还不错，比一些实习老师讲得还好。”

“主要底下同学们水平也高，这讨论起来的氛围也好。”

其余老师们纷纷赞许着这课堂氛围和主讲者的水平。

赵老师一看大事不妙，这舆论趋势都往一边倒，这样一来，自己要想接管理科班数学老师这位子还真是阻力重重，于是他又跳出来反驳：“不，我还是不放心，这帮学生们要是搞出乱子来怎么办？那不就成教学事故了吗？”

“相信他们的自治能力吧，毕竟都是十七八岁的人了，他们清楚自己要什么。”秦老师拍着他的肩，打消他不放心的念头，然后又摆出了自己无为的治理原则，“以后就每堂课老师们轮流去转悠两圈，只要是在好好上课，不是在干别的，就不去打扰他们了。”

“我觉得在理。”

“我也附议。”

下课后，众人举手表决，10比1通过，由梅御坤代18届理科实验班数学老师。

11月27日晚，男生寝室内。

闻奕轩穿着一身灰色棉睡衣，脖子上挂着毛巾，提着水桶和换洗衣服回到了625寝室内。他顺手把澡卡和浴巾挂在了墙边，然后拿起梳子开始对着镜子梳刘海。

他透过镜子里的反光看到右手边的下铺，张易难戴着眼罩，插着耳塞，看起来应该已经睡着了。

而他的对床，卫冕的位子上是空着的，椅子被踢到了一边，书包拉链敞开着，书桌上也只摆了零星几套卷子。

那寝室里还剩下一个人……闻奕轩抬头向斜对面看去，孙凯文正横屏抱着手机，两只手正高速地敲着屏幕，眼神格外专注，嘴里还念念有词。

闻奕轩的头发还在滴水，他此时边擦拭边问孙凯文："你有没有发现，卫冕最近老往隔壁623跑？"

"是吗？"孙凯文闻言连头都没抬，手上操作不停，顺口回答了句，"估计去找蔡秉言和梅御坤讨论问题了吧。"

闻奕轩转过脑袋来，瞟向天花板自言自语道："他最近是不是又受什么刺激了？怎么突然变得这么爱学习了？"

寝室里隔音并不好，闻奕轩试着凑近了墙壁听，甚至能清楚地听清隔壁623寝室里的一言一词。

"我刚刚晚自习的时候写了篇语文作文，关于人生理想和社会现实的辩证关系的，你帮我指点指点呗。"

623寝室内，卫冕掏出一张皱皱巴巴的文稿纸，强行塞到蔡秉言手中。

蔡秉言本来打算严格执行自己制订的复习计划，但卫冕最近频繁地闯入他们寝室，有些干扰他的复习节奏。不过本于为全班奉献的精神，他还是没有推脱，每次都耐心地给他答疑。

"我看看。"他一手接过文稿纸，认真地从头读了起来。

卫冕看他这么爽快地就答应了，不知从哪儿又掏出了一张布满红笔笔迹的英语卷子："那我们统筹安排一下时间，你边看作文边听我说啊，英语上次周测的这个完形填空，69题这个空，这个为什么选C？"

蔡秉言脸一黑，闭着眼睛翻了他一个白眼："你一个个来行不行？我又不是你，我没法一心两用的。"

卫冕也意识到自己又推己及人了，于是识趣地收回了英语卷子，“好吧，那你还是先帮我看看作文吧，作文好歹占70分，抵一门物理了。”

蔡秉言仔细读着，卫冕则在来回踱步，从南端门口溜达到北端阳台，又从西边的书柜溜达到东边的厕所，他边踱步边念念有词，“可你看的时候我很无聊呀。”

“那你自己找点儿事儿做呗。”蔡秉言瞧不惯他那急性子。

于是卫冕在他们寝室来回转着圈圈儿，又跑去摸了两把梅御坤的头发，又跟另外两个室友嘎了会儿讪胡，可回来时，蔡秉言居然还没看完。他急得难受。

就在这时，卫冕正好瞥到了书架上的一本精致的笔记本。

他灵光乍现，单手撑着桌子，凑近了说：“对了，老蔡，你化学笔记借我抄抄呗，我前面没整理，落得太多了。”

蔡秉言顺手取下了自己的化学笔记，单手丢给他：“拿去，安静点。”

卫冕熟稔地接过，然后又开启了他特有的腔调：“谢谢啊，蔡班长果然慷慨大方！”

夜晚的时间总是这样不知不觉地就溜走了，在这一来一回的答疑解惑中，转眼就到了熄灯时间。

23：00，宿管大爷打着手电筒来查寝。卫冕则赶在熄灯前的片刻悄悄溜回了自己的寝室。

他摸黑翻出了抽屉里的小手电筒，然后就裹着棉大衣，推门上了阳台。

卫冕用嘴叼着手电，左手捧着一本厚厚的《英语语法宝典》，右手拿着荧光笔圈画重点。这穿着打扮，活脱脱一个地下矿工。

可他在阳台上站了没几分钟，小腿上就被嗡嗡的飞虫给叮了个大包。他吐掉口中的手电筒，一掌拍死了那恼人的虫子，然后抹了抹手上的血迹，暗自吐槽道：“这都快入冬了怎么还有蚊子？”

卫冕无奈，只得暂且缴械投降，他合上书，拉开阳台门，又回了寝室书桌前。他抬眼一看，黑咕隆咚的寝室里，只有一个角落还冒着白光，电子光映照到人脸上，竟生出几分惊悚感。

“老孙，你还不睡啊？”卫冕压着嗓子，轻声问他。

“等下，我等会儿睡。”孙凯文视线就没离开过他手中的屏幕，顺口用模糊的虚指搪塞着他。

“你等会儿不用厕所了吧？”卫冕追问。

“应该不用了吧。”孙凯文继续头也不抬地答。

“那从现在开始到明天早上6点之前，厕所归我了哈！”卫冕拍着自己的胸脯说道。

“你要干吗？”孙凯文终于抬起了头，被他这话惊得一把扔掉了手机。

“阳台上虫子太多了，学不进去。”卫冕撸起自己的裤管，把蚊子包展示给他看。

孙凯文刚刚理顺他那逻辑，可这得出的结论说出来连他自己都不相信，于是他试探性地问：“老兄，你不会是要在马桶盖上刷题吧？”

“怎么？有意见啊？”

孙凯文震惊到语塞。

“反正熄灯只熄房间里的，厕所灯又不熄，我正好省得打手电了，还能多腾一只手出来呢。”卫冕说着，就把整个书包都扔到了马桶盖上，然后打开了半盏灯，一脚跨了进去。

“好吧，那你别被自己熏死。”孙凯文好心提醒着他，然后又拾起了床上的手机。

次日清晨5：30。

日出前的太阳光散射出了冬晨的蒙影，曙光初露，稀薄清新，而天空中泛起的鱼肚白朦胧，万籁俱静。

男生寝室6楼走廊上，一个清澈的少年嗓音响起：“Success is not final, failure is not fatal. It is the courage to continue that counts.”。

张易难倏地从床板上坐起，两手捂着耳朵高声吼道：“谁大早上的在读英语？”

上铺的闻奕轩被他这大动作吵醒了，抓了抓脑袋，迷迷糊糊地反问：“刚才有人在说话吗？”

对床下铺的孙凯文也被他给折腾醒了，他揉了揉眼皮，翻身摸着枕头边儿的手表，拿起一看：“才五点半，吵什么吵，让我再睡会儿行不行。”

他恼火地喊了几声后又把脑袋埋回了温暖的被窝里。

张易难指着面前的橙黄的灯光，厉声反问：“昨晚那厕所灯为什么一直亮着？”

“有吗？”闻奕轩揉着眼，似乎还是半梦未醒的，“闭上眼不就看不见了嘛。”

“别吵别吵，让我再安静地睡一个小时，呼噜噜……”孙凯文把枕头盖在自己脸上，然后转过身去，立刻就打起了呼噜。

“睡不着了！”张易难眼眶里生出了几条血丝，他抓着自己的头发，暴躁地跳下了床。

男生寝室一楼，卫冕正在门口来回踱步，他手捧英语书，抑扬顿挫地高声朗诵着。

清晨的阳光斜射进空荡荡的走廊，在地上映照出斑驳的光影。窗外偶有鸟鸣声和虫鸣声传来，于这一起一伏、一消一长之间，空气都变得软软的，仿佛一整天的心情都会因此舒畅起来。此时的寝室楼的大门还是紧锁着的，卫冕就一个人蹲在寝室门口，边背英语，边复习化学笔记。

“咯噔”一声，寝室门开。

卫冕利索地站起身，低头一看表——

5：50。

宿管大爷本是例行公事地打开寝室门的锁，却在打开的那一瞬间愣了一下：“小伙子，起这么早啊？你在这儿蹲了多久了？”

卫冕向他摆手，又指了指手中的书和笔记说道，“没多久没多久，我就刚来，背背英语，背背化学呢。”

大爷一看，心里不禁赞叹着，这一中的学生素质就是高，然后朝他竖着大拇指夸道：“你这么用功，念书肯定念得特别好！”

卫冕笑着向他挥手：“哈哈，谢谢大爷！”

然后他就一把拎着自己的书包，向门外跑去，跟谁抢着似的一路飞奔到食堂一楼，买下了他们这一天卖出的第一份早饭。

卫冕提溜着还热乎的肉包和豆浆，小步快跑，穿过避雨走廊，一路带着风，吹得两旁的枝叶沙沙作响。他一口气冲上六楼，一把拉开1班教室的门——

空无一人。

卫冕打开了前后所有的灯，开始俯视着这空空荡荡的教室，他再扭头看向北边儿的宿舍楼，大部分都还是漆黑一片。

卫冕掏出了桌肚里的计算器和那本绿皮封面的二模卷，选了套静安区的数学卷，就开始埋头做了起来。他边做题边吃着肉包，两边儿不耽搁。

随着太阳与地平线的夹角不断变大，教室里的人也陆陆续续多了起来。

到了7：25，出操铃响。卫冕啪的一声放下笔，把一套完整的数学综合卷做完了，他还没来得及对答案，先把卷子塞进了桌肚里，然后又从包中掏出了一本袖珍版《高中语文古诗文手册》，悄悄藏进了口袋里。

他跟着大部队一起在楼梯口列着队，然后躲在人群中，趁机背起了古诗。

孙凯文这时顶了下他的肩膀，凑过去向他打探道："卫哥，你昨天睡了几个小时？"

"别提了，我昨天在马桶盖上坐了一晚，现在半边屁股还疼呢……"卫冕瞥了他两眼，然后就继续背起了诗，孙凯文却挑逗性地抬脚朝他屁股上踹了一脚。

卫冕毫无防备，险些扑倒在地。他大骂了一声，然后就扬手做出反击状。

孙凯文见状，单手架着格挡，然后凑到他耳边，压低了嗓音说："哎，我看张易难可能随时想冲上来找你算账。"

卫冕放下了玩闹的架势，反问道："我又怎么他了？"

"还不是因为他昨晚被你那厕所光亮得没睡好，今早又被你吵醒了呗。"孙凯文跟他解释着背后的原因。

"不会吧？我早上起来特地轻手轻脚的，而且我厕所里只开了半盏灯啊。你看，你和闻奕轩昨晚不是都睡得还挺好的吗？"卫冕右手摩挲着下巴，回忆着昨晚的情景，又觉得颇为蹊跷。

"谁知道呢？张易难他敏感得要命，一点点光亮、一点点声音都受不了的！"孙凯文摊手对他说。

"行吧，那我以后再轻点儿声。"

出完早操回来后，秦俭拿着一张薄纸走进了1班教室。他拆掉了黑板报上的两个钉子，然后把那张A4纸钉在了板报上。

"下周一12月1号月考，考场安排我贴后面了，你们下了课之后自己去看看。"

大家一哄而上，挤在教室最后，有拿出手机拍照的，有高声喊着数字的，一时混乱成一团。

“它这是按什么顺序排的名单啊？”

“不是学号，也不是姓氏笔画。”

“是按期中考试成绩排的！”

“对，还真是！蔡秉言、闻奕轩还是在1班考。”

卫冕身子机灵，一下子就穿过了人群，一跃到了最前端。他看到自己的名字出现在最末端，无奈地笑了笑，然后自嘲道：“按期中成绩排，那么我得去9班考试了。我们班应该没人跟我一个考场。”

他眨了几下眼，记住了考试编号，就一个人默默回到了座位上，掏出桌肚里的二模卷和配套的参考答案，自己拿红笔批改着刚做的那套静安区的考卷。

11月30日晚，625寝室内。

卫冕跷着二郎腿，斜坐在自己位子上，他正翻着手上的绿皮二模卷，自言自语：“明天月考前这些二模卷好像做不完了。”

“那就挑着做呗。”孙凯文坐在床边给他支招儿。

“我看看，徐汇区、黄浦区、长宁区、杨浦区、浦东新区……”卫冕快速地扫了遍目录，这架势，仿佛是用嘴画出了一幅上海地图。

“你说上海整那十几个区干吗？全都合并成一个区不就好了吗？省得搞出那么多一模卷二模卷来。”孙凯文一拍大腿，摇着脑袋说着自己的遐想。

卫冕没理会他那不切实际的幻想，他敲着桌子，一把撕下了两页草稿纸。“我决定了，今晚就做黄浦区的！”

他正准备掐着表开始计时，就见斜对面张易难突然站起了身，单手指着他高声反问：“你凭什么只做市区的！”

卫冕歪过头来看向他，不知道他这没来由的一句是何意指。“怎么了？我自己家闵行区的还没做呢。”

“卫冕，你、你就是瞧不起我们郊区的！”张易难恼怒至极，说话都说得有些结巴，他手指颤抖着，浑身的气焰都像是在燃烧，一时搞得上纲上线。

“我没搞明白你这逻辑，这跟市区郊区有半毛钱关系？”卫冕摊手，给他从头理顺这背后的因果联系。“再说了，市区的卷子普遍难一点儿，做起来手感好啊。”

张易难还是不接受他这冠冕堂皇的逻辑，执意要杠下去。其余两人见他们这剑拔弩张的架势，也纷纷赶过来劝说着，生怕一冲动闹出什么事情来。

“行行行，我不待在这儿触霉头了，我去走廊上刷题总行了吧。”最后还是卫冕做了让步，他捧着计算器、草稿纸和试卷出了寝室门。

12月1日，月考当天，凌晨四点。

闹钟响了一声之后，卫冕就立刻掐灭了它。他一个鲤鱼打挺坐起身，然后蹑手蹑脚地攀着楼梯下了床。

下铺的孙凯文睡得正香，整个身子倒过来趴在床上，一条白花花的大腿露在了被子外。

闻奕轩双手十指交叉着放在胸前，安详得像尊雕塑。

对面下铺的张易难戴着眼罩，插着耳塞，翻了个身，床板不时地发出“吱呀吱呀”的响声。他眉头微皱，用力抓了把自己的头发之后，又翻了个身回去，看起来又睡得很不舒坦。

卫冕看着寝室里这三人睡姿各异，他尽可能地放轻了步子，蹑手蹑脚地换衣、刷牙、洗脸，然后单肩背上书包，轻轻地拉开了寝室门。他踏着楼梯，一路到了男生宿舍一楼。

卫冕低头一看腕表——

4：08。

他在紧锁的大门前坐下，拿出了生物知识梳理本和语文古诗文手册，哼哧哼哧地背了起来，边背边等着宿管大爷来开门。

卫冕一个人在宿舍门口坐了快两个小时，他把理化大题的解题方法都在脑子里过了一遍，又把语文的古诗词反复默写了两遍。

他掏出手机，点开微信，朝那个置顶的联系人对话框里去了条消息，“我马上要考语文了。”

“我也要准备进考场了。”阮思秦在教室门口偷偷用手机给他回着消息。

“月考加油。”卫冕坚定地敲下了这四个字，给她打着气。

“加油！”阮思秦回了他一个表情包。

7：45，预备铃敲响了，卫冕自信地大步跨进了9班考场。第一天上午考语文，下午考小三门的物理化学和生物。考试结束以后，卫冕爬了一层楼梯，回到了1班教室里。他原本打算坐在座位上安静地复习第二天要考试的科目，可教室里却吵闹异常。卫冕凑过脑袋去一瞅，张易难正挥舞着手中的草稿纸，跟周围一圈人对着物理答案。

“物理最后一题是2838.8焦和520千瓦是吧？”

“我算出来也是这个。”

“那应该就没错了，那再对一下倒数第二题……”张易难点了点头，手中的试卷翻了个面儿。

“不，等一下，我做出来不是这个！”卫冕凑近了人群，也加入了“对答案”大军中，他拿过卷子，指着最后一道题题干说，“我算的是2450.2焦和488千瓦。”

“你怎么跟所有人答案都不一样？”闻奕轩有些怀疑，他偏着脑袋，重新开始思考着题目的解题思路。

“我们大家做出来都一样，肯定是你错了！”张易难本来这几天就一直看他不顺眼，这时候更是直接否定他。

“真理掌握在少数人手中，你信不信？”卫冕坐在空桌儿上，摊着两手，自诩为真理的拥有者。

“那你倒是说出道理来啊！”张易难极不服气，他双手交叉在胸前，抬眼质疑。

“我这物理小王子摆在这儿，你们还不信我的答案？”卫冕一拍桌子，一挑眉毛，那自命不凡的语气真是听起来就欠揍。

若是放在两年前，遇到卫冕一个人的答案跟所有人答案都不一样的情况，那多半是卫冕做对了，而其余人都掉进了陷阱里。可是，这情况放在现在的话，就得好好考虑考虑了。

“你不就拿了个省二吗？人家省一的、国家队的都没你这样嘚瑟，你吹嘘什么！”张易难拍着桌子，朝他高声吼道。

就在双方阵营交锋对峙、谁也没能说服谁的时候，蔡秉言恰好从后门走进了教室，看到十几个人围着站了一圈，就顺带加入了他们的“对答案”队伍。

他拍了拍卫冕的肩，笑着对一干人说：“我做出来也是2450.2焦和488千瓦。”

卫冕本来还争得面红耳赤的，听到这话后转过头来看向他，突然感激莫名。

其余人见蔡秉言这尊大佛都说是这个答案了，也就纷纷倒戈，嘴上说着什么“哎呀爆炸了，物理8分没有了”这样的自嘲之语，随后也就作鸟兽散了。

只留下张易难一个人立在原地，他反复抓挠着自己的头发，愣是想不明白到底是哪一步做错了。

12月2日，上午考英语，下午考数学。数学考试结束以后，1班教室里又开始对起了答案。

这次数学的最后一道大题是数列的证明题，问是否存在a1、d和正整数k、n使得a_{1n}、a_{2n+k}、a_{3n+2k}和a_{4n+3k}依次构成等比数列。

张易难抓着闻奕轩就在那儿讨论这道题。

“答案应该是不存在。”闻奕轩摩挲着自己的下巴说道。

“为什么？”张易难偏过脑袋问。

“我吃不太准，它虽然套了个数列的外壳，但其实本质上是道函数题。我估计要用到求导，而且要用不止一次。但是最后时间来不太及了，我就伪证了一下。”

闻奕轩跟他交代着自己的思路，也没有遮掩“伪证”的做法，毕竟在这种大型证明题中，“伪证”着实是性价比极高的一种赚分手段，有些人的伪证水平极高，甚至能瞒天过海，骗过阅卷者的眼睛，拿到满分。

卫冕这时候正好也在教室里自习，他听到二人的交谈就走上前去，摸着他的脑袋说：“老闻啊，你的猜想没错，这道题要求四次导！”

他们俩都被他这出场方式吓了一跳。张易难先缓过了劲儿来，单手指着他：“可是上海不学求导，你这样做是超纲的！”

“管他，这道题不求导做不出来的！”卫冕大手一挥，对这种细节问题嗤之以鼻。

“卫冕，讲一下你的思路。”闻奕轩没有纠结于超不超纲的问题，而是冷静地询问他。

卫冕得意地站上讲台，拿起了桌上的一支白粉笔就开始在黑板上写写画画了起来。“你看哈，先把它式子设出来，两边取log，然后相除、化简，得到这个g（t）的函数，求个导，再换成h（t），再求个导，分出h1（t）和h2（t）两个函数，再分别求两次导。最后你发现h2（t）是恒正的，所以它就在定义域上单调递增，没有零点，所以不存在这样的数列，然后就证完了。”

闻奕轩认真地听完了他的做题方法，若有所思地点了点头，张易难则斜着眼，睥睨着他那骄傲的面容，赌气般地拿回了自己的试卷，出了教室。

19：00，高三年级组办公室内，理科试卷的批改已接近尾声，众老师们也在互相交流着。

“听说这次数学压轴题考得挺难？”

“可不？最快的方法也要求四次导才能做出来。”

“我刚刚批到一张试卷，字写得挺丑的，卷面也挺乱的，他好像就是求了四次导证出来的。”

“是理科班的吧？”

“不知道啊，等等，我悄悄撕开装订线看看。”

“是1班的卫冕做的！”

“他证没证导数的定义啊？”

“没，哪儿有时间证定义啊？”

“那他这样写就算超纲了，扣他一分，让他长长记性！”

“他前面填空选择好像都是全对的，这样扣掉一分有点儿可惜啊。”

说着，阅卷老师在成绩那一栏上拿红笔写下了一个大大的“149”。

12月4日晚，高三年级组办公室内。阮思秦坐在一旁的自习桌上，旁观着一干老师们拆封着装订线，统计着月考分数，忙进忙出的。

“听说卫冕这次月考考得挺好的是吗？”阮思秦凑到她爸座位边儿，向他打探道。

“可不？他数学和物理都是全校最高，英语进步也很大，”秦俭靠在椅背上，拖动着鼠标，翻动着Excel表格，然后略带遗憾地叹了口气，“要不是因为他数学最后一题是用微积分算的，给扣了一分过程分，他就变成全校唯一一个满分了。现在就差语文还没出来。”

秦俭正评说着，不知从哪个角落突然传来了一阵声音——“语文批出来了！”

众老师纷纷从办公椅上站起身，跑去寻找声源。然后又是拆封装订线、分试卷、扫描、上传、拉排名的标准流程。

阮思秦也凑到那电脑前，她一眼就在屏幕的最上方找到了她想找的名字。

月考二成绩单

姓名：卫冕

班级：高三（1）班

语文 109 数学 149 英语 131

物理 99 等第 A+ 折合 70

化学 88 等第 A 折合 67

生物 96 等第 A+ 折合 70

总分 596

班级排名 1

年级排名 1

阮思秦盯着电脑屏幕上的数字盯得出神，她双手合十，抵于胸前，心跳声清晰于耳畔，幸福的笑意不自知地涌上面庞。

太好了，他真的做到了！憋了那么久的一股劲儿，现在终于打出了个漂亮的翻身仗，真是太好了。她现在甚至在脑中自动播放起了“王者归来”的背景音乐，那阵势，真是想想都觉得霸气。

然而此时，办公室里的另一个男中音打断了她美好的联想。

“现在就发通知下去，明天下午就开年级大会！”老赵例行公事，给班主任们下达着命令。

然后他又扭头拍着一旁秦俭的肩膀，语气中满满的骄傲，“秦老师，叫你们班那个，那个卫冕，写篇稿子，让他明天大会上分享点学习经验。”

秦俭却看起来没他那么激动，依旧是以往的一派无为作风，“你这一弄的，我怕他又太嘚瑟了。”

老赵没理会他这谦虚自守的心理，他一个劲儿地吹捧，“这可是个飞跃啊！从期中的366名，不到一个月就蹿到了年级第一，这一定有什么好的学习方法，得让其他同学都学学！”

阮思秦则自顾自地研究着电脑上的年级排名，然后总结出了一条规律，“好像这次除了卫冕以外的所有人都退步了。”

秦俭坐回了座位上，拖动着鼠标，评点着每一个人的进退，“是啊，蔡秉言掉到年级第六了，闻奕轩回到原先的四十多名去了，张易难已经一百名开外了，孙凯文更是跌得离谱，名字都找不见了。”

另一旁的闻老师也跑过来，感慨万千：“你说说，这高三还真像坐过山车一样的，每次大考都要大换血，重新洗牌！”

老赵一掌拍在桌上，大力宣扬着他的理论：“所以嘛，这种时候就更要稳住军心，让他们知道，逆袭不是没有可能的！”

秦俭心下清楚，卫冕那一波三折的竞赛经历一般人是没有共鸣的，何况卫冕本身天资就异于常人，他那一套学习经验根本就不具备普遍性和可复制性。

可老赵依旧固执地坚持他自己的观点，秦俭无奈，为了饭碗，只得苟同。

12月5日，16：00，音乐厅内。

老赵坐在讲台上，左手捏着话筒说：“这次月考的确考得很难，尤其是数学和物理，挖了好多个大坑，但这不是你们考不好的理由啊！你看看你们啊，看到个坑就往里跳，看到个坑就往里跳啊！你们一个个最近状态都怎么回事？一点儿都不对劲！这是高三学生该有的样子吗？最近学习氛围浮躁得很，一个个都静不下心来！”

台下的人一个个都低下头来，心态的浮动，对自己的不满，对旁人的嫉妒，以及对说教的抵触，使得他们本能地避开老赵直视的目光。

“但是，有一个人，却在竞赛失利的逆境中跨越了挫折，踏踏实实地学习，不到一个月的时间里，进步了300多名，这次月考直接就考了年级第一！他就是高三（1）班的卫冕，也就是这次数学和物理的最高分，让我们掌声有请卫冕同学和我们分享他的学习经验！”老赵大手一挥，指向左手边坐在第一排的装腔作势、嬉皮笑脸的男孩子。

老赵狠狠瞪了他一眼，卫冕立刻收敛起了脸上夸张的表情，他故作严肃状，然后笔直地站起身，低着脑袋，三步并作两步地走上厅台。

“啪啪啪——”鼓掌声机械麻木。

“那个，大家好啊。”卫冕笑着向台下的人们打着招呼。

“切，瞧把他嘚瑟成什么样儿了！”坐在台下的张易难斜眼睥睨着他。

“不知道大家还记不记得，上次在这儿开年级大会的时候，赵老师说我们学校有5个人进了物竞决赛。

“第二次的说辞就变成了有4个人拿了省一。

“没错，那个在决赛被刷下来的人就是我。”

卫冕特别善于把握发言节奏，他每说一句话都暗含一个悬念，然后又在两句话之间稍微停顿几秒，让台下的人尽可能跟上他的脑回路。

“结果出来的那天晚上，我没法接受那个事实。三年的努力白费了，八年的竞赛生涯也就这样很不完满地收尾了。那天，我一个人在寝室的阳台上，哭到了半夜。”

卫冕云淡风轻地说出了这个既定的事实，像是在谈论别人的故事一样。

“哦，他又要开始卖惨了，没什么好听的了，我先写会儿作业啊。”张易难暗自嘟囔着，个中傲娇和小性子不言自明，隔着一条街都能嗅到那酸溜溜的味道。

“竞赛季结束没过多久，就是期中考试，那时候我完全没有适应这转变，学校里的课落了不少，心理上也还没做好回归高考的准备。于是我期中考就几乎是裸考了。

“结果可想而知，惨不忍睹。”

卫冕自黑的时候格外淡定，像是在表演单口相声，他眼神一会儿瞥向左，一会儿又瞥向右，好像那被黑的人不是他自己一样。

“那时，我最好的朋友进了国家队，现在已经保送了北大数院；我的室友拿了化竞省一，竞赛、期中双丰收。跟我从小一起学竞赛的那批人，他们的出路都比我好。

“接二连三的打击真是快把我弄崩溃了，我没法接受这样不完美的自己，也对前途不抱什么希望了。我记得我拿到成绩单的那天晚上，我就跑去小黑屋，找秦老师谈心，当着他的面又大哭了一场。”

卫冕说到这里的时候，刻意停顿了一下，抬眼瞥了瞥左手边第一排的秦老师。

“又在那儿瞎编吧？谁信他会去小黑屋哭？”张易难抬起了头，皱着眉，满口质疑着他话语里的真实性。

卫冕感觉到老赵的目光仿佛在他后背上灼烧，于是顺手了结了开头的唠嗑，开始进入了正题。“我知道，今天大家坐在台下听我发言，肯定不是想来听我过去的经历的。那我就按着赵老师的意思，给大家讲讲学习经验吧，那是我学了八年竞赛自己总结出来的经验。”

“他不会又要开始吹嘘他的那什么‘愧疚学习法’了吧？”张易难抓着脑袋，揣摩着他的心思。

“比方说我们拿到一道很难的题，如果想了很久都想不出来后，我们一般就会直接去翻后面的参考答案。看完答案后，都会不禁感叹一句，这是什么神仙题啊！”

卫冕在台上夸张地表演着，台下爆发出了一阵笑声和掌声，这似曾相识的感觉想必是引起了阵阵共鸣。

“可是看完答案之后又怎么样呢？你只会觉得这思路这么神仙，我怎么可能想得出来，所以下次碰到类似的题，还是不会做。

“所以，遇到这种情况时，我就会去跟竞赛班的同学一起讨论，去试着弄明白那神仙答案是怎么一步步推出来的，弄明白之后再试着自己复述出来。这里，我要实名感谢一下1班的蔡秉言同学，月考之前他很耐心地帮我答疑，跟我一起讨论问题。”卫冕边说，还边用手势配合着演说。

“以前我总吹嘘自己的天赋，觉得四两拨千斤才是学习的常态，所以我总是瞧不起那些埋头苦干的人，还一直把‘愧疚学习法’奉为圭臬。”

哦？这次又换了一套新的说辞？张易难听他变了说法，就放下了手中的作业，他倒要听听卫冕能玩出什么花样来。

“后来有个女孩跟我说，我得来一切都太轻易了，根本不知努力为何物。所以在前两周的备考时间里，我就试着去做一些傻题，去下一些死功夫，去为一个特定的目标努力奋斗。我想，我现在终于体会到了甘之如饴的付出和归于欣喜的收获。”

卫冕坐在台上，两眼看向东南面，看向隔壁初中的方向。

他的另外三个室友显然是知情人，纷纷用不可思议的眼光上下打量着他。

后来卫冕在掌声和噫声中走下了台，他看到孙凯文旁边正好有个座位，就一把坐下，然后搂着他的肩，挑着眉问他：“怎么样？我讲得还凑合吧？”

“恭喜你啊，卫哥。”孙凯文回得很客套，语气也是淡淡的。

卫冕一下子就察觉到了不对劲，紧接着追问道：“你为什么一点儿都不激动呢？”

孙凯文抬眼看向他，语气略悲壮：“我可能要走了，接下来一个月你可能都不怎么能见得到我了。”

卫冕听他这话说的，凄凄惨惨，不知情的还以为是个行将赴刑场、英勇就义的壮士。

“你，不就是月考没考好吗？你看我，那么砸的期中都挺过来了，我现在不也好好儿的吗？还有三个星期就一模了，再学学，肯定来得及的。”

孙凯文摇头：“不是的，我，成绩出来的那天，我妈就已经给我报好了托福班了。”

卫冕咀嚼着他话里的含义：“你是真打算出国？”

“也许吧，反正12月的那批申请季肯定是赶不上了，最快也只能试试明年4月的那批。”孙凯文耷拉着眉毛，全没有先前跟他开玩笑般的快活气。

“搞得这么丧气作啥？出国也没什么不好的，我听说去了出国班以后生活有滋有味，每天学交谊舞啊、做点心啊……不要太快乐哦！”卫冕尽可能地装出一副乐观的模样，给他规划着未来的美好蓝图。

“哦，希望是这样吧。”孙凯文说着，就起身，在老赵“依次有秩序地退场”的指挥下缓缓地淡出了视线。

明明是每天一起吃饭、一起学习、一起睡觉的“革命战友”，最后结果却是天差地别。

在这种情况下，人总是试图给自己寻找一个心理的慰藉，可是现在看来，唯一说得通的理由竟然是天赋有高下。卫冕清楚地明白这种落差的滋味的不好受。他不知道这算不算命运的捉弄，明明上一次被室友压一头的人是自己，现在怎么就转移给孙凯文了呢？

卫冕没有跟着大部队一起离场，而是一个人偷偷溜到了办公室。此时，办公室里的老师格外少，只有零星几个年轻老师还在埋头批改着作业，因为班主任们现在还都在班级里，开着班会，例行公事般地做着月考总结。

卫冕从办公室的玻璃门口探出半个脑袋，四下寻找着那人的身影。

红发绳醒目。

他悄悄走到秦老师的办公桌前，从身后轻轻拉了一下她的马尾辫："思秦！"

阮思秦下意识地转过头。

"我们吃饭去吧。"卫冕龇着牙对她笑着，满面春风。

"现在？"阮思秦低头看了看表，才16：30，第九节课还没下课。

"现在人最少了，你总不会想着到时候被他们围观吧？"卫冕举着例子来吓唬她，然后就拉着她就往门外跑。阮思秦还没反应过来，就被这巨大的牵引力牵着走，留下办公室里的几个年轻老师在原位目瞪口呆。

卫冕大跨步地走着，一步两级台阶地下着楼梯，他右手牵着思秦。思秦腿没他长，明显跟不上他这节奏，她一边小跑着，一边高声问他，"这么猴急干什么？去一楼还是二楼啊？"

"一楼，一楼最好了，人少，清静！"卫冕挥着左手，头也不回地答道。

说话间，他们就已经穿过了避雨走廊，进了食堂一楼。阮思秦四下张望着，果然如卫冕所说，人少，清静。他们走去了最中间的窗口，食堂阿姨拿着锅铲敲着盆儿问他们要吃什么。

"我请你吧？"卫冕扭过头看了看她，然后顺手从口袋里掏出了张绿色的小卡片。

"不用，我拿我Daddy的卡刷。"阮思秦想起她爸以前跟他说过，不要随便欠人人情、占人便宜，尤其是和男孩子出来吃饭，能AA就尽量AA。说着她也从口袋里掏出了张小卡片，去隔壁的一间窗口向食堂阿姨点菜。

他们俩端着餐盘，找了一个偏僻的小角落面对面坐下。

“恭喜你考了年级第一啊。”阮思秦先开口。

“正常发挥，意料之中的事儿。”卫冕一手拍着自己的胸脯，昂着脑袋，很不要脸地吹嘘着。

就在这时，下课铃敲响了，伴随着一阵非洲动物大迁徙般的脚步声，食堂一楼霎时涌进了一大波人。

阮思秦下意识地一回头，就看到一堆熟悉的人影。

蔡秉言路过他们这儿，又瞥了眼卫冕对面的女孩，顺手拍了拍他的肩，以一种老父亲的口吻说：“儿子，出息了哈。”

梅御坤正好跟在他身后，看向卫冕，挤出了两个小酒窝，然后腼腆地笑着说：“祝你好运。”

卫冕忍不住把脸埋在头发里，捂嘴笑着。阮思秦一把放下筷子，不乐意地朝他嘟嘴：“什么呀？你不是说现在人很少，不会被围观的吗？”

卫冕挥手打消着她的疑虑：“他们跟我开玩笑的呢，你别放心上，别放心上。”

阮思秦又重新拿起了桌上的筷子，她一手托腮，一脸严肃地看向他：“卫冕，我能问你一个问题吗？”

“你说啊。”卫冕边扒着筷子下的饭，边说。

“可能会有点触及你隐私，我就是有点好奇，你爸到底是谁啊？”阮思秦纠结了一会儿，还是直接问出了心中的疑问，然后她又怕这话有歧义，又特地解释说明了一下，“我指的是你亲爸。我听我Daddy说，你的家庭似乎不太完满，然后我看你平时总是跟你妈一起，你好像也从来没提过你爸……”阮思秦边说边抬眼看他，说到最后声音越来越小。

“你，很想知道他的事？”卫冕歪过脑袋来看向她。

“如果不方便说也没关系，话说他是姓卫的吧？”阮思秦颇不放心，又追问了句。

“当然！”卫冕对她这小心翼翼的试探哭笑不得，然后就放下了筷子，跟她细数起了过往。

“那还得从头儿说起。他叫卫建国，是个天才，比我还要天才的那种百年难遇的天才！我这智商就全部都是我爸遗传给我的，我要是随了我妈，那指不定连大学都考不上呢。”卫冕给她做着夸张的口头对比。

“哦？又是个天才？”阮思秦不知道这是第几次听到这个字眼了，或许是因为人以群分的原因，卫冕身边似乎都是她敬而仰之的天才。

“他其实跟张易难挺像的，从小跳级，初中读了两年，高中也只读了两年，然后15岁就去北京上大学了。”

“北京？是北大、清华吗？”阮思秦一听到这两个字，条件反射般地展开了联想。

“不是，他分数是够的，就是那时候不懂，老师说要保守点，他就乱填了一个志愿，去了北京农业大学。”卫冕给她解释着这前后的因果。

“反正不管怎么说吧，他也是村里的第一个大学生，还只有15岁，去的还是北京，当时家里人就特别骄傲，村里又是放鞭炮，又是摆酒席的，庆祝了三天三夜。”

卫冕说起这个时眉飞色舞的，就仿佛话中的主人公是他自己一般。可之后，他眉毛一耷拉，语气也随之低沉起来。“不过后来其实他挺悲惨的。大学毕业后，他直接被分配到了一个农药厂工作。结果干了没两年，那家工厂就因为排放物污染超标倒闭了。然后他就在20岁那年成了一个下岗工人。”

卫冕微叹了一口气，平淡地说出了这样一个事实。

从巅峰跌落到谷底，这经历怎么听起来似曾相识？

从卫冕他爸的讽刺人生，到卫冕的坎坷竞赛经历，再到李川老师的举报事件……阮思秦一下在脑中展开了一系列联想，然后惊奇地发现这些人的故事简直像是一个模子里刻出来的。

这些天才，都曾这样被命运玩弄过吗？

难怪说天才是天妒英才的缩写。

“他那时候万念俱灰，没法接受自己这样一个天才沦为了失业者的事实。然后他就日渐消沉，颓废度日，还染上了抽烟、喝酒的陋习，脾气也变得很暴躁，动不动就砸桌子、摔杯子。”

卫冕说到这里的时候，微微顿了一下，像是回想起了什么痛苦的回忆。他闭上了眼，重新吸了口气，然后继续讲故事。

“直到他在另一家化工厂里遇见了我妈。按今天的视角来看，他们俩真是一点儿也不般配，一个是智商那么高的天才，一个是只有高中学历的普通人。不过我妈当时可怜他，就常去安慰他，后来一点点地带他走出了心理阴霾，让他逐渐接受了这样一个平凡的自己。”

说到这里的时候，阮思秦伸手打断了他一下。

“我，能冒昧问一句吗？”

卫冕扭过脑袋来看向她。

“后来为什么，离婚了呢？”阮思秦摩挲着掌心，然后小心谨慎地抬眼，认真地看向他。

“还是因为两个人天生差太远了，观念冲突，八字不合。我印象里，他们平时为了一点点鸡零狗碎的小事情都能吵起来。讨论晚饭吃什么、谁洗碗、衣服怎么洗、家具怎么摆，就这种小事情都要争个你死我活的。至于房子要不要卖，我到底要不要叫卫冕这个名字，应不应该早读书、跳级、超前学，要不要花钱学竞赛，这种大事情更是吵得不可开交。”

卫冕说起这个，语气反倒没先前那么沉重了，像是在唠家常一样把日常的琐碎都翻开来给她瞧。

“早读书？”阮思秦抓住他话中的一个词，追问。

“因为我是1999年9月头上出生的嘛，我妈就想贪小便宜，想着反正就没差一个多礼拜，干脆就早一届去上学。我爸就坚决反对，他根据自己血的教训，说早读书不好，尤其男孩子本来就晚发育，在一群人里要被欺负的。我爸还说最好能晚读书，在一个群体里当老大，他说他自己当年要是没那么急着15岁上大学，要是再多读一年高中，出路肯定比现在好。”

卫冕又耐心地给她讲述着这背后的利弊权衡和考量，然后夹起了一筷子肉丝，放到了她的餐盘里。

“我还想听听你和你干爹的故事。”阮思秦双手托腮，眨眼看向他。

“你说川叔啊？那故事真是讲上个三天三夜也讲不完。”卫冕扭过身子，一把跷起了二郎腿，右手还在空中比画着。

“你就从头说起吧，你们俩是怎么认识的呢？”

“那我就从最最头上开始讲起了啊。”

卫冕眉毛一挑，手指一拨。时间回到了八年前，2009年10月，闵行区虹梅路与平阳路交叉口，古美七村，卫冕家。

虽然小区南边儿过去没多远就是锦江乐园，东边儿还有世界外国语学校，听起来似乎很洋气。但古美街道附近动迁户多，有不少是从过去的闸北和普陀过来的，再加上农民工流动量大，进进出出的，治安管理也不太好。即便是和徐汇、长宁接壤的地方，也多是偏底层的消费区。

卫冕在上小学的时候，他爸就常带着他去菜市场门口玩儿。在卫冕的印象里，菜市场周围总是闹闹哄哄的，时常有上身赤膊的男人蹲在墙角，叼着烟头，喝着老酒，也常有系着围裙的女人在晾衣服、晒被子。

卫冕记得豆腐店的老板常跟老板娘吵架，吵得凶的时候还会抄起家伙动起手，时常会有好事者去围观，偶尔也会有好心人去劝阻。他还认识卖鱼一家的人，卖鱼家的小孩会蹲在桌旁写作业，刮下的鱼鳞偶尔也会飞溅到他作业本上；角落里有狂吠的大黄狗和发情的白花猫，没人看管的时候，猫狗也会打起架来。门口还会有一群五六十岁的、烫着花式卷发的阿姨们围坐一桌打麻将，边聊八卦边数钱。

但卫冕和他爸一般会直接绕过麻将桌，走去最里头的那间小屋子，去打扑克牌。小屋里烟雾缭绕的，是附近的地痞流氓们的聚居地。他爸也算是这地痞流氓之一，一般他爸坐着出牌，卫冕就站在他后面旁观。

“勿册那，四则Q，组弹帮侬组特！”（四个Q，炸弹给你炸掉！）卫建国气愤地一拍桌子，那纸牌的边缘都快被捏皱了，他站起身就要甩下4张牌来。

“不要炸不要炸，先出一对老K。”卫冕抓着他的衣袖，一把拦下了他。

“侬个小赤佬，再弗组，拔贼饱弗特了！”（你这个小鬼，再不炸，牌都跑不掉了！）卫建国直接敲了敲他的脑门，摇着头吼道。

“听我的，包你赢！”卫冕拍着自己并不怎么强壮的胸脯，向他保证着。

“苏啧苏啧，反正丝特噶西都了，听侬额，两则老K！”（算了算了，反正输掉这么多了，听你的，两个老K！）卫建国干脆破罐子破摔，勉强听从了儿子的建议。

“要弗起。”（要不起。）其余三人纷纷摆手。

“然后打顺子，打三带二，打散牌，再炸一下，最后一个对子——”卫冕一步步地给他出谋划策。

“饱特了！”（跑掉了！）卫建国越打越兴奋，越打手里的牌跑得越快，最后爽快地甩下一个对子，激动地跳起身大吼道。

剩下的几个人都愣住了，他们摩挲着自己的下巴，翻着打出来的牌，就是想不明白，明明刚才还觉得胜券在握的，怎么一下子就兵败如山倒。

这一天他们一共赢了多少次已经数不清了，为此，父子俩还一起去下了趟馆子。

回到家后，卫冕妈解下了围裙，招呼着他们："冕冕，快洗洗手吃晚饭了！"

"妈妈，爸爸带我去饭店吃过了！"卫冕得意地拍着自己鼓起的肚子，向她显摆着。

"你们去外面吃饭都不打个电话告诉我一声？我辛辛苦苦做的一桌子菜给谁吃？你们有珍惜过我的劳动成果吗？！"卫冕妈听他这话生气地一把把筷子扔在地上，清脆的响声在屋内来回撞击着。

他妈嫌弃极了，把丰盛的饭菜全丢回了厨房，然后反锁上门，一个人坐在水槽边儿，闷闷地扒拉着饭。

卫建国压根儿没去搭理她，任由她一个人在那儿生闷气。他一把拉过卫冕，把他拉到沙发前，问他："小赤佬啊，你是怎么把把都赢的？"

卫冕上下转了一下眼珠子说："我会记下每个人都出过什么牌，然后计算一下别人出牌的概率。"

卫建国一拍他的脑门，自言自语道："左右脑同时记忆和计算？我儿子真天才，真是越来越像当年的我咯！"

卫冕双手捂住自己的头，嘴上却在偷乐着。

下一周，卫建国照样带卫冕去打牌。

但是，这次卫冕却输了。

卫冕挠着脑袋，死活想不明白，自己明明计算得清清楚楚的，怎么莫名其妙地就输了。卫冕昂着头，高声质问着面前比他高两个脑袋的赤膊男人，“不对啊，你手上应该最多只有两张K，或者两张A的，你怎么可能打得出三带二？”

“小朋友，输了就是输了啊。”那男人却压根儿没理会他的话，反倒是一副居高临下地安抚小孩子的样子。

卫建国接受不了输牌的事实，气得一把掀桌。

“旁友（朋友）帮帮忙哦！”大家对他这一输牌就爆粗口的暴脾气很不满，纷纷揶揄。

“再来一局！”卫建国心下非常不服，拍着桌子大吼道。

“不用再来了。”这时，一个陌生的男子突然从围观的人群中走出来，伸手平息这乱局。

“你算老几？”一干小混混们循声回过头去看，然后对他这出现和搅局极为不满，纷纷向他挑衅。

男子没有理会众人的借端生事的心理，而是转头看向一旁心灰意冷的卫冕，拍着他的肩膀说，“别那么丧气，你打得很好。”

卫冕怔了一下，然后抬头看向眼前这人，素未谋过面。

这陌生男子转过头就对众人说，“刚才有人作弊了。”

刚赢牌的那人激动地跳起，单手愤愤地指着他的鼻子，“侬有毛病伐？”

“你看看你怎么洗的牌？！”男子弯下身子来，一把翻开小桌子上的一摊东西。

假牌。

主办人有点儿尴尬，刚才赢的人也顿时没了底气。卫建国一拍桌子，大吼一声。

一时间红眼青筋、推搡拉扯，又是一番争执。

那男子没再去理会成年男人们的恩怨和纠纷，他蹲下来，问一旁东张西望的卫冕，“你多大了？”

“四年级。”卫冕很感激这人的及时出现，也对他一眼揭穿作弊手法钦佩不已，他如实对答。

那男子暗自点了点头，然后继续问：“学过奥数吗？”

卫冕摇头。

“那我考你一道题，听好了，一副去掉大小怪的扑克牌，我从中摸三张，平均要试多少次才能摸到全黑桃？”

卫冕来回转着眼珠子，嘴中还念念有词，他眨眼算了十多秒，然后报出答案，“77次到78次左右吧。”

那男人对他这心算速度小小惊诧了一下，然后追问：“说说你怎么算的。”

卫冕想都没怎么想，脱口而出：“第一次是13/52，第二次是12/51，第三次是11/50，然后乘起来，取倒数，算出来应该是77.2727……”

男人弯起了眼角，伸手抚摸着卫冕的脑袋，笑脸盈盈。

他爸刚从推搡中抽身出来，这时看到卫冕在跟一个陌生人说话就异常警觉：“你要对我儿子做什么？”

那男人这才站起身，递出一张名片：“不好意思，刚才忘记自我介绍了，我是临水一中的物理老师李川，是专门带物理竞赛的教练。我今天本来想去一个学生家里谈点事情的，正好路过闵行这里。”李川开始从头交代着自己的来历，听起来应该不是什么坏人。

“我看这孩子很有天赋，是块搞竞赛的料，在菜市场门口被埋没了怪可惜的。”李川看卫建国稍稍卸下了戒备心，就继续暗示着来意。

他爸听了很高兴，自顾自地吹嘘道，“那可不，我儿子就是个天才，还不都是因为遗传了我的智商！”

李川没理会他这吹上天的牛皮，也不想知道这其中有多少夸张的成分，他只想单刀直入，直切正题。

“我主要教高中生的，也兼职教一点小学奥数。”

李川翻过名片的背面，用手指给他看那底下的一行小字。

“等孩子学了两年多数学，把基础打好了，上了初中后，就来跟着我学物理吧。”李川又转头看向卫冕，眼里满是欣赏和期许。

“你这怎么听着像是在忽悠人呢？”卫建国却不吃这一套，他瞥了瞥名片，又瞥了瞥面前这人，将信将疑。

“不要再耽误他了，我说实话，从四年级才开始学奥数已经有点儿晚了，其他孩子一般都是从一二年级开始的。不过你家孩子脑子这么好使，补起来应该也快。”

他爸有些犹疑，李川又蹲下来问卫冕，“你想跟着我学竞赛，进国家队，然后拿金牌吗？”

“金牌？”卫冕一听到这个字眼儿，顿时兴奋无比，他歪过脑袋，摇晃着他爸的手臂。卫建国却是一脸犹豫，不置可否。

“那你们再考虑考虑吧，要是有兴趣的话就按照名片上的号码打电话给我。”李川看他们俩这样子，一时半会儿也敲不定个准数儿，他该说的也都说了，剩下的，就看造化了。

他们父子俩回家后，卫冕妈没好气儿地问他爸，“怎么，今儿又赢牌了？”

卫建国一听这话，气儿就不打一处来，“妈的，你偏哪壶不开提哪壶！”

“哦？今天不是冕冕帮你打的？”卫冕妈一听这回答，有些意外。

卫建国不想跟她说话，一个人叼着根烟头就把自己关在了阳台上，抽起了烟。

然后卫冕就把今天发生的事儿全跟他妈说了，从牌桌作弊手段讲到李川老师的出现。他妈解下围裙就冲向他爸：“把名片交出来。”

“你神经病啊，你真打算让他去学竞赛！你是闲得没事儿干了还是怎样？花什么冤枉钱？”

“还冤枉钱？你平时去外面抽烟喝酒冤枉掉的钱还少吗？”

“这条路有多窄你知道吗？万一搞不出来怎么办？还平白浪费掉这么多时间！”

“那也总比毁在你手上好！”

“什么叫毁在我手上？我难道还能害我儿子不成？”

“他还这么小你就带着他去打牌，这不是害他是什么？！”

“我带着他走，等以后出息了你就后悔吧。”

“我不许你带他走！”

卫冕这时悄悄躲进了自己的房间，他早就习惯了父母之间无常又无休止的争吵。可他这时倒没心思想这些，他躺在床上，拿起了床头柜上的一个掉了色的魔方，就开始自顾自地转弄了起来。

玩了没一会儿，他就觉得小房间里颇为无聊，正好听到隔壁动静也消停了不少，就又悄悄遛出了房间。他看到父母吵累了，正躺在小沙发上休息，他不知这算是休战还是和解。

卫冕走到爸爸身边，看他正叼着根烟头，双目眺向窗外，脸也转向了另一侧，他看不清他的神情，只莫名觉得有些苍凉。

其实卫冕挺喜欢爸爸的，因为爸爸总是带着他去下馆子，带他去各种好玩儿的地方玩儿，他只是不太喜欢他身上的烟草味，也不太喜欢他总是对妈妈爆粗口、大吼大叫的。

他盯着他爸看了好久，他爸却一直没转过头搭理他，不知是故意的还是无心。

于是，他撇过头看向妈妈。他妈抬眼，问他，“怎么了，冕冕？”

“我……”他心里有这么一点小小的冲动，可他不知道该怎么表达。

“嗯，你说。”

“我有点想去学竞赛。”

卫冕偷偷用余光瞟了一眼他爸，看到他爸不可思议地转过头来瞪着他。他有点不敢去看他，于是往前一凑，扑进了他妈的怀里。

“好，好。我明天就带你去。”他妈颤抖着肩膀，紧紧地搂住了他。

他爸突然站起身，把抽了一半的烟掐灭在烟灰缸里，一个人出了门。

“好了，我和我干爹相遇的故事讲完了。”卫冕夹起了餐盘里的一根青菜，塞进嘴里才发觉早已凉了半截儿了。

“我怎么感觉还意犹未尽呢。”阮思秦双手托着腮，嘟着嘴，仍不满足。

“后面的故事更精彩，以后有空再慢慢跟你讲吧。”卫冕得意地一挑眉，又向她卖起了关子。

“不过话说回来，你的经历还真的挺传奇的呢。”阮思秦眼睛瞥向天花板，又自顾自地在脑中细细回味了一番。

当他们俩聊得正欢时，秦俭不知道从哪里来到了他们桌前：“哟，这不是卫冕大神吗？”

“Daddy？”阮思秦被他此时此地突然的现身惊到了，失声喊了出来。

“爸……啊呸，秦老师您怎么来这儿了？”卫冕也很意外，意外得语言称谓系统都紊乱了，他使劲儿拍着自己的嘴，赶紧改口。

“你刚才管我叫什么？”秦俭被他这反应弄得哭笑不得，故意反问。

“你这改口改得也太早了一点吧……”阮思秦都替他觉得害羞。

“不是，你一开口说英语，我就被你带过去，条件反射地就想做翻译题了。”卫冕一手扶额，为自己辩白开脱着。

“你们这吃的是什么饭呀？吃了一个小时了有吧？”秦俭也就没跟他继续开玩笑了，转而看了看手腕上的表，反问他们。

“我们这不是在，在探讨哲学问题嘛。”卫冕张口笑着，信口打着哈哈。

“什么哲学问题啊，说我听听？”秦俭凑过身子问。

“博弈论！”“存在论！”两人同时脱口而出，却报出了不一样的答案。

糟糕，表演穿帮。两人尴尬地面面相觑。

“呃，从扑克牌的博弈论看人类的存在本质。”卫冕发挥了他吹牛不打草稿的硬功夫，强行将二者扯上关联，自圆其说。

“别太掉以轻心啊，再过几个礼拜就一模了，少聊点儿哲学，多做点儿数学啊。”秦俭早就看出来了他们俩神情的不自然，但也没去拆穿，只是嘱咐了这么一句。

看秦俭插着大衣口袋向门外走去后，卫冕这才松了一口气，“吓死我了。”

“秦老师怎么会在这个时候突然出现？”阮思秦想不明白，托着下巴问他。

“肯定又是闻奕轩向他爸打小报告，然后闻老头又跟秦老师串通一气。”卫冕双手交叉在胸前，撇了撇嘴，故作生气状，“看我等会儿回寝室不找他算账。”

秦老师刚走出食堂一楼没多久，张易难又突然经过了他们身旁，他端着餐盘，重重地砸在他们桌上，然后走到卫冕旁边的空位上，自觉地坐下。

阮思秦看着这斜对面的人，吃饭都变得极不自然。这是要闹哪儿样？她心下暗自思忖着，然后装作看不见他，一个人默默地扒拉着饭。

“你有病吧？这么多空位子你不坐，非往我这儿挤干吗？”卫冕气得一把站起身，伸手指着周围的一大片儿空座，推着他就想把他从桌上赶走。

“没位子了，我就要坐这儿。”张易难却像是赌气一般，故意睁眼说瞎话。

张易难看了看表，又看了看眼前这对男女，颇不怀好意地评头论足：“一个小时前闻奕轩就跟我发消息，说看到你们俩在食堂一楼吃饭，我洗完了澡出来你们居然还在这儿吃。”

“关你什么事啊？”卫冕扭头朝他吼道，然后气愤地一甩筷子，站起身，“我们吃完了，走吧，思秦。”

卫冕抓着思秦的手，就和她去了倒饭处，然后他们穿过走廊，穿过教学楼，换了新的私人空间，留下张易难一人在食堂一楼，斜眼瞧着他们俩的背影。

“去哪儿？”阮思秦抬眼问他。

“我想想。教室肯定不行，得被他们一群人起哄；办公室更不行，就在老师们眼皮子底下……”卫冕自言自语，又自我否定着这两个方案，然后灵光乍现，他一拍自己的脑门说道，“我知道了，我带你去我的秘密基地！”

“秘密基地？”阮思秦疑惑。

“那个地方平时一般都没人的，我以前最喜欢去那儿刷题！”卫冕却没直接回答她的问题，而是拐弯抹角地兜圈子。

“到底是哪里啊？你少卖关子了卫冕！”阮思秦被他拉扯着往楼梯上跑，任她怎么问卫冕就是不回答她。

直到跑到6楼的走廊尽头，他们抬头看见了“物理实验室”五个大字。阮思秦偷偷地往窗户里瞄了一眼，漆黑一片，空无一人。她试着往下按了按门把手，锁的。

“我有钥匙嘿嘿。”卫冕朝她狡黠地笑，然后从口袋里掏出了一串丁零当啷。

“你怎么会有？”阮思秦惊讶。

“我干爹送我的。”卫冕瞟了她一眼，然后以一个刁钻的角度旋开了门。

灯开，物理实验室里陈列着各种她见也没见过的仪器，探测器、插着电的感应器、传导器，还有交错的红蓝电线。她第一眼见到这密密麻麻的电路时难免惊诧了一番。

卫冕拉着她到了一张空桌子旁，然后掸了掸桌上的灰，就把包放了上去。

“思秦，你们也是这周刚考完月考是吧？”卫冕突然扭过身子来问她。

阮思秦却两手托腮，看起来颇烦恼，“你别提了，我都有点儿后悔从出国班转出来了……”

卫冕笑了笑，然后装作一脸天真无邪的样子说，“让我看看你的试卷。”

阮思秦却有些扭捏，纠结了半晌后才吐出一句话，“你看了之后能不能别瞧不起我。”

“怎么会呢？”卫冕听了她这说辞，意外地摊手。阮思秦也就干脆放低了身段，从包里取出了试卷给他看。试卷上红笔交叉圈画的痕迹纵横交错，翻到反面的大题就更令人触目惊心。

阮思秦小心翼翼地观察着他的神情变化，她看卫冕的脸色变得严肃又专注，跟平时吃饭开玩笑时判若两人。

“你物理基础知识点比较薄弱啊，我帮你补补。”卫冕飞速地扫了一遍试卷和错题，帮她细心总结着背后的原因。

“怎么补？”阮思秦托着下巴问他。

“把你物理书给我。”卫冕伸出右手。

阮思秦又从包里翻出了一本书皮精致的书。卫冕接过来，随手翻了几页就开始吐槽：“你这书怎么这么干净？是拿来卖的吧。”

“我东西都记笔记上了不行吗？”阮思秦回应。

“我给你看看我的书，你对比一下。”卫冕干脆拿自己举例子，丢给她一本没有封面、四角卷起的书。

“你这书皱皱巴巴的，里面被你乱涂乱画成什么样了？”阮思秦指着他书上的凌乱笔迹，一脸嫌弃。

“这可是这次月考全年级第一的书，你可不得当成个宝儿供起来？”

“行吧，那你教教我。”阮思秦两手托着下巴，眨着眼看他。

“我看看你这目录啊，我们先从力学开始讲起吧。”卫冕翻开了这本崭新的物理书，咬着水笔盖就讲起了题。

“你先看看你这试卷上的第4题这张图，斜面上有一个小球，这个小球又被一根绳子拴在天花板上，它受了几个力？”

“3个？”阮思秦不太确定地回答。

“哪3个？”卫冕未置可否，追问。

“重力、绳子的拉力，还有斜面的弹力。”阮思秦照着卷子上的受力分析说道。

“你确定？”卫冕挤眉弄眼的。

“难道不是吗？”阮思秦歪着脑袋。

“行吧，那我们从最头上开始复习起好了。弹力的定义是什么？”卫冕极富耐心地引导她一点点从头开始复习起。

“其实有一个最简单、最粗暴的方法，包你判断准它到底有没有弹力。这是我自己发现的，我给它命名叫‘拆卸法’。”卫冕一手指天，又开始吹嘘着自己的独家发明。

“你就比方说，阮思秦脚下踩着的这块地板，它对你到底有没有弹力呢？那如果把这块地板卸了，那思秦肯定会往下掉是不是？那么运动状态就改变了，所以地板对你有弹力。”

阮思秦若有所思地点头。

“那再换个例子，卫冕现在虚贴着墙站，那如果我现在一脚把这块墙壁给踹了，卫冕还是能站得好好儿的，所以看起来好像和墙壁接触着，但其实它对卫冕是没有弹力的。

“那么这道题也就是这样啊，你把斜面给它拆掉，小球会动吗？不会，所以这斜面根本没用，就是拿来忽悠你的，小球一共就受两个力。”卫冕给她举了两个例子，又兜回了题目本身。

“我觉得你讲得比我们老师还清楚。”阮思秦托着脑袋，笑盈盈地盯着他看。

“谬赞，谬赞。”

卫冕又跟她陆续把后面的题给讲了，阮思秦就不停地点头记笔记。讲完了一轮之后，阮思秦又开始从头梳理了一遍思路和错题，卫冕则掏出了包里的卷子，写起了作业。物理实验室里顿时又安静如初。

“你在写什么啊？”阮思秦凑过脑袋去，看他笔下唰唰写个不停。

“生物知识梳理。”卫冕侧过身，把试卷标题给她看。

“这个ACUGT是什么啊？”阮思秦好奇他试卷上反复出现的字母。

“这个你们以后也会学到的，只能死记硬背下来。这五个是含氮碱基，A是腺嘌呤，C是胞嘧啶，G是鸟嘌呤，U是尿嘧啶，T是胸腺嘧啶。”卫冕给她一一介绍着。

“为什么T是胸腺嘧啶？”阮思秦偏着脑袋问他。

“为什么？没有为什么呀。生物在这点上就是门文科，讲不出道理来，就得这么背。”卫冕觉得她的问题有些无厘头。

“你不觉得T这个字母长得很像一个人在做扩胸运动吗？所以T就是，那个什么胸腺嘧啶吧。”阮思秦说着，还自己比画了一下扩胸的姿势。

“然后G的话，长得很像一只受伤的白天鹅在回头舔自己翅膀上的伤口，所以G就是鸟嘌呤了。”

“C就像一个人的手掌在抓握东西，就像把它包起来了一样，所以就是胞嘧啶了。”

“U，我实在想不出来什么，可能就是Urine的首字母吧。”阮思秦抓着脑袋，望着天花板说着自己的猜想。

“U长得像马桶盖，所以是尿嘧啶！”卫冕也学会了她这联想的思路，激动地跳起来说着自己的思路。

“好吧，你要这么联想也行。”阮思秦听他这“马桶盖”意象，一时觉得原本优美的意象群突然乱入了一个不和谐的东西，她怎么想怎么怪。

“思秦，你简直是个天才，你太适合学生物了！”卫冕朝她竖着大拇指，溢美之词倾倒而出。

“你刚不还说生物是门文科吗？”阮思秦被他那夸张的表演逗笑了，双手交叉在胸前向他反问。

“白天鹅舔伤口，这么美的联想，果然是只有思秦才想得出来！”

正当他们俩嬉笑得正欢时，突然听到“嗝咚”一声响，实验室的门开了，一个少年音从门后传来——

“我就知道你们俩在这儿。”

卫冕定睛一看那门口的人，矮小的身躯，微驼的后背，鹰的身子上装着过大的脑袋，比例颇不协调，幽暗的眼睛斜视，眼窝下有长期熬夜的黑眼圈，脸上还有与这年纪不相符的抬头纹。卫冕看到他那模样就来气：“张易难你有毛病吧！”

阮思秦也被张易难此时此刻的突然出现给吓到了，她第一次近距离观察这人，就感受到了身后有一股寒意，她不禁联想到了《1Q84》里牛河的外貌形象。她扭过头来就去问身边的卫冕：“你不是说这是你的秘密基地吗，为什么还有别人会进来？”

“秦老师来查晚自习的时候发现你不在，派我来把你抓回去。”张易难却正直地立在门口，他那口气，仿佛站在了道德制高点审视他们二人。

“那我们，还是回去自习吧。”阮思秦被他那说法弄得心慌，她拉扯着卫冕的衣袖劝他回去。

“听他那鬼话！”卫冕重重地一拍桌子，一眼就洞察了他话里的逻辑漏洞，高声反问他，“秦老师凭什么派你来？他为什么不找蔡秉言来叫我回去？净在那儿瞎编吧！”

张易难的“假传圣旨”被拆穿了，他颇为不满地哼声：“反正你们在这小实验室里肯定没干什么好事儿，你们自己心里清楚！”

“关你什么事？你别在这儿碍眼了，快走走走。”卫冕扬手就要把他赶走。

“我今晚就要在这儿自习了！”张易难一听他那话儿就生气，非要逆着干。

卫冕瞪了他一眼，然后一把握住身旁人的手腕：“走吧，思秦。”

阮思秦猝不及防地就被他拽着朝门外跑，甚至连书包拉链都没来得及拉上。她着急慌忙地一手拉着包的肩带，一手祈求卫冕跑得慢一点儿。他们俩一直跑到一楼门口才停下来，阮思秦挣脱开来，大喘着气问他：“要去哪儿？”

“让我想想啊。”卫冕摩挲着自己下巴上的小胡须开始盘点着可去的地点。

你连目的地都不知道在哪儿就这么果断地往外跑？阮思秦在心里暗自腹诽。

“去小花园？”卫冕转过身来提议，见阮思秦不反对，他就继续拉着她向外跑去。

走廊里寂静无声，偶有值勤的老师经过，鞋跟踩过瓷砖地板发出“嗒嗒”的响声。现在毕竟还是晚自习期间，他们这偷偷溜出来的行为怎么也说不过去。于是卫冕就带着她走了一条羊肠小道，穿过杂物堆，穿过灌木丛，避开巡视老师的目光，悄悄溜入了小花园。他们俩挑了个靠近路灯的地方，席地而坐。

阮思秦一手托腮，问他，“张易难为什么总是这么针对你？”

卫冕一听这名字就没好气，他双手交叉在胸前，撇了撇嘴：“谁知道？可能他嫉妒我吧。”

阮思秦转着眼珠子，仔细回想了一下：“上次梅御坤的庆功宴好像就没邀请他。”

卫冕给她从头解释起：“他本来就跟我们不是一届的，硬是跳级跳上来的，所以也没那么熟，不像我们那四家人从小一起学竞赛的，关系好。”

阮思秦抓住他话语里的一个细节追问，“你是说你和阿坤、孙凯文、闻奕轩他们从小就认识了？”

卫冕如数家珍：“是啊，托川叔的福。你现在看到的我们理科班的人，有一半都是小学在李川那学过奥数的。然后因为学了奥数，竞赛拿了奖，我们又上了同一个初中的理科实验班。初中又继续搞竞赛，我后来被李老师挑去学物竞了，像阿坤他们就还是继续搞数竞。所以你看这搞竞赛搞到最后还是最开始那同一批人。”

阮思秦听了他的说法觉得新奇至极，她两眼放光，双手合十：“这么神奇，你能给我讲讲你们小时候学奥数的故事吗？”

“那讲起来又没完没了了。”卫冕换了个坐姿，然后随意地一挥手，时间又回到了八年前。

2009年10月下旬。上海市黄浦区，人民广场。磨砂玻璃门隔开了一间一间小教室，透过半透明的窗户能隐约看到房间内的情形，叽叽喳喳的孩子们被送进门内，家长们则坐在外面的休息室里交流着最新升学资讯。

2楼。

“给大家介绍一个新同学，卫冕，他以前虽然从来没学过奥数，但脑子很聪明，大家多带带他。”李川站在讲台上，拍着卫冕的后背，向台下的一帮小猴子们介绍着他。

“我坐哪儿呢？”卫冕抬眼问他。

“坐我旁边吧！”第一排的一个肉嘟嘟的小男生指着自己身旁的空位，向他挥手招呼着。卫冕立即行动，把包放在了他旁边。

他热情地向身边这个新来的、瘦弱的男孩子介绍着自己，“我叫孙凯文，孙悟空的孙，Kevin的那个凯文。”

“你不是中国人？”卫冕眯眼倒问他。

“什么？”孙凯文被他这跳跃的脑回路给惊了一下。

“那你这名字怎么听起来这么洋气？”卫冕摸着下巴，反复打量着。

“那可不？我爸是做房地产的，天天跟一帮老外打交道。”孙凯文一说起这个就很骄傲。

“那你以后要出国上学吗？”卫冕问。

“出国？不不不，我孙凯文以后就是考不上学校也坚决不出国读书。”孙凯文拍着自己的胸脯说道。

他们俩聊得正欢时，李川老师已经准备开始上课了，“我们今天开始学‘牛吃草’问题，把讲义翻到第75页。”他在黑板上写着板书，讲起了专题的起源，“‘牛吃草’最早是由牛顿提出来的。”

孙凯文转过脑袋来问卫冕，“牛顿是姓牛吗？”

卫冕记得小时候在百科全书上看到过牛顿的全名，他翻出了以前的记忆，“牛顿不是姓艾萨克吗？”

“那牛顿跟牛有什么关系？”孙凯文按着他一根筋的思路，执着地认为牛顿和牛之间一定有某种神秘的联系。

卫冕开着脑洞，眼睛瞟向天花板展开着联想：“可能牛顿太闲了，就养了一群牛，然后看它们吃草吧。”

“话有点儿多啊。”李川走到他们身边，拿右手中指关节敲了敲桌面，以示警戒。

他们俩低下头，安静了十秒。

卫冕悄悄回头，看李川走远了就继续说话：“孙凯文，你家住哪里啊？”

孙凯文搭着腔，“我家在浦东世博园啊，你咧？”

“闵行古美那边儿。”卫冕脱口而出。

“那是在哪儿？”孙凯文抓着自己的脑袋，对这地名陌生得很。

“就锦江乐园再往北去一点儿，那儿有个菜市场你知道吗？”卫冕用手在空中给他比画了一幅地图出来。

孙凯文摇头。

“你当然不知道了，你怎么会知道呢？”卫冕得意地向他卖着关子，眉毛也高高挑起。

“话这么多！卫冕、孙凯文，去后面站着听课去！”李川拿讲义敲着他们俩的脑袋，把他们赶到教室最后面。孙凯文低下脑袋蛇行，卫冕却活力四射地到了最后一排。其余人纷纷转过头来看着他们的好戏。

“我刚说到哪里了？”卫冕戳了戳孙凯文的肩。

“菜市场。”孙凯文帮他回忆着。

“说到这个菜市场……”卫冕的话匣子又打开了，一时滔滔不绝，各种花样词汇倾倒而出，甚至还夹杂着一些上海话和俚语。

“站在后面话也不停是吧？卫冕，上黑板来做题。”李川对他这旺盛的精力很无奈，敲着桌子就揪着他上来，然后在黑板上写下了题目——

一片草地，10头牛吃22天，16头牛吃10天，问25头牛吃几天？

“5.5天。”卫冕扫了两眼数字就张口报答案。

“过程呢？”李川忍住了夸他的冲动，故作严肃地问他。

卫冕拿起桌上的粉笔，唰唰地就写了起来。

“行吧，回你座位上去，以后话少点儿啊。”李川拿红粉笔打了个勾，然后又喊着下一个人，“孙凯文，上来做题。”

地球上的资源可供100亿人生活100年，或可供80亿人生活300年，问120亿人可以活多少年。

孙凯文瞪着这题目看了半天，然后向李老师投诉，“这已经不是牛了！”

“你这个死脑筋，牛头变成人头了而已，方法是一样的呀！”卫冕扶额，对他这一根筋无语至极。

到了课间的时候，李川重新安排了一下座位：“下堂课开始换个位子，闻奕轩，你坐这儿。卫冕，你去坐梅御坤旁边。”

卫冕激动地收拾着自己的包，然后跑去了第二排正中间的空位子，向眼前这个戴着无框眼镜、埋头刷题的人打着招呼：“嗨，你好，我是卫冕，卫冕冠军的那个卫冕。你叫梅御坤是吧，你这名字怎么听起来这么霸气？”

“嗯。”梅御坤抬头看了他一眼，简单回了一个字，就继续做着手下的题。

“嗯是什么意思啊？你是同意还是不同意？你这名字怎么跟你外貌

性格这么不符的啦？”卫冕对他这敷衍了事的态度极为不满，又穷追不舍。

“好好听课。”梅御坤头也不回，然后目视前方，一动不动。

“哦，他讲的我都懂了，而且我可以一心两用，边听他讲边跟你说话的，我两边儿都不影响的。”卫冕又开始吹嘘着自己的“特异功能”。

“你话怎么这么多？”梅御坤扭过了头，上下打量了他一番。

“多吗？我从小就最喜欢和菜市场门口的大爷阿姨们嘎讪胡了，小区里的那些老人打太极拳啊、跳广场舞啊、搓麻将啊我都去围观的！话说你家住哪里啊？是市中心的吗？”卫冕说起自己又开始东拉西扯、家长里短的。

“我家就在黄浦区。”梅御坤淡淡地答。

“看不出来嘛，你家这么有钱，买得起黄浦区的房子！”卫冕一听到这几个字眼，激动得差点儿没从椅子上蹦起来。他悄悄瞥了讲台上的李川老师一眼，看他正盯着自己看，就稍微收敛了一点，动作幅度也小了不少。

“你怎么又不说话了？”卫冕拿笔盖戳了戳梅御坤的手臂，对方纹丝不动。

“梅御坤，小坤坤，阿坤？

“阿坤，你理理我好不好？

“没人跟我说话，我一个人会很无聊的。

“阿坤，我错了，我不说话了，我给你写纸条好吗？”

卫冕说着就扯下了一张餐巾纸，在上面唰唰地写起了字，然后丢到梅御坤面前。

梅御坤接过纸巾，然后单手把它揉成团，扔进了一旁的垃圾桶里。

第七章　寝室危机

[序5]

我听这吴侬软语听得有些入迷，我不是上海人，但在上海工作了三年，多少也听人讲过一些。如今在这异国他乡又重新听到熟悉的音节，我打心底里称赞道：“卫先生的上海话真的讲得很地道。”

“过奖过奖。”卫冕端起酒杯，客气地回了我一句，“来美国之后，我都没什么机会讲。说实话，刚才一开口，舌头还有点儿打结。”

卫冕清了清嗓子，起身去了趟洗手间。回来时，我看他的样子有些疲惫，就招呼服务生加了两杯美式咖啡。卫冕坐下，活动了下手腕和脖子，对我说：“从刚才到现在，差不多讲完一半了。其实光的故事到这里基本就告一段落，毕竟，一次成功的转型几乎宣告着一个角色的杀青。之后，影子要隆重登场了。”

话毕，他特地加了句：“是你喜欢的。”

[正文]

12月10日晚，临水一中5楼高三年级组办公室。张易难挪步到秦老师桌前，对着女孩的背影喊了句，“阮思秦！”

女孩惊得一回头，放下了手中的笔，警戒地问他，“干吗？”

“你过来，我有话跟你说。”张易难朝她摆手，然后转过身，拉开了右手边小黑屋的门。

待阮思秦进屋坐下之后，张易难利索地给门上了反锁，然后顺手拉开一旁的椅子，一手撑桌，一手高举，严肃地问她：“你知不知道卫冕干了什么事？”

阮思秦一听他这问句，心下大致就猜出了用意，“你是指他和阿坤关系好？”

张易难摇手，冷笑了声，又斜撇着嘴，恶狠狠地哼着气：“你不懂，卫冕他根本就不喜欢你。”

“什么？”阮思秦一听他这没来由的断言，震惊得睁大了双眼。

“他只是喜欢你这个身份，就因为你是秦老师的女儿他才喜欢你。”张易难对她这反应颇不满足，继续追加火力。

阮思秦暂且没去理会他口中事实的真伪，她摊手反问：“这有什么分别吗？”

“跟你说不明白，反正卫冕就是为了以后找班主任写推荐信的时候，秦老师能给他多写些好话，能让北大清华的招生官多给他加些分，所以才来接近你的。他完全就是为了他自己的前途，他眼里根本没有你的。”张易难给她从头梳理了一遍逻辑。

阮思秦终于忍无可忍，怒得从椅子上立起，拍着桌子喊：“你在说什么鬼话？你再往卫冕身上泼脏水试试？”

得亏小黑屋隔音好，不然办公室里的其他老师准以为里面打起来了。

张易难却装作好人，还将心比心地给她分析着个中得失：“卫冕本来就大你三岁，他又早熟得很，你涉世未深的，能不被他骗吗？我跟你是同龄人，我也是2002年出生的，我当然知道你在想些什么了。我都是为你好，你还反过来怪我？”

阮思秦被他恶人先告状这一出气得不轻，她单手指着他的鼻子，厉声反问：“你少挑拨离间了，你不就是嫉妒卫冕吗？用得着这样来诋毁他吗？”

张易难看起来达成了目标，满意地拍着手说：“好了，鉴定完毕，看来你果然还是喜欢卫冕的。”

随后，他就拧开了小黑屋的门锁，得意地向门外走去。

“你有毛病吧！”留下阮思秦一个人对着他的背影暗骂。

这一天晚上，张易难照例十点半就上了床，他的另外三个室友的台灯都还亮着——卫冕插着耳机，笔下做着数学题，闻奕轩脖子上挂着毛巾，在化学书上圈圈画画，连孙凯文都开始学习，在阳台上背起了托福单词。

可张易难不管，自己的生物钟最要紧。他撕下了床头“一模倒计时15天”的纸条，戴上眼罩，插上耳塞，就呼呼睡去了。

这一晚，张易难梦到了阮思秦，他梦到她气鼓鼓的脸涨得通红，梦到她指着自己的鼻子高声骂着他，娇嗔的样子可爱至极。

12月11日早上六点，张易难倏地从梦中惊醒，他四下张望，卫冕的位子是空的，闻奕轩和孙凯文也都背起了包，准备出门，他松了口气，还好没人注意到自己。

下午数学课上，梅御坤正拿着白粉笔在讲台上讲题：“今天我们来复习数列和极限，看静安区一模卷第21题。”

头几天，校长、领导还会时不时地来巡视一下1班的数学课，毕竟这学生当老师，还是一中校史上头一回，总归不太放心。但巡视了几趟后他们发现，1班的自律能力真如秦老师所说，用不着担心。于是渐渐地，也就这么放任他们自治了。

张易难个子偏矮，他坐在第一排靠窗，一手托着腮，一手假装握着笔，但字却是很久都没写出来一个。

下了课后，张易难背上包，就径直去了秦老师办公室：“秦老师，我要换宿舍，换到隔壁去！我再也不要跟卫冕一个寝室了！”

秦俭看着他，还没来得及回答。

“卫冕他半夜在寝室里不睡觉，还亮着厕所灯，他每天早上都要定四点钟的闹钟，搞得我每天晚上都睡不好觉，天还没亮就要被吵醒！”张易难继续着他的控诉，还举出了具体的数字来论证。

秦老师派同学去教室把卫冕喊来。听到张易难提出的换寝室的理由，卫冕气得一掌拍桌，厉声反问：“我哪儿有每天定四点的闹钟？我不要睡觉的啊？不就月考那一天吗？之后我定的都是五点以后的！还有，谁让你每天十点半就睡，哪儿有你这样的高三学生？”

张易难却不以为然：“这是我的生物钟，关你什么事？”

卫冕也顺着他那逻辑往下说：“那我早上五点起床也是我的生物钟，跟你有什么关系？”

“睡觉自己睡就好了，不发声音又不亮光的，又碍不着别人的！你早起这闹铃吵得要死，我都被你搞得神经衰弱了！”张易难跟他从头开始分析着这背后的异同，听起来似乎很有道理。

卫冕被他这恶人先告状还反咬一口的行为气得不轻，也翻出陈年旧账，作势要争出个高下。“你以为你早睡就没声音吗？你每天晚上呼噜打得震天响，我有说过你吗？”

“好了好了，你们俩可消停会儿吧！”秦俭见他们俩这针尖对麦芒的阵势，暗觉不对劲，再这样下去指不定要打起来，他上前调解着，“这是你们私下里的矛盾，你们要是想换寝室的，就跟换的人说好。”

“用不着换寝那么麻烦了。”卫冕这时却大义凛然地站了出来，单手一挥，“反正我早就不想住宿了。”

“卫冕，你家不是在闵行吗？开车过来要将近两个小时呢。”秦老师问。

“我就想去对面的临水照花小区租间小房子自己一个人住。”卫冕两手交叉在胸前，用下巴一指窗外的小区楼房。

“你也真是想法清奇。”秦俭边摇头边暗自笑着。卫冕是什么心思他能不知道吗？不就是想搬到他们家附近，每天跟思秦一起上下学吗？年轻人啊……

“卫冕，张易难，你们俩握手言和一下，这事儿就算过了。”

秦俭指挥着二人，张易难不情不愿地走上前，生硬地跟卫冕握了个手，然后极敷衍地甩了两下就甩开了。

“没啥事儿了，你看看，这还有几天就一模了呀，时间这么紧，你们倒也一点儿都不着急？”秦俭掰手给他们算着倒计时，然后挥手就把他们赶回去。

“张易难，你留一下。”秦俭却又补了一句。

张易难愣了一下。“秦老师，”他张口试探着，不知单独留自己下来是有何用意。

“我知道，刚才卫冕在，你有些话说不出口。现在这小黑屋里就我们两个人，没什么顾虑了，有什么想说的就趁现在说吧。”秦俭侧过身子，从头开始极耐心地引导着他敞开心扉。

“我都已经说过了。”张易难摸不着头脑。

秦俭却凑到他身边，举起他的右手腕，指着那串殷红色的字问他，“右手手臂上这串伤疤是怎么回事儿？这写的是英文字母吗？”

“没什么，没什么。”张易难有些羞涩地抽回了手腕，左手还欲盖弥彰地捂住了那上面的字。

“跟我还这么见外？”秦俭跟他开着玩笑，假装走远，欲擒故纵。

张易难有些不好意思，然后移开了左手，露出了右手腕上刻的七个大写字母——PHYSICS。看这伤疤，半旧不新的，应该平时没少去抠弄它。

张易难给他解释着这背后的来由："这个是物理竞赛复赛结果出来之后，我刺上去的。"

新皮旧疤连在一起，红中带黑的，看起来多少有些骇人，这刺上去的时候得有多疼？他为什么要这么做？这孩子平时精神压力是有多大呀？

秦俭倒吸了一口凉气，然后试着从头梳理起，"我记得，你以前不是学物竞的，是学信息竞赛的是吧？"

张易难点头，警惕心明显没有刚进来时那么重了。

"听你妈妈说，你初中的时候就特别喜欢编程，一写代码可以写个几百上千行，抱着电脑写一天都不嫌累的。后来高一的时候还拿了信息组的省一是吧？"秦俭翻找出了他从前的辉煌时刻，这履历一摆，同样光彩耀眼的。

"嗯，那都是以前的事情了。"张易难看起来彻底卸下了防备，开诚布公地说起了过去，"但我妈说，搞信息竞赛没用，含金量太低，拿了省一都没用，北大清华自主招生看不上这个。"

秦俭顺着他的话往下说，"所以后来就跟李川老师学物竞去了？"

"是啊，但是，物理好难啊。我以前也从来没学过物竞，对这方面也没有天赋，学得可吃力了。然后李老师上课讲得特别快，又特别难。"张易难一提起这个眉头就微微皱起，像是有几肚子的苦水排着队等着倾倒而出。

"是说学校里的竞赛课，还是他另外教的？"秦俭稍微打断了他一下，追问道。

"都是。然后我就总是听不懂，上课跟不上他的进度，我就很着急，学得没什么信心了。我跟我妈说我不想再学物竞了，她却说物竞好，还让我下课后多去找李川老师问问题。”

顺着张易难的回忆，时间回到了三年前，2015年12月10日，临水一中，高一年级组办公室内。

“咚咚咚。”

“请进。”李川正在办公桌前备着课，他没看清来人是谁，只是条件反射般脱口而出。

“李老师？我有道磁场大题想问您一下。”张易难还在变声期，他挤着自己的公鸭嗓，小心翼翼地踱步到他办公桌前。

“拿过来。”李老师右手摆弄着鼠标，左手伸出，平摊着。

“就是您刚竞赛课上讲的这道，麦克斯韦方程和磁通量的。”张易难一手指着书上的一道画了圈圈的题。

“拿张纸过来。”李川瞥了两眼题干，顺手抄起桌上的一支红笔就开始边写边画，“它这里是处在非均匀的介质里，所以还要考虑电磁场量在界面上的边值关系，所以就先把这个代到这里去，然后……听明白了吗？”

张易难只觉得各种术语扑面而来，一时大脑短路，CPU死机，“等下，有点快，我中间还是有点不太明白，它为什么……”

“怎么还不明白？这种题我跟卫冕讲一遍，他就全都懂了！你怎么回事啊？”李川用力地一砸红笔，笔杆飞出，摔落在地上。他自己本来手头事儿就多，此时耐心更是消磨殆尽。

“我、我，对不起，我以前从来没学过物竞，可能基础不太牢……”张易难被李老师这反应惊吓到了，他惶恐地低下头，不停地道歉。

“你有空多跟卫冕学学，看看他是怎么找思路、推过程的。以后这种简单题就不要来问我了，直接问他去！”李川转过转椅，把物理书丢还给他，没好气儿地甩下了一句。

“哦，好的，占用您时间了。”张易难卑微地接过书，然后捧在手心里，来回搓着。

张易难离开办公室前，李川老师最后追加了句：“一点儿学物理的脑子都没有！你这样是怎么考进理科班的？”

“从那个时候起，我就一直怀疑自己，我怎么这么差劲儿？

“可是李老师根本没耐心教我！他眼里就只有卫冕，除了卫冕以外的其他人都笨得要命！

“凭什么卫冕走到哪里都要被掌声包围，凭什么李川就这么偏爱他？凭什么一样是竞赛，信息就不如物理？

“我真是恨透他们俩了！他们不就仗着自己是天才吗，不用努力就得到了一切？凭什么瞧不起我？”

张易难一口气把心里话全部倾倒而出，毫无保留。他激动地捶着桌子，委屈地哭号着。

秦俭一字一句地听着他的讲述，听到最后露出了一个意味深长的笑容，试探性地问他——

“所以，你后来就去举报了李川老师？”

“我、我，”张易难惊讶地瞪大了双眼，他颤抖的声线和犹豫的眼神早已出卖了一切，他不敢去看向对面人的神情，那是一种他捉摸不透的诡谲的笑容，他只能扭捏地憋出了一句极幼稚的话，“原来您都知道了啊……”

“我猜的。”秦俭不经意地来了这么一句，不知是真的知情人还是只是心理试探。

“没错，就是我举报的！”张易难见再辩解似乎也没什么用了，干脆破罐破摔，“李老师他那么赚钱，搜刮了这么多家长的血汗钱，全上海的家长们都要挤破脑袋地去抢他的课！这里面绝对不干净，那是他自己罪有应得！”

张易难一说起这个突然就激动地从椅子上跳起，他全然不顾及什么形象了，拍着桌子就开始控诉，像是要把这些年来受欺压的苦痛全都倾泻而出。

“还有卫冕，怎么所有好事儿都让他给撞着了？卫冕跟所有人关系都处得好——孙凯文小跟班儿当得可上道儿了，死心塌地帮卫冕出气，我根本瞧不起他；还有，别看梅御坤平时话少，他只爱跟卫冕一个人多说话；李老师更是过分，就重点栽培他一个。我拿什么去和卫冕比？你们所有人都喜欢他，你们所有人都欺负我！”

他指着小黑屋的门，扯着嗓子就仰天长啸，五官狰狞，拧成了一幅抽象画。

秦俭看他那情绪失控的样子，就一步走上前去，拍着他的肩，抚着他的背，开导道：“张易难，你最近是不是，学习压力比较大？”

“没有，我、我很好！”张易难拧着性子，非要对着干，他别过脸来，不去直视他。

秦俭换了个方向，采取了迂回的战术。“听你刚才跟卫冕的对话，你晚上经常失眠？”

“只要他走了我就能睡着。”张易难却像是在赌气，撇着嘴，生硬地寻找着借口。

“那平时上课呢？会犯困不，容易走神不？”秦俭又凑近了一步，看着他眼袋下方的黑眼圈问他。

“偶尔会想入非非。”张易难有些警觉，感觉自己所有的小心思和小秘密都被眼前这人给看透了，他思考了片刻，给出了一个很模糊的答案。

“想些什么？”秦俭显然不满足于这种回答，他继续追问下去。

“想一些，对不起，我，没什么……”张易难感受到了明显的压迫，他慌张得涨红了脸，右手抓着后脑勺，反复权衡博弈着说与不说的后果。

“听我的建议，去看看心理医生吧。”

张易难一听到那四个字，就敏感无比，他腾的一声站起，瞪大了双眼，死死地盯着眼前的人：“我，我才没有心理问题！”

秦俭的激将法见了效，他看着张易难的反应笑了笑，然后淡然地吐出了一句：“时间已经所剩无几了，别总想太多有的没的。”

“可是我……”张易难一听那话，气焰就消下去不少，他有些懊恼地垂下头，眉毛也耷拉了下来，纠结了一阵后缓缓开口道，“可是我上课实在没法专注，平时好像也很难集中注意力，明明有作业和考试压在前头，明明应该是很忙的，可就是一动也不想动，总是喜欢一个人发呆，然后放空自己，有时候一坐一下午就过去了。”

“你想知道原因吗？”秦俭稍稍打断了他的陈述，直接反问他。

张易难抿了抿嘴，点头。

“想得太多，做得太少。”秦俭简洁干练，八个字概括了一切。

他见张易难还是一副半知半解的表情，就继续张口解释道：“都到高三这个时候了，忙是常态，闲下来才是不正常的。明明有活儿要干却总是想入非非？”

秦俭刻意重复了一遍他之前的困惑，停顿下来反问，见张易难那渴求答案的眼神，便自问自答：“那就着手做起来，做着做着就会变得忙碌，身体一忙起来，大脑就没心思去想这些乱七八糟的事情了。而且，白天的时候，如果可以的话，尽量把自己弄得累一点。”

“为什么？”张易难听到那反常理的结论，条件反射地问。

“这样晚上失眠的毛病也一道儿治好了。中午的话可以稍稍打个盹儿，但晚自修这段时间千万不能睡。身体越忙越累，留给想入非非的时间就越少。”秦俭这次没有卖关子，直截了当。看张易难似是领会了的样子，他又追问：“你平时有什么喜欢的运动没有？”

“篮球算吗？”张易难抓了抓腮帮，犹豫地说。

“当然算咯。”秦俭面上渐露喜色。

“可是，他们都嫌我长得太矮，不愿意跟我玩儿。”张易难一说起这个就有些自卑，他低下脑袋，不去直视秦老师的目光。

“那个谁，蔡秉言他平时不也经常去球场打球的吗？你找他去呗，班长这么热心，肯定不会拒绝你的。”秦俭边回想着记忆，边给他出着主意。

张易难闻言也点头。

“其实主要目的无非是运动完以后能出一身汗，然后所有的负能量就都能通过这种方式排解掉了，学习自然就会更专注。”

秦俭仍颇不放心，又解释了一番，见张易难心领神会的表情，这才大手一挥：“好了，那就没什么事儿了，把你那伤口清理清理，赶紧回去上晚自习吧。”

张易难眉目舒展开了些，看样子基本是释怀了，他站起身向秦老师鞠躬告退。

21：30，晚自习结束后，高三年级组办公室门口。

卫冕探出了半个脑袋，朝着角落里的女孩摆手招呼着：“思秦，过来，我跟你说个事儿。”

阮思秦闻言放下了手中的笔，站起身朝门口走去，狐疑地上下打量着他：“什么事儿这么神神秘秘的？”

“我今晚放学跟你一起走。”卫冕挑着眉毛，笑得一脸天真。

“你要跟我回家？”阮思秦一听那话心下就有一种荒唐的预感，她没多想就脱口而出，反问他。

“不是不是，你想到哪里去了？我退宿了，然后在你们小区那儿租了一间小房间。”卫冕赶忙解释道。

“为什么退宿的是你？”阮思秦还是没弄明白他那逻辑。

“那是我主动要求的，反正我那作息时间应该没人受得了我。”卫冕摊手，一下子把所有锅儿都揽在了自己头上。

“那，在学区房租房子很贵的吧？”阮思秦两眼看向天花板，掰着手指算着价格。

“还好吧，我是跟别人合租的，我就租了21号楼的一间小房间，大概10平米，一个月房租2000块，那小房间除了张床以外什么都没有。”卫冕对那些信息早就熟稔于心，自是张口就来。

“这么凄惨啊。”阮思秦垂下脑袋，对他这“除了张床以外一无所有”的处境深表同情。

“反正我就每晚回来睡一觉，也不需要那么好的配置。”卫冕信口圆了过去，一下子打消了她的担忧。

然后他突然凑近了身子，低下身来，语气也变得柔和多了，小心翼翼地询问：“但是房东还没把小区的门禁卡给我，所以思秦，你今天帮我刷一下卡好不好？”

得，敢情这前面兜了大半天，最后就是为了求张门禁卡。

“刷一下是没什么问题，就是一般晚上我爸会跟我一起回去。”阮思秦欲言又止，话说了一半又咽了回去。

“这样子啊。”卫冕来回摩挲着自己的下巴，若有所思。

“思秦，回家吧。”这时一个男中音突然从门里传了出来。

阮思秦和卫冕二人一听到起始的第一个音节就辨认出了声源，卫冕迅捷地跳到了一角，恢复了标准站姿，保持着一米的安全距离。

秦俭一见卫冕这故作清白的姿势，真是哭笑不得，他故意问了句：“哟，这不是卫冕大神嘛？你这黑灯瞎火的，缠着我们家思秦干吗？”

卫冕却一脸无辜，装作恰好路过，点头哈腰地朝他打着招呼：“这不是秦老师嘛？好巧好巧。”

秦俭直接无视他这浮夸的演技，单刀直入地问他：“你大晚上的不在自习，跑来这儿干吗？”

卫冕见表演不管用，又换了套法子，他两手在空中画了半个圆弧，然后一指身旁的思秦，开启了他油嘴滑舌的腔调：“我这不是来提前认识一下新邻居嘛！这邻里关系要是处得好了，以后有什么事儿也多搭把手啊您说不是？”

“嘴再贫！”秦俭拍了拍他的脑袋，把他拍到了一边，嘴上虽不留情面，心下却是忍俊不禁。

“不敢不敢，还请秦老师恕罪。”卫冕惊呼，两手作揖，一秒入戏，说演还就真演了起来。

阮思秦被他们俩这一来一去的表演逗乐了，在一旁捂着嘴偷笑着。

“行了行了，你别演了。”秦俭站出来，摆手打断了他。

他们三人并排走向走廊，秦老师站在三人正中间，卫冕走在右侧，阮思秦跟在左侧，一手还牵着她爸的手。卫冕沾了秦老师的光，光明正大地蹭了一回教师电梯。

走出校门后，卫冕几次三番地想换个位子，换到思秦身边，但不知秦老师是故意还是无意，一路上都在跟他谈心，不给他跟思秦单独说话的机会。

“卫冕啊，想考什么学校？”秦俭转过头来问他。

“李老师的学校。”卫冕想都没想，脱口而出。

“清华，可没那么好考的哦。”秦俭当然知道他打的哑谜，反向噎他。

“我知道！”卫冕看起来精力充沛得很。

然后他放弃了越过秦老师直接和思秦说话的念头，干脆跟他一聊到底：“秦老师，话说老赵给您的任务您完成得如何了啊？”

“你还挺有全局意识的嘛。”秦俭没直接回答他，而是开始兜圈子。

“我们算算啊，梅御坤反正保送了，这一个已经是板上钉钉的；蔡秉言嘛他既是班长又是学生会主席，拿校荐资格应该没问题，再加上他平时综合一直很靠前，他这一个也挺稳的；闻奕轩嘛，他一直挺努力的，但总归是差口儿气，他有点滑进滑出的，裸考差口气，自招也差口气，面试也差口气，讲不好讲不好……”卫冕还真就一个个地盘点了起来，他挥着双手，像是个北大、清华的招生官，站在高点俯视着一干高三学生。

秦俭看着他哭笑不得，一面暗许他这心怀全班的心胸，一面又给他敲着警钟。“你还有空管别人？这里面几个人我最担心的就是你啊！”

卫冕一听自己最受关注，心下难免一阵窃喜。“哈哈，承蒙厚爱。”

“卫冕你这真是要吓死人啊，一会儿300多名，一会儿又考年级第一了，那下次一模是什么？”秦俭看他还是一脸玩世不恭的神情，又拿出这过山车般的成绩质问他。

“秦老师您就放心好了，我一模要是考不进年级前十，我，我就剃成光头！”卫冕一手拍着自己的大腿，另一手指向天空发着毒誓。

“别吧，大冬天的何苦呢？”秦俭不屑。

“反正你是学物理的，以后有的是要秃头的时候。”阮思秦沉默良久，这时突然插了句。见卫冕一脸抽搐的表情，她偷偷笑着。

走着走着就走到了一个岔路口，阮思秦指着一个路牌，对他说：“卫冕，你租的21号楼在那边那个方向，不顺路的，你直接回去吧。”

“上来坐会儿？吃点夜宵？”秦俭也转过头来，盛情邀请着他。

卫冕却突然腼腆了起来，摆手拒绝着：“不不不，我还是回去了。”

“那你路上小心。”秦俭最后叮嘱着。三人挥手道别。

12月13日清晨6：55，临水照花小区33号楼底。

冬日的太阳升得晚，晨昏线刚刚越过天际，阴影方才褪去，天空已经发亮，鱼肚白逐渐转为了橙红，晨曦的微光透过樟树的罅隙倾泻而下。

阮思秦左手拉扯着书包肩带，右手提着瓶牛奶，顺势用左手手肘推开了大门。

“早上好呀！”一个熟悉的少年音从门外的草坪上传来，透着露水的澄澈和初晨的清新。

阮思秦意外至极，她失声喊了出来：“卫冕，你怎么在这儿？”

“我在等你，一起去上学啊。”卫冕合上手中的英语词汇手册，转头把它塞进书包里，然后低头一看表，惊呼：“不好，现在已经6点57了，一会儿7点整要早自习。”

“不急，”阮思秦摆手打消着他的顾虑，她一手指着7楼的窗户说，“秦老师他还在上面收拾碗筷，洗洗盘子什么的。”

“太好了，思秦你真是厉害！”卫冕兴奋地一拍大腿，顺手趁思秦不注意轻拂了把她的头发。然后又突然收回手来，脸别向另一侧，装作无事发生。

他假装岔开话题，“我发现你们这小区就是好啊，绿化多，隔音好。”

阮思秦不自觉地脸红，也只能顺着他这岔开来的话题接着往下说：“行了，你少吹捧了。等一下，你还没吃早饭吧。”

“我一会儿去学校食堂吃点早饭。”卫冕随口说道。

“那你赶紧去上早自习吧！我自己一个人再拐个弯就到我们学校了。”阮思秦却不好意思再麻烦他空着肚子陪她走这段上学路。

“没事儿，走吧。”卫冕摊手，一时他这老油条的本性又都暴露无遗。

转眼，“临水外国语学校”几个大字浮现于眼前。

“到你们学校门口了，那你进去吧。”卫冕拍了拍她的肩，目送着她进了校门。

“好，拜拜！”阮思秦摆手向他告别着。

然后卫冕以百米冲刺的速度飞奔向隔壁临水一中。他边迈着步子，边低头看表掐着时间——

7：07，还好还好，勉强还赶得上。

趁值勤班同学不注意，卫冕偷偷溜进了教师电梯。在电梯门刚露了个缝隙出来时，他就做好了标准的起跑姿势。待门打开到一人身时，他就飞奔而出，一路巧妙而精确地避开了所有执勤老师。卫冕从后门偷偷溜进1班教室，他回头四顾——其他同学都安静地坐在原位，有的在补吃早饭，有的在写文言文卷。

而秦老师，还没进教室，妙！

卫冕从包中掏出一本作业本，一把放在斜前方闻奕轩的桌上，“嘿，我化学作业放这儿了啊！”

闻奕轩冷冷地瞥了他一眼：“你来晚了，我已经交掉了。”

“你有毛病吧？这才7：10！闻老头出早操前又批不了作业的，你这么早交干吗，表积极啊？”卫冕气愤地甩着他的化学本，对闻奕轩这冷漠的行为嗤之以鼻。

“早自习之前课代表把所有作业收齐，这是规定。你要么自己去办公室交给他。”闻奕轩头也没抬，笔下照旧做着早自习的文言翻译。

“死脑筋！”卫冕甩下了一句，就捏着自己的作业本，气鼓鼓地冲出了教室。

10：10，闻老师准时踏进了高三（1）班教室内。他把教案随手扔到讲台上，然后边开着电脑，边抽查提问。

“卫冕。”闻老师点着名，顺手点开了投影仪的按钮，他低头操作的时候，金框眼镜顺着鼻梁向下滑，他再抬眼时，如炬的目光没有了镜片的遮挡，那模样，霎时又显老了十岁。

卫冕起身，看到闻老师那老气的眼镜忍不住想偷笑，但瞥到他那严肃的神情后还是稍稍收敛了些。

闻老师踱步到他面前，双手背在身后，下巴指着他问：“氨气的键角，是109度28分，还是108度29分？”

“怎么又是这个套路？”卫冕一面腹诽着这一成不改的提问方式，一面抓着脑袋思索着避开陷阱的正确途径，他闭着眼睛来回转动着眼珠，三秒后，睁眼：“让我想想，都不是！”

“都不是？”闻老师眯起了双眼，脖子向前倾，就差没贴他脸上了。

卫冕知道，闻老头那面部表情也是陷阱的一部分，上了那么多回当，他这回终于学乖了，他直接无视了闻老头的反应，按照自己的思路推导着：“氨气的分子结构是三角锥形，N原子在正四面体的中心，但又往下降了一点，所以应该是107度18分！”

“这次没上当？”闻老师拍了拍卫冕的肩，示意他坐下，转过身后，脸上才露出了一抹笑意。

他走回讲台上，打开PPT，开始正式上课。说是上课，其实无非是复习，再复习，把炒过的冷饭翻出来再重新炒一遍。

“这道题，往氢氧化钠溶液里滴醋酸，它的离子浓度会怎么变，卫冕。”闻老师指着屏幕上的一道题，就又开始提问互动。

“怎么又是我？”卫冕心下暗暗叫苦，我做错什么事了吗？不就今早晚交了作业吗？这被老师盯上的感觉可真是太不好了。

尽管有诸多不满，卫冕还是硬着头皮，又站了起来，瞟了两眼题干就开始回答：“分两种情况来讨论，一个大于，一个小于。”

闻老师听了他这答案后未置可否，反而是笑了笑，一反常理地挑起了另一个话题：“卫冕，你有多高啊？”

“啊？我178呀。这道题跟我身高有什么关系？”卫冕如实回答，不明白闻老师是何用意。

“178，嗯，是个找对象的好身高！”闻老师突然朝他竖起了大拇指，那模样实在滑稽，宛如一场相亲节目的主持人。

班里瞬间爆发出了一阵大笑，有激动得拊击桌子的，有朝卫冕挤眉弄眼的，还有阴阳怪气地起哄的，窗子都被笑声震得发颤。

“嘚瑟！”张易难缩在角落里斜眼瞧着他。

“那卫冕你是从小就长到178了吗？那总得有个从矮长到高的过程是不是？”闻老师话说了一半，给他递眼色，个中暗示之意不言自明。

“我懂了！”卫冕听懂了他的暗示，把这两个看起来毫不相干的事情建立起了联系，“类比过来就是，它这混合溶液的H离子浓度的变化也是有个过程的，所以从大于到小于的过程之间应该还有一种取等于号的可能性，所以应该分三种情况来讨论。”

其余人恍然，延迟了几秒后也都纷纷露出赞叹的神情。

后桌的蔡秉言托腮评论着，莞尔一笑：“老卫，你这脑回路终于跟闻老师合拍了啊。”

12月14日，清晨6：58。临水照花小区，33号楼下。卫冕正双手捧着本《英语作文高分句型》高声朗诵着。晨曦倾落在白纸上，留下了一块阴影，随着太阳直射角的不断增大，阴影也顺着他的脖子一路上移，像是青藤攀上了脸颊。单元楼门口人来人往，一有人推门，卫冕就会条件反射般抬起头，寻找着那头黑长发。

十三次抬头，又十三次低头。

第十四次，门推开了。

“哟，卫冕，早上好啊！”一个熟悉的男中音从门后传来，爽朗、洪亮。

“秦老师好，秦老师好！”卫冕立刻收起了手中的书，向他点头问好。

“大早上的在这儿读英语呢？挺用功啊。”秦俭一瞥他手上的红宝书，心下暗暗赞许。

“不敢当，不敢当。”卫冕受宠若惊，摆手回应着。

“早自习七点开始，英语听力七点零五开始放，你这回可是要迟到，被我抓个正着咯？”秦俭低头看了看腕表，然后眯眼对他笑着。

卫冕被秦老师这诡异的笑容弄得心下一哆嗦，“秦老师，您就少难为我了，您告诉我，思秦怎么还没下来呢？”

秦俭回头，一手指着7楼的窗台跟他分析着：“她呀，早着呢，我下来的时候她还在梳头，我告诉你，你要等她那绝对会迟到。”

卫冕扶额，还要梳头，还要打扮……啧，这女孩还真就是麻烦。

纠结片刻后他干脆一咬牙，一跺脚，大义凛然地说：“算了，迟到就迟到吧。”

他这慷慨就义的决定显然出乎了秦俭的意料，秦俭眉角一弯，甩下了一句：“那你到时候就自觉点儿罚站，站在班级门口做门神吧。我先跑了哦。”

然后就骑着他的自行车飞驰而去。

10分钟后，单元楼大门被一声撞开。

“对不起，对不起，我今天起晚了。我们快走吧，你早自习是不是要迟到了？”阮思秦着急忙慌的，左手提着包儿，右手握着瓶半开盖的牛奶，摇晃间，还有几滴乳白色的液体洒了出来。

“不用那么急，晚都晚了，不如慢慢走过去吧。”卫冕接过她手中的牛奶，走到她身后帮她把书包背好。

“那我跟Daddy发个消息，让他不要罚你了。”阮思秦脸上泛起了微红，她心下有些愧疚，转过身想掏出手机，却被卫冕一手推了回去。

“没事儿，有我这嘴皮子，还怕圆不过去吗？”卫冕指着自己这张嘴自矜自夸着。

两个人就这样在路上并排走着，踩过冬天尾巴上的枯黄，踩过枝丫上最后一片落叶，干透的碎叶被踩得咔咔作响，就好像能这么一直走下去，走到生命的尽头。

明明是正青春的年纪，怎么走得如此之慢？来晨练的老大爷跟在他们俩身后，一个劲儿地直摇头，连他都受不了前面俩人这步速了。于是老大爷迈步竞走，超过了他们。

7：15。“闻奕轩！你又不等我就把化学作业交掉了？”卫冕气愤地把作业本甩在他桌上，高声质问。

“你别吵，在放英语听力呢！”闻奕轩一掌堵在他脸上，一手护着自己的听力卷，目不斜视。

“你是不是我兄弟啊？我们好歹从小一起学竞赛学上来的，还睡一间房，你就这么对我？”卫冕对他这事不关己的作风不满极了，直接掏出陈年往事。卫冕的声音不轻，尤其在说到某个词的时候，周围同学都转过头来看向他们俩，纷纷露出了不可描述的笑容。

闻奕轩当然知道卫冕是故意在夸大事实，索性就不理他。

卫冕见说服闻奕轩无果，只好拿着自己的化学作业，跑出了教室。

8：00，第一节上课铃响，闻老师准时踏进1班。

“我们今天复习spdf电子轨道。”

他照本宣科，例行公事，却并没有按顺序从头复习起，而是拿起了放在最上面的一本作业，念着名字就开始提问抽查，“卫冕，起来背一下洪特规则的定义。”

“怎么又盯上我了？”卫冕在心里暗自腹诽闻老头的点人顺序毫无规律，却又无可奈何，只能勉强站起身，将烂熟于心的内容公开背诵。

“洪特规则就是电子尽可能先占据不同的自旋方向相同的轨道。”

闻老师满意地点了点头，示意他坐下，然后就走上了讲台，关掉了PPT，关掉了投影仪，也关掉了电脑屏幕。

众人被他这反常举动搞得不明所以。这是要罢课，还是说大家都学得挺扎实的，已经没有复习的必要了？

台下一片寂静，所有人都等着台上人发号施令。

闻老师沉默片刻后，开口了："我举个例子，公交车上有很多个双人位，有的是两个都空的，有的是一个位子坐了人，另一个空着的。那洪特规则不就是上车的时候先把那些两个都没人的空座坐掉一个，满了之后再去跟别人拼座儿嘛。那比方说，现在有一个美女上了公交车，眼前卫冕旁边有一个空座，他后面还有一个空的双人座，那么你说这个美女会选择坐在哪里呢？"

闻老师这不说话还好，一开口就语不惊人死不休。

"这，竟然是道化学题？"

台下顿时起了阵阵骚动。

"闻奕轩，你来回答。"闻老师无视骚动，又开始了他新一轮的点名。

"根据洪特规则，她应该去坐那个空的双人座，这样消耗的能量最低。"闻奕轩站起身，扶了扶鼻梁上的眼镜，一本正经地回答。

"不解风情。"卫冕一个劲儿地摇头。

"老闻，你这是注定要单身一辈子啊。"卫冕不忘开着他的嘲讽腔。

"蔡秉言。"闻老师笑了笑，对这规规矩矩、四平八稳的回答未置可否，他转身向另一侧，继续点名。

蔡秉言站起身，立刻换了副表情："如果假定卫冕颜值还凑合的话，美女应该会去坐卫冕旁边的空座儿。"

这回答真是，毫无破绽，堪称完美，既不死板，又没偏题，严肃中还带着活泼，借题发挥又不涉及人身攻击。

卫冕咋舌，拍着他的肩，暗自赞许着："够圆滑啊，老哥。"

"哼，我要去告诉阮思秦。"张易难在一旁，拿出小本子，在上面记下了一笔。

卫冕笑也笑过了，自嘲也自嘲过了，但笑过之后还是试图赋予刚才的玩笑以更高的意义，他转头问后座的蔡秉言：“所以，闻老头这是在教我们北大清华的面试题套路？他是觉得教我们知识性的内容已经没有意义了，还不如教一些回答问题的窍门吗？”

蔡秉言故意装傻，回避了他的疑问：“他可能只是单纯想拿你举例子开涮。”

12月15日，清晨6：45，阮思秦家中。秦俭解下了围兜，踱步到厨房后的阳台，向外眺望着，一望就望到了他。

“小秦，快点吃啊，卫冕又在楼下等着你呢。”秦俭转过头来，看向饭桌旁穿着校服的女儿，笑着催促。

“他这么早就到了？”阮思秦闻言赶紧咬了一大口的包子，右手扒拉着一大勺粥，咕咚咕咚地往下灌。

“我6点起来的时候就看他在楼下晨读，也不知道读了多久了。”秦俭又往窗外瞥了一眼，随后就又回了厨房，开始了他的洗洗刷刷。

“行吧行吧，那我现在就下去。”阮思秦自昨天连累卫冕早自习迟到后就一直有些愧疚，她赶忙站起身，端着餐盘就往水斗的方向走。

“不急啊，把牛奶喝下去了再走吧！”秦俭指着桌上的那瓶奶，朝鞋柜旁的思秦喊道。

“我带在路上喝！”阮思秦已经换好了鞋，左手取过牛奶就顺势拉开了大门。

电梯门开，她一步冲出，然后右手旋开门锁，左手手肘借力向前一推。

“思秦早啊！”少年向她问早。

“早！”阮思秦抬头，回以一个同样阳光的问好。可是阳光却并没有如期而至，她觉得发梢有点儿打卷儿，再一看，地上雨点斑斑。

“外面怎么下雨了？你等等我，我上楼去拿把伞。”阮思秦双手作伞状，转身就要掏出钥匙开门，被卫冕一把拦下了。

“不用上去了！”卫冕握住她的左手腕，然后从包里掏出了一把黑伞说，“撑我的吧。”

“那你？”阮思秦犹疑地接过伞，反问他。

“我戴帽子。”卫冕耍酷，一把扣上卫衣的连体帽，然后就大跨步地向雨帘走去。结果还没走两步呢，就狼狈地被雨点浇了回来，“哎哟不行，雨好像越下越大了。”

阮思秦笑他那耍帅不成反被淋的模样，然后单手撑开伞说：“我跟你合撑一把伞吧。”

卫冕笑着从她手中接过伞柄，然后仗着自己的身高优势高举着伞。雨点簌簌地溅在柏油马路上，荡起了一圈圈涟漪。细弱的水流汇成股，向漩涡的中心流动着，或许细水长流也不过如此吧。他们就这么踩着涟漪走过，耳畔只有淅淅沥沥和滴滴答答，盖过了呢喃和细语。

9：00，照例是闻老师的化学课。

“为什么把二氧化碳通到次氯酸钙里，生成的是碳酸氢钙而不是碳酸钙？卫冕。”

卫冕已经习惯了每节课都第一个被叫起，而且他也逐渐掌握了闻老师的提问套路。此时的他裤腿还是湿的，头发也被雨水打湿黏在了一起，但这丝毫不妨碍他自信满满地站起身。

他大致理了一下思路，然后流利地陈述：“因为次氯酸根夺走了一个氢离子，碳酸氢根离子和氢离子分手之后，碳酸氢根离子心痛不已，可又追悔莫及，他痛定思痛，决定好好守护自己身上仅存的一个氢离子，他不想就此沦为一个光秃秃的碳酸根离子，所以说什么也不能再失去她了。”

其他人听他说完，都震惊得合不拢嘴，一面赞叹着卫冕这么回答的勇气，一面又担心他小命不保。

于是大家都纷纷转头去看闻老师的面部表情，结果就听他来了一句："你们都到这个年纪了，懂爱情吗？"

"噫——"激起台下起哄声一片。

"不懂爱情，能学得好化学吗？对吧，卫冕？"

闻老师眯眼对他笑着。

第八章　陪读妈妈团

[序6]

“卫先生，我稍微打断一下。您之前不是说要讲影子吗？可为什么张易难的故事讲了一半，又讲回到您自己的故事去了？”

“哎呀，讲影子讲得太累了，每次一讲到这种东西我就头大。”

“那我们做个平缓的过渡吧。通过卫先生刚才的讲述，我大致厘清了思路，光和影子之间并不是截然对立的，他们之间有两位沟通者，一位是阮思秦小姐，另一位是李川老师。其中，阮小姐是现在的火药区，而李老师则是过去的矛盾集中点。触发点是阮小姐，但却在秦老师的提问下，无意中带出了两年前的举报事件的真相。关于李老师及你们过去的恩怨，我希望了解多一些。”

“行啊，那我就顺你的意思，讲讲光的前传呗。你有没有发觉，之前李老师的出场都是碎片化的？”

“对，我发觉了。在高三这条主时间线上，李老师这个人物很特殊，从来没有正面出现过，他似乎永远活在别人的谈话里，或者活在卫同学、张同学等人的记忆里。被举报之后，他明明已经不在学校了，但一中的学生和家长总是会不约而同地谈论起他。所有的人物都因为他的存在而勾连在一起，现在和未来发生的事都与过去有千丝万缕的联系。恶果在几年前就已埋下种子，然后随着时间不断发酵。可以说，理科班里的所有人都活在李川老师的阴影之下，就仿佛他从来没有离开过学校一样。”

卫冕点头，认可了我的分析，然后他长叹了一口气，眼神暗淡了下来：“其实，当年李老师被张易难匿名举报之后，他原本是有机会开脱的。”

“什么意思？”

卫冕转过身子来向我解释道：“他完全可以把责任全部推卸给机构，说是老板威胁他去教书的，这样，他就不用被开除了，取而代之的是整个机构被查封，上上下下几百位员工丢掉饭碗。于他而言，只是损失了一笔额外收入而已。李老师本可以牺牲其他员工的岗位，来保全自己的教师资格。但是，他终究没有选择这样做。”

“为什么？是因为会误伤无辜吗？”我本能地推理。

“这是一方面原因，但更重要的是，我妈就是这个机构的员工之一。”

我恍然，我意识到在举报事件触发之后，经典的火车难题就出现了，总有人要做出牺牲，要么李川被开除，要么卫冕母亲等人下岗，这两种境况听起来都不妙。大致明白其中的因果关联之后，我抛出了另一个疑问：“我有一点不太明白，您母亲不一定要留在机构里，她完全可以去寻找别的工作啊。”

卫冕对我笑了笑，他的笑容里透着一股和年龄不符的沧桑：“你知道，我妈只有高中学历，她要是下岗了就再也找不到像课程推销员这种体面且高薪的工作了。其实一开始，这个工作就是李老师给她介绍的。”

[正文]

12月13日，17：00，黄浦区人民广场。

卫冕妈妈穿着干净朴素的白衬衣，正坐在咨询室的转椅上，她手捧一沓A4纸，握着黑圆珠笔，在纸上写满了数字。

她对面坐着一位中年妇女，年龄看起来没她大，却是满面愁容，眉头紧蹙，双手交叉成塔状，焦虑地来回捋着头发。

卫冕妈妈说了一整天的话，说到傍晚五点时早已口干舌燥，但面对来咨询报名的家长，她还是不得不放下水杯，忍着喉咙干裂的痛苦，开口跟家长分析着孩子的学习情况，顺便推销起了语数英理化的课程。她在白纸上列着算式，又从抽屉里掏出了个计算器，乒乒乓乓地敲了一阵，然后在纸上画了一个大圈，另附上了一份合同，递给对面的家长。

家长细细阅读了一番，又掏出手机，跟电话那头的人交流了一阵，犹豫半晌，最后在右下角签上了大名。卫冕妈妈满意地接过合同，然后略显疲惫地伸了个腰。

今天开的第七单。

付款金额上写的是一万两千五百元整，按照规定，她这次能得到10%的提成。

她回到更衣室里，脱下了工作服，换上了件长裙，又披上了件羽绒大衣。霎时间，工作气息散尽，她变为了一个日常居家的中年妇女。

卫冕妈妈提起了椅子上的赝品皮包，简单地跟其他加班的或是在吃外卖的同事们挥手道别。按下电梯按钮后，她从斜挎包中掏出手机，点开微信，点开那个置顶的群聊名称——

"陪读妈妈团"，目前群聊人数，5人。

梅御坤妈妈拍了聚餐地点的照片，问她现在到哪儿了；孙凯文妈妈也给她私发了不少消息，她都没来得及回复。她点开了闻奕轩妈妈发来的定位图——兴业路123弄，新天地南里商场2楼，小南国。

出了电梯后，她顺着导航的路线乘上了地铁，之后又一路步行，穿过四合暮色，穿过初上华灯，穿过了上海最繁华的地段。

她低头看了看表，18：29。

"女士，请问您有预约吗？"小南国门前的礼仪小姐一把将她拦在了门外，笑脸盈盈地问她。

"有，五个人的。"卫冕妈妈点头，刚想掏出手机报上梅御坤妈妈的手机号，就听到一声爽朗的声音从门后传来。

"卫冕妈妈，这里这里！"

卫冕妈妈循声望去，就看到一个妇女在向她招手，她立刻把工作里的烦心事全部收起来，堆出一脸笑意，"闻奕轩妈妈，好久不见，好久不见！"

"来来来，就差你一个了。"闻奕轩妈一边高高地挥着手，一边热情地朝她招呼着。

"不好意思，我来迟了。那暑期班的报名工作刚刚结束。我呢，刚才又在跟一个初二的家长分析她孩子的学习情况，这不就晚了嘛。"卫冕妈妈给她从头解释起了迟来的原因。

"你还这么爱工作，也是啊，你们家卫冕最近学习可争气了，上次月考一下就考了年级第一呢！都不用你操心的！"闻奕轩妈原本还在打趣她这工作狂属性，转眼又去笑着恭维她。

"没有没有，卫冕他要是有你们家闻奕轩一半懂事，我就要幸福死了！"卫冕妈妈也假谦虚地回了她。

说着聊着，她们就走到了走廊尽头的一个小包间。房顶装潢得富丽堂皇的，转盘上摆的菜也都基本上齐了，四喜烤麸呈在精致的小碟子里，笼屉里的小笼包还冒着热气，春笋焖鸡汤看起来诱人得很。

“卫冕妈妈，我们都在等你呢！”孙凯文妈坐在最靠门的位置，她径直站起身迎接着她。

“来，菜都上来了，先吃起来吧！”梅御坤妈坐在朝南的主人之席，尽着主人之道招呼着大家动筷子。

“呃，那要不我们先办正事儿？”坐在角落的张易难妈这时突然说了句话，她双手交叉，眼神有些犹豫闪躲。

“嗯，也好吧。”梅御坤妈神色有些不自然，纠结片刻后还是点了点头。

“什么正事儿？”卫冕妈像是在状况外，完全没听懂她们打的这哑谜。

“卫冕妈妈，这是给你们家的。”张易难妈从椅子底下掏出了一个大包裹，红红绿绿的什么都有——特仑苏牛奶、乳钙钙片、燕麦片、猕猴桃干……

“张易难妈妈，你怎么还送礼过来？这多见外啊！我不能收不能收。”卫冕妈惊呼，赶紧摆手拒绝着。

张易难妈双手停留在空中，这送出礼又被当面退回来，真是尴尬至极。于是她试探性地问，“卫冕妈妈，您不知道那个事情吗？”

“哪个事情？”卫冕妈一进门后就被绕得晕晕的，现在依然没弄清楚状况。

“就是卫冕他们寝室里几个孩子的事情呀。”张易难妈话说了一半，用眼神暗示着她。

“他寝室里的事情我哪里会知道？他平时周末一回家就把自己锁在房间里，什么话都不跟我说的。”卫冕妈妈一说起这个，就有几肚子的牢骚排着队地等着发泄出来，但说着说着，忽而想起了什么，“哦对，他前几天还跟我说他被退宿了，问我要钱去外面租房子。”

看她终于说到了正题，张易难妈妈眉眼舒展开来，“那你没去问问他为什么被退宿吗？”

“我问了啊，可他就是什么都不肯告诉我。然后我想翻翻他的试卷啊、书啊什么的，他就火大，不让我碰。对，我还想问问你们呢，最近他们班里都发生了什么事儿啊？”卫冕妈一面抱怨着自家孩子的叛逆，一面又向其他家长打探着消息。

“那我来说吧。”梅御坤妈作为中间人和旁观者，她站了起来，客观地复述起了事实，“简单概括的话就是上周在寝室里，张易难打了卫冕，孙凯文帮他报仇还击了回去，闻奕轩在一边儿看着。”

孙凯文妈抚着自己新做的手指甲，耸耸肩，优雅地笑着；闻奕轩妈呛得直咳嗽，她假装去夹盘里的菜，尴尬地笑着。

“孙凯文妈和张易难妈已经私下里解决矛盾了，但卫冕的话，关系讲起来比较复杂，所以张易难妈就找到了我，希望通过我们‘陪读妈妈团’的这几个家长一起来调解一下矛盾。”梅御坤妈将背后的缘由和来龙去脉细细道来。

张易难妈见时机也比较成熟了，就又拿出了那一大包礼品，塞到卫冕妈手里，向她鞠躬赔着礼：“所以，卫冕妈妈，这箱牛奶，还有燕麦、钙片，我的一点心意，你就收下吧。我代表我家孩子给你们家卫冕道个歉，他太不懂事，太冲动了，是我没教好他。”

鞠躬赔礼，低声下气。

卫冕妈尴尬得很，只好收下了这一大包包裹，然后假装不在意地说：“哎呀青春期的孩子嘛，打打闹闹的，正常正常。”

“卫冕妈妈，你收了礼，那事儿就算过去了啊，之后大家还多往来啊！”梅御坤妈见这事情这么快就调解完了，心下自然是欣喜的，孩子们都是同一个班级里的同学，每天抬头不见低头见的，谁也不想把那关系弄僵，能用一袋礼物解决，那自然是最好不过的了。

“那，我等会儿还有点事情，就先回去了。”张易难妈站起身，裹着黑色大衣，提着黑皮包就要向门外走去。

“这么早就回去了？菜还没怎么吃呢！”梅御坤妈有些意外，站起来伸手挽留着她。

“你们多吃点，我是真的得走了，以后有空多联系啊。”张易难妈却像是做足了早走的打算，干脆利落地拒绝了她的好意，转身推开了包间门就消失在了视野里。

少了一个人后，饭桌上的气氛一度又尴尬了起来。

孙凯文妈一手托着腮，皱着眉头道：“张易难妈怎么还是这样？不喜欢参加我们的聚会。”

闻奕轩妈分析着背后的原因：“也说不上不喜欢参加吧，她好像就是一直觉得跟我们四个不太熟，平时也交流不到一起去。”

卫冕妈回想起了以前的事儿，闭着眼睛，摇了摇头：“他们家孩子我总觉得怪怪的，上次在机构里，我正好在走廊里碰见张易难，就跟他打了个招呼，结果他就斜着眼睛，恶狠狠地瞥了我一眼。”

“是吗？这可不太好，”闻奕轩妈听闻也附议，然后又转头向另一侧说，“要我说啊，我还是最喜欢卫冕和孙凯文这两个孩子了，特阳光，特青春。十七八岁的孩子嘛，就应该像他们俩那样，不然整天乌里麻里的，像个小老头似的多不好。”

梅御坤妈受她启发，脑中浮现出了过往的零星记忆：“说到他们俩，我们陪读妈妈团最开始好像就是你们两家先熟起来的是吧？”

妈妈们回想起了多年前的往事。

2013年6月30日，四家孩子都分别升上了初二。“陪读妈妈团”的四人组占领着肯德基二楼的那靠窗的四人座。

“卫冕妈妈，你家孩子不是数学竞赛都拿了一等奖了吗？多大的喜事儿，我看他都上他们学校官网首页了呢！你怎么看上去还这么操劳？”孙凯文妈妈指着自己手机屏幕上的喜报，递给卫冕妈妈看。

“哎呀，你是不知道，最近不是在报名业余物理学校吗？”卫冕妈妈满面忧愁，眉头紧蹙，双手交叉在胸前，讲起了这操劳背后的原因。

“对啊，卫冕不是考上了A9—A16的班吗？”闻奕轩妈妈记性好，尤其是有关卫冕的消息她记得最牢了。

“就为这事儿可愁了，卫冕非要去报李川老师的班，结果我去一打听，李老师是这些老师里面最热门最抢手的。报名那天，我特地早上六点钟就爬起来，乘地铁去人民广场给他报名，结果还是差了一点儿，没报上。”卫冕妈妈讲起了上周末的惨痛经历，越说越遗憾。

“这么难报的吗？”孙凯文妈妈一听她这描述，惊讶得口红都掉色了。

“我后来才知道，那些家长们都是前一天晚上就堵在报名点门口了，有的还拖着被子，裹着棉大衣，熬夜排队。我这早上六点起来去排队，哪里能比得过他们呢？”卫冕妈妈摊开双手，言语中赤裸裸的对比。

“这也太疯狂了点吧。”孙凯文妈妈一手捂住自己的嘴，再惊讶也要尽量保持着优雅与矜持的姿势。

“所以后来我就给卫冕报了另外一个老师的班。”卫冕妈妈继续陈述。

“那也挺好啊，不同风格的老师可以换着上，而且这边老师水平都不差的。”梅御坤妈妈给她理性地分析。

“可是卫冕就是倔得很，他一听说我没给他报上李老师的班，就在家里发脾气、闹情绪，又哭又吼的，说我就是故意晚起，故意不给他报上名，还说我就是见不得他开心，从小有什么愿望都不满足他。你们说我委不委屈？”卫冕妈妈越说情绪就越激动，末了的反问像是绞痛到心窝里去。

孙凯文妈妈边涂着指甲油，边给她出着主意。“小朋友嘛，哄哄就好了，买点什么好吃的补偿他一下呗。”

卫冕妈妈摇头，否决了她的提议。“没用的，卫冕他情绪大得很，他凡是认定一件事就执着得要命，不达目的不罢休的。”

闻奕轩妈妈单手抵在下巴上，踟蹰着给她出着新主意。“要不，卫冕妈妈你去开个后门试试？”

“后门？”卫冕妈妈听到这两个字的时候惊了一下。

“哦对，闻奕轩妈妈嘛开后门最有经验的呀！”孙凯文妈妈轻拍了下桌子，然后扶着自己的额头笑着说。

“得亏有闻奕轩他爸在一中当老师，他上头打一声招呼，不就轻轻松松地把小闻插进实验班里了吗？”闻奕轩妈妈一边坦诚地讲着自己家的情况，丝毫不遮掩，一边不忘回了对面二位。

“孙凯文妈妈，你可别说我开后门有经验，你们家不也是吗？梅御坤家嘛更简单了，各种福利都上赶着送上门来的。”

卫冕妈妈听了后，又垂下头来叹着气：“你们三家多好啊，老公这么能干。哪像我们家那位，老爷似的，整天闲在家里打牌，什么都不会干！我哪里能靠得了他呢？”

闻奕轩妈妈经验丰富，笑着给她讲授着“开后门”的具体方法，“哎呀，那李老师不是最喜欢卫冕了吗？让你们家卫冕去说一声，然后让他后台操作一下，把卫冕添上名单里面不就成了？”

“这样，真的行吗？”卫冕妈妈有些纠结。

“这有什么不可以的，卫冕妈妈我跟你说，你呢，平时为人就是太老实了，这样要吃亏的！”闻奕轩妈妈声调都高了八度，一句话打消着她的疑虑。

晚上9：00，卫冕家阳台上。

卫冕妈妈从儿子的通讯录里翻出了他的联系方式，特地找了一个没人的角落，等电话接通了以后，她压低着嗓音问："喂，请问，是李老师吗？"

"是我，您是？"对面礼貌性地问。

"李老师您好！这么晚还打扰您了真不好意思，我是卫冕妈妈，本来想给卫冕报您的班的，但是，太抢手了，没报上……"卫冕妈妈先客套了两句，然后才说起了正事儿。

"这事儿嘛，您早说，我让他们在后台改一下数据就好了。"李川老师看起来经验也丰富得很，一下就听懂了她话里的话。

"那真是太麻烦您了。"卫冕妈妈激动地横道谢竖道谢的。

"不麻烦，哦对，不过卫冕跟着初二的班学，怎么说呢，有点儿浪费。"李川老师又补充了一句。

卫冕妈妈一时没明白他的言外之意。

"让他直接上初三的班去吧，我怕他嫌基础课太简单。"李川老师笑了笑，一句话给她讲明了这背后的考虑。

2013年9月10日，黄浦区长沙路35号，业余物理学校。

田恬坐在第二排正中间的位子，她摊开了本初中物理竞赛拓展篇的书，咬着水笔笔盖，在第一页上涂涂画画了起来。她回头望了一下，教室里坐满了一半的人，女生只有零星的几个，她都不认识，也不好意思走上前去和她们主动搭讪。

好像自从上了初中的理科班以后就是这样，班里的女生一只手就能数得过来，雄性荷尔蒙的磁场让她觉得不适，男生的汗味和女生的八卦味她都不喜欢，所以平时多是独来独往，没什么朋友。

"嘿，这儿有人不？"正当她一个人翻涌着小心思时，一个正处在变声期的少年音突然从她背后响起，这声音好生陌生，她下意识地回过头去一看——

不认识，真是可惜。

田恬摇了摇头，又把第二排的桌子往后移了移，给他挪出了些空间。

“谢谢学姐哈！”那少年撑着桌子角就蹦了过去，然后在第一排正中间的位子放下了包，也掏出了一本一模一样的拓展篇竞赛书来。

“学姐？为什么要叫我学姐？”田恬诧异地偏过脑袋，瞪大了眼上下打量起了面前这小伙子。

“你不是初三的吗？”那少年也偏过脑袋来，反问她。

田恬这才发现他刚刚发育，上半身瘦得像只猴子，喉咙上凸起的喉结显得很不和谐。虽然说男孩子普遍发育得晚吧，但眼前这人确实看起来比自己小。

“所以你，初二？”她试探性地问了问。

见对面点了点头，她才算是证实了自己的猜测。不过确认之余，更多的是慨叹——现在的小孩子们怎么一个比一个厉害？小弟弟还跨级上课。不行，要更努力啊！

田恬正暗自思量着，这时前门被推开了。一个身着浅蓝衬衫，纽扣解开到正数第二个，袖子挽到手肘处的男人走了进来。他把一沓A4纸扔在讲台上，然后回头瞟了两眼黑板——黑板上还残留着上节课的板书。

那男人把一个落满灰的黑板擦扔到第一排的位子上，一句话也没说就转身去拿包里的笔记本电脑了。

坐在第一排正中间的那个男生心领神会，接过那板擦就去教室外的墙上拍了起来。一时间，门口尘土飞扬，不知道的还以为这是哪个化工厂的粉末泄露了。

然后，田恬就见那小弟弟一蹦一跳地回了教室，不到一分钟就把四块大黑板全擦干净了。

看来年轻人就是精力充沛啊。

“卫冕，别回去啊！来，帮我茶杯里灌点开水去！”讲台上的人靠在椅背上，使唤起了这个免费劳动力。

“得嘞！”卫冕接过他手中的空茶杯，兴奋地蹦去了走廊尽头。坐在第二排的田恬真担心他这不安分的样子会把玻璃杯给摔碎了。

卫冕完满完成了打水任务，他刚回到原先的座位上，就察觉到有人在背后拿笔盖戳他。他回头。

“你叫卫冕是吗？你看起来好像跟李川老师很熟？”田恬一手托着腮，一手压着书皮好奇地问他。

“当然，我小学就在李老师那里上奥数课呢！”卫冕很激动，看来是遇到同道中人了呀。他正准备继续与后桌的学姐攀谈，这时上课铃却响了起来。李老师从座位上站起身，捋了捋讲台上的A4纸，就走到第一列发起了卷子。

卫冕一看这卷子的抬头——“2013年业余物理学校A13班第一次测验”。

“为什么第一节课就考试啊？他还什么都没教呢！”卫冕不满地嘟着嘴，回过头吐槽着。

“你不知道吗？李老师上竞赛课就这风格啊，14堂课，7次测验，7次讲评。”田恬对他这反应有些奇怪，跟他耐心地解释起了背后的缘由。

卫冕似乎一点儿也不在意他上课的风格，暗骂了句后就转过身子，哗哗地在试卷上奋笔疾书了起来。

一个半小时后，他站起身，提前交了卷，留下了一个潇洒的背影。

9月17日，李川老师抱着一沓厚厚的试卷走进了教室。田恬有些忐忑，她左手手指来回摩挲着封皮，右手食指和中指在转着笔。

“学姐，你看起来好像很紧张？”卫冕走到第一排正中间的座儿，放下包后回头问她。

“上周考得好难，我肯定考得很差，就怕李老师一会儿要报分数……”田恬双手托着下巴，耷拉着眉毛，愁容满面。

“那我跟李老师去说一声，让他不要报了。”卫冕大义凛然地站起身。

“他不会同意的吧。”田恬抬起头来，刚想伸手拦住他，他却早已跑到了讲台前，跟李老师嬉皮笑脸地说着话。

就见李老师笑着点了点头。

天哪！李老师居然还会对学生笑！田恬坐在原座儿上，震惊得说不出话来。

“上周的考试，平均分78，最高分是王昊，119。”李老师走上台前，说着上周考试的情况，果然只报高分。

“哇，太高了！”台下的一干学生鼓掌的鼓掌，起哄的起哄。

“第二高是卫冕，117，而且人家今年才初二，很不容易啊！”李老师接着说道，还特意多夸奖了他一句。

“恭喜呀，小弟弟！”田恬看着他稚嫩的后脑勺，真心地为他鼓掌祝贺着。

“正常发挥，正常发挥。”卫冕抓着脑壳儿，假谦虚地回了这赞许，然后问，“话说学姐，你考得怎么样呢？”

“啊就那样吧，平均分左右。”田恬眉毛耷拉了下来，微微叹了口气。她把试卷右上角压在了教材底下，尽量不去看那分数。她不敢向眼前这天赋异禀的学弟袒露自己的分数，只能用“左右”这种模糊的说法来搪塞过去，尽管事实多是偏左而鲜有偏向右的。

李川老师大致讲完了成绩分布，就走到了黑板前，讲起了具体的一道道题目。田恬掏出了本崭新的笔记本，努力地听，努力地把步骤全记下来。正当她奋笔疾书得快要被自己感动了的时候，她瞟了瞟前排的卫冕——他正跷着个二郎腿，笔下也是写个不停，但不是在记笔记，而是在做别的什么习题。至于那测验卷呢，早就被他揉皱了扔到一边，就再也没正眼瞧过它。

要不要这样啊？我这么努力才能勉强跟上李老师的讲课节奏，你却不用听就会做！田恬霎时觉得受到了心理的打击和无声的嘲讽，她垂下脑袋，暗自神伤着。

课间休息的时候，卫冕恰好回过头来，见后座儿神色不佳，就问：“学姐，你不开心吗？”

“啊没有，我挺好。”田恬摇了摇头，然后堆出了满脸的笑容。

卫冕顿时觉得她真是没有表演天赋，这强挤出来的笑容真是像演讲比赛第一名的文稿那样又假又空洞，于是他追问：“你是觉得李老师上课讲得太快跟不上吗？”

田恬点了点头，又看了看他桌上那皱皱的试卷：“啊有点吧，不过我看你好像都不需要听他讲就都懂了？”

“没有啊，我也在听，只不过是边做题边听而已。”卫冕摊手，把他上课写的题摆给她看。

“还有这种操作的吗？”田恬见那密密麻麻的公式，着实惊讶了一番。

“对啊，我会一心两用，厉害吧？我可以边记牌边算牌，左手写数学右手写英语，还可以……”卫冕正吹嘘着呢，身后一个男中音打断了他。

“卫冕！”

卫冕条件反射地回过身子。

“你今年大同杯准备得怎么样了啊？我发你的题做完了没有？”李川老师双手撑着桌面，那样子，真是居高临下。

"川叔，这不是正在做吗？"卫冕嬉皮笑脸地把那张纸塞给他。

"上课的时候做，你也是够可以的啊！"李老师拍了拍他的头，似笑不笑地说了句，"下课前做完交我。"

"不跟你说了，我得抓紧时间去做了。"卫冕见状赶紧转过身，掐灭了对话，又埋头奋笔疾书了起来。

2013年10月21日下午，依旧是肯德基二楼靠窗的四人位。

"你们看看，他们初中这么大一个理科班里，都没几个女生的呀，乌压压的全是一帮男孩子，总觉得怪不协调的呢。"孙凯文妈妈边对着化妆镜补口红，边吐槽着这不正常的男女比。

"那机构里的竞赛班也是，我上次一进去就全是一股男生的汗味，疯疯野野，上蹿下跳的。"卫冕妈妈一手托着下巴，摇头说道。

"就是啊，搞得像个和尚班似的。"孙凯文妈妈左手虚捂着嘴，笑着打趣道。

"我对我家儿子没什么奢求，只要他以后能带个媳妇回来就好。"梅御坤妈妈也顺着她的话往下说，她说出这句话的时候表情正经得很，其余三位妈妈却莫名觉得有一种无意的滑稽感。

"你这么一说我倒是想起来了，上周我在业余物理学校门口接孩子的时候，看到卫冕好像是和一个女同学一起出来的。"闻奕轩妈妈一拍脑袋，举着右手回忆着上周的画面。

"嗯？有情况！闻奕轩妈妈你接着说！"孙凯文妈妈的八卦天线敏锐地竖了起来。

"啧，我也没看太清楚，可能看错了，看错了吧。"闻奕轩妈妈从侧面瞥到卫冕妈妈的难看脸色，假装眼花，却又欲擒故纵般地卖着关子。

"哎呀，你看卫冕长得这么俊，脑子又聪明，他只要往那儿一站，肯定就有好多女孩子排着长队来追求他呢！"孙凯文妈妈开始大力吹捧起来，反正别人家的孩子嘛，吹得再天花乱坠也不为过。

“你别说，要是我生的是个小姑娘啊，我都想跟卫冕妈妈做亲家呢！”闻奕轩妈妈更胜一筹，直接开始了不切实际的假设，她笑弯了眼，尾句的音调都高了八度。

“啧，我了解他，除了我以外没谁能受得了卫冕这阴晴不定的暴脾气。”卫冕妈妈佯装淡定，双手交叉在胸前，一个劲儿地摇头。

“哎，你一说这个，我倒是又想起来，你不是说李老师把卫冕插进初三的班里上物理竞赛课嘛，那搞不好人家那小姑娘还比卫冕大呢。”闻奕轩妈妈一拍桌子，发现了一个惊天大秘密。

“那真是女大三，抱金砖呢！”孙凯文妈妈看热闹不嫌事儿大，在一旁快活地嗑着瓜子儿。

“不行，我不太放心，我今天还是去业余物理学校门口接他去吧。”卫冕妈妈听几位妈妈们一来一去地八卦，终是耐不住心下的不安，她径直站起身就向楼下走去。她一路小跑着，还时不时地低头看腕表。

业余物理学校二楼教室内。同学都陆陆续续地走了，有的是赶着上下一个补习班，有的是急着回家吃晚饭。窗外一片云蒸霞蔚，橙红的夕阳透过玻璃折射进屋子里，窗帘成了摆设，墙壁上的裂纹也是摆设。田恬说要留下来自习一会儿，卫冕不放心她一个女孩子留守在这空荡荡的教室里，就留下来陪她自习。

田恬两手托着下巴，盯着卫冕后脑勺上的发旋问：“卫冕，你这次怎么没提前交卷呢？我看你好早就做完了，在那儿检查了半天呢。”

卫冕转过脑袋来，歪着眉毛答：“我怕我早交了李老师又要嘲讽我。”

田恬偏过头，抬眉反问：“怎么会？你不是他的得意门生吗？”

“就是因为这个所以才麻烦嘛，上次我最后一道题明明做得是对的，换作是别人的话就判满分了，可换作是我，李老师就要给我扣分！”卫冕捏着测验卷的一角，密密麻麻的字母和数字在褶皱中变得面目扭曲。

“为什么啊？”

“我怎么知道？李老师非要鸡蛋里挑骨头，说我兜圈子，没有用最简单的方法做，答案对也没用。呃，说来真是气死我了！”卫冕一掌拍着桌面，鼻孔里都在向外冒着火气，他越说音调越高，还边说边用力揉搓着试卷，仿佛李老师就是那试卷。

田恬被他那突如其来的暴躁举动给惊了一下，转而眉毛又耷拉下来，嘴角向下，看起来心事重重地说：“你考虑的只是方法上的问题。好吧，我层次太低，理解不了。”

卫冕见她那样子，也就收敛了些，倒过来问她：“那学姐你最近怎么样呢？”

田恬眉头微蹙，垂着脑袋自贬着：“我，可能跟你不是一个世界的人吧。我很普通，很平庸，好像一点学物理的天赋也没有，平时要跟上李老师的节奏都很吃力，也许只有像你这样的天才才适合学物理吧。”

“没有，学姐妄自菲薄了，你也很厉害的呢！”卫冕赶紧摆手安慰她，回以了一个放之四海而皆准的敷衍答案。

“可我也不知道自己以后应该做什么，我好像不是很喜欢物理，未来应该也不会从事这方面的工作吧。可我也不知道自己到底喜欢什么，那我现在学了这么多定理和公式有什么用呢？

“真的，有一天晚上我突然就不知道我自己到底为什么要学习了。

“在那样千篇一律的模式里学习，然后考出一个好成绩，这样做有什么意义吗？为什么要在这么多习题里变得和别人一样？我以后到底想成为一个什么样的人呢？人又为什么要学习呢？”

田恬越说情绪越激动，一连抛出了许多终极问题，像是要把十五年来人生中的困惑统统倾倒而出。其实她也知道，这些终极问题是没有答案的，至少她目前还都想不明白，又如何能期望眼前这个心智尚不成熟的小弟弟来回答她呢？

她见卫冕愣在原地，表情僵硬了十秒钟，他唇齿上下翕动着，几次想要开口说些什么来回应她，几次都欲言又止。田恬只好尴尬地笑了笑来打破僵局："那个，我是不是，吓到你了？"

卫冕终于从意识领域抽身回来，手指挠着后脑勺说："我，我以前还从来没想过这些问题。"

田恬耸肩笑了笑："你大概用不着考虑这些，你只要按照你家长给你安排的最优秀的那条路一直往前走就好了。就一直学竞赛学下去，拿了奖牌之后继续学，上了高中以后继续学，按照李老师的期望进国家队，拿金牌，然后轻松顺利地考个好大学，接着保研或是出国，等到在葬礼上回望你这一生的决定时就会觉得那真是再完美不过的了。呵呵，可能只有像我这种半吊子的人才需要考虑选择和策略的问题吧。

"卫冕，我多羡慕你啊，你的所长和所好是一致的。

"可是我一想到我的未来就惶恐，那完全是一条黑暗隧道，我根本摸不清前路的方向。我努力劝说自己不要去想这么遥远的事情，先活得苟且一点，先把眼前的日子活好，走一步算一步吧。"田恬自言自语了一阵，其实倒也不希望面前这个人能听懂多少，也许她只是压抑太久，需要一个发泄口罢了。

卫冕跟着点头，他觉得眼前像是打开了一道新世界的大门，他第一次试着以别人的视角看这整个世界，突然觉得新奇得很。

"现在离我最近的，应该就是12月初的大同杯了，如果能拿奖的话，说不定就有希望考上临水一中的理科实验班了。"田恬两眼瞟向天花板，掰着手指思虑着最近的大事。

"那个，李老师不就是一中的物理老师吗？"卫冕听到"一中"这两个字，条件反射般脱口而出。

“对啊，可是我听说一中理科班一届都招不了几个女生的，基本都是和尚班呢。”田恬脸上又露出了忧虑的神色，列着过往的数据作例证。

“那学姐一考上，岂不是要开创历史了！”卫冕右手击打着左手手心，眉毛一挑，眼睛一瞪，右脚一跺地面，高声宣布着预言。

“哈哈哈，”田恬被她那夸张的表演逗乐了，终于卸下了忧郁的面容，不顾形象地大笑了起来，“那就借你吉言咯！”

“咚！”结果话音未落，门就被一声巨响撞开了。卫冕一听那声音就有一种不祥的预感，再一回头看，更是证实了他的猜想。

“妈，你怎么来了？”他皱着眉头反问。

“五点就该下课了，这都五点半了你还不回家！”卫冕妈妈立在门口，手机屏幕的亮光自下反照在她脸上，像是个整顿风纪的纠察队队员。

“不是，你这不打一声招呼就过来算怎么回事儿？”卫冕对她这行事作风相当不满，直接无视了她的质问，倒过来反问她。

“那你说，你们俩下课了还待在教室里有说有笑的，是在干吗？”卫冕妈妈一手叉腰，一手指着田恬的脸反问。

甚至不需要解释，她就有足够的理由去误会。

“哪有？我们在很严肃地讨论未来的人生好吗？”卫冕气得一拍桌子，挺实了胸膛高声反驳。

“还人生呢？你一共活了多长？你懂什么？你先做好你手头的事情再说吧！”卫冕妈妈敲着他的脑门，连着三个反问说教着。

田恬在一旁尴尬得很，她知道卫冕母子俩交锋的矛头直指向自己，于是她站起身来，左手叠在右手手背上，对着二人鞠躬，“那个，对不起阿姨，是我打扰到卫冕学习了。”

“你为什么要道歉？你又没做错什么。”卫冕转过头，诧异地盯着她，为她打抱不平。

“我还是走开比较好吧。”田恬自觉待在这儿颇不自在，她拿起椅子上的包，匆匆地向他们二人道别着，然后转过身离开了教室。

“走，卫冕！跟我回家！”卫冕妈妈一如一个包办家长，她为情感的萌芽被成功扼杀在摇篮里而颇感满意，她一把拽过他细瘦的手腕，强硬地就朝门口走去。

“你别碰我！”卫冕铆足了全身的力气把手抽出，对她大吼着。卫冕刚变完声，嗓音粗野得很，再加上教室里回音效果好，整个空间都被卫冕的那句大吼充斥着，余音回荡。

“卫冕，你还没走啊？”这时，一个男中音突然从门口传了来。卫冕和他妈条件反射般回过头。

难道是他来了？他本不应该在这时候出现的。

李川扯了扯衬衫衣领上的扣子，然后抬眼看了看眼前那中年妇女，问道，“这位是你妈妈吧？”

“是的是的，李老师您好啊！”卫冕妈妈朝他点头问好，霎时判若两人。她低头看了看表，颇诧异地问：“李老师您怎么还没下班啊？”

“哦，我U盘落在这教室里了，回来取一下。”李川边说边走到讲台前，蹲下来，拔下了主机上的小玩意儿。

卫冕妈妈见时机合适，就一步凑上前，向李老师侧面打听着卫冕的情况：“李老师，您不急着回家吧，那我正好来向您咨询几个问题。卫冕他最近学习怎么样啊？”

李川看了看卫冕的脸，又在脑中搜索了一番记忆，回答道：“他挺好的啊，‘业物’最近几次考试他都考得挺高的。”

卫冕妈妈对他这种回答显然是不满意的，她右手手背拍着左手手心，指着卫冕就开始数落起来：“您是不知道，卫冕做事情就是特别不专心，平时做题目总是喜欢东摸摸西摸摸。你看，这马上就考大同杯了，他居然还有心思跟女同学闲聊？”

“我没有，我都跟你说了我没有！”卫冕一听，气得用力跺着脚，两手弯曲着举在额头处，捏紧着双拳就辩驳。

“啊？卫冕你有喜欢的小姑娘啦？”李川斜坐在桌子上，意外地挑着眉，好奇着卫冕的情感生活。

“没有，没有，没有！才没有！不要听她乱讲！明明什么都没有，凭什么你就随便下结论？哼！”卫冕拿鼻孔朝向他妈，生气得直哼哼。他仰头看天花板，赌气似的嘟囔着嘴。

“还没完呢，这个先搁这儿不说，你看看你平时玩电子产品得有多凶？”卫冕妈像是要把他所有的罪行统统昭告天下，她另起炉灶，接着说道，“天天抱着个iPad就在那儿玩儿，玩儿到饭也不吃，觉也不睡的。上次我实在火了，把iPad锁在了主卧的床头柜里，结果他就半夜12点溜到我们卧室里来把电脑偷走了继续玩儿。

“还有，就今年暑假的时候，我说要送他去补课机构，他非不让我送，说要跟孙凯文一起搭地铁过去。我就心疼他们俩孩子大热天的还要跑这么远，就每次都塞给他100块，让他们来回打出租车。结果就被我抓个现行，他们拿着这钱根本不是去打车的，全拿去买玩的了！

“李老师，您说说，这像话吗？”卫冕妈一口气列举了诸多“恶行”，越说越激动，言辞和神情也愈发夸张，她摊手朝向对面的李老师，期待着对方的应和。

李川笑着点头，听她说完了所有的话，然后侧身倾向一个微妙的角度，一反常理地回应：“卫冕妈妈，您听我说啊，这就是您的不对了。”

卫冕妈妈没有得到预期的回答，颇为讶异。

“卫冕平时搞竞赛，搞得都没什么娱乐生活了，他就只剩下一个放松身心的法子，您都要给他剥夺掉？这也太残忍了是不是？”李川给她从头分析起了因果。

“那，那他这样反倒还怪到我头上来咯？”卫冕妈顿时觉得脑子不够用，逻辑的出发点都颠倒紊乱了，她咋舌反问。

“就怪你！”没想到李川居然还就真的顺着她的话往下说，“玩怎么了？哪个男孩子不喜欢玩的？我现在也喜欢玩呀。你每天上班应该也知道，孩子们每天学习很辛苦的，你难道要让他16个小时马不停蹄地学？”

卫冕妈被他绕得有点晕，干脆放弃逻辑，直接举起了身边的真实案例，“他们班上的梅御坤不就是这么学的吗？”

“干吗所有人都要变成一个样子？卫冕就是被你逼的！本来多好一孩子啊，你总是去说他总是去说他，我要是你儿子都要烦你，天天跟你对着干！”李川一听这话，言辞愈发激烈了起来，音调也提高了好几度。

“这，我这，他小孩子懂什么？李老师您怎么还帮着他说话？”卫冕妈委屈极了，她万万没想到自己竟然被当成对立面攻击。

“小孩子？不小了！卫冕都14岁了，他都发育了。就是你们这些家长，总把他当小孩子看，那他就永远长不大！他平时也会思考人生大问题啊，只是你不知道啊，你没耐心听啊！”李川一手拍着卫冕的肩膀，那语气，那动作，仿佛他才是卫冕真正的监护人，而对面那女人不过是个要抢走孩子抚养权的不相干的人一样。

李川低头看了看腕表，17：45。他推了推卫冕的后背，不复刚才那般激进刻薄，而是温柔地俯下身来问他：“时间也不早了，你还没吃晚饭吧？快回家去，玩儿好了再接着学啊。”

卫冕在一旁围观了他妈和李老师这一来一回的唇枪舌剑，他此时真是佩服不已，眼里满是钦羡和崇拜——离经叛道却总能自圆其说，特立独行又不失师表风度。

他在想自己何时才能成为像李川老师那样的人。

卫冕朝相反的方向走去，他拉了拉李川的衣袖，耍无赖般地说：“我不想回家！”

“卫冕，你说什么话呢！”卫冕妈一听他那话，气红了脸，抬高了嗓音呵斥他。

“我要去李老师家！”卫冕躲着他妈，直接跳到了李川这挡箭牌的身后。

“不行！李老师家里还有家人的，你一去多打扰人家。”卫冕妈绕到他身后，没去理会卫冕的小孩子脾气，作势就要将他抓回。

李川回头看着缩在妈妈身后的卫冕，狡黠地撇了撇嘴角：“其实，我家里没别的家人，就我一个人住，卫冕要是真想来的话，住一个晚上也不打紧。”

“川叔，你真是太好了！”卫冕径直跳起来，两手钩住他的脖子，在他身上上下蹭着。

“真是拿你没办法！”卫冕妈扶着额头，疲惫地垂头叹气。

李川老师把卫冕从身上抱下，然后掏出车钥匙对她说：“那卫冕妈妈，您就先回去吧。我一会儿开车带卫冕回我家。”

18：10，静安区常德路新闸路交界处，静安枫景苑。小区毗邻静安国际广场，东边过去是五四中学，南边正对着静安区政府。

李川停好车，刷卡，摁电梯，旋开门锁，一气呵成。

卫冕跟在李川后面，他四下张望着，一进门就被一株他叫不出名字的植物和一盏巨大的墨绿色花雕屏风，挡住了大部分的视线。屏风旁是鞋柜，他脱下了自己的球鞋，换上了门前的一双不太合脚的拖鞋。他绕过屏风，看到了一条深邃幽长的走廊，右手边是客厅，陈列着红木沙发和老爷椅，红木茶几前的墙上悬挂着液晶电视；左手边是饭桌儿，长方形餐桌上铺上了格子桌布，墙上的大摆钟和屋顶的水晶吊灯无不透露着浓郁的中世纪欧洲气息，可客厅的装饰和立屏风的布局却又彰显出中国古典园林的风格。

卫冕环视了半天，最后词穷得只剩一句，“川叔，你家房子真大！”

他旋即又想起了这繁华的地段和骇人的房价，试探性地问，“静安区的房子很贵的吧？”

李川看着他那惊讶却又不知如何措辞的样子，觉得颇稚嫩可爱，笑了笑，“还好。”

卫冕点了点头，又拉开了房门，自行参观了起来，“那平时就你一个人住，不会很孤单吗？”

李川把公文包随手扔到沙发上，然后摆着手臂叫唤道，“这不是还有它嘛？薛定谔！你又跑到哪里去了？”

“喵呜——”一声粗野的猫叫顺着地板从门后传来。

卫冕惊得向后跳了两步，右手食指指着薛定谔，高呼：“这猫怎么养得这么肥？跟孙凯文的脸一样。”

李川大步走上前，单手揪着薛定谔的后脖子就把他提起来，薛定谔也听话地垂下两只前爪，任主人蹂躏。李川从食品袋里舀了一勺猫粮放到它面前的小碟子里，边撸着它的脑袋边说：“就是啊，这小家伙平时可能吃了，一盒猫粮倒下去，一下就没影儿了。”

卫冕摸了摸自己空瘪的肚子：“说得我都有点饿了，哦对，我们还没吃晚饭呢！”

李川站起身来，从口袋里掏出手机问他：“你想吃什么？自己拿我手机点外卖去吧。”

卫冕瞬间耷拉下了眉毛，嘟着嘴自言自语：“我还以为能吃到川叔亲手做的饭呢……”

李川被他那一秒变脸的演技给逗乐了，笑着摊手：“我平时就一个人，哪有心情做啊？”

卫冕只好接过手机，用大拇指翻滚着屏幕，最后在眼花缭乱的图片中选定了一个。

李川拿回手机，付好钱后，就回了东边儿的书房，他点开打印机的按钮，塞进去了一沓A4纸，然后俯视着蹲在地上正仔细观察薛定谔的卫冕说：“一会儿晚上七点，会有一批高中生到家里来补课，你到时候就去我房间里玩儿吧，九点前就别出来了。”

卫冕抱着膝盖，抬起头，年轻的脸颊上显出忧虑的神情：“川叔，你要给这么多人补课啊，感觉好忙的。”

李川把打印好的A4纸放在餐桌上，然后拉出了一旁的椅子，拖着略疲惫的身子坐上去说：“还好，其实安排得好也就没那么忙。学校里嘛，我带两个理科班的物理课，周一到周四上午上课，然后晚上再上竞赛班的课，下午不就闲出来了吗？周末晚上在家里再招些学生，给他们补补基础，也挺轻松的。”

“叮咚。”就在这时，门铃突然响了起来。

李川抬头瞟了眼时钟，18：30。他站起身向门口走去，边摁着开门键边自言自语：“外卖到了？这么快？”

门开，伴随着一声清亮的少女音传来：“李老师好！”

卫冕抬起脑袋瞅了瞅，又失望地低下头，捂着自己空空如也的肚子。李川看到门口的学生也有些意外，他给她拿了一次性鞋套，又塞给她几张刚打印出来的A4纸说道：“到这么早？来，拿套卷子先去做起来。”

待女学生在餐桌旁坐下做题后，李川转过身对另一旁的人招呼着：“卫冕，你带着薛定谔先进书房吧，一会儿外卖来了我给你拿过去。”

卫冕亢奋地跃下沙发，跳了两下后又转过头来歪着脑袋问他：“那川叔，你呢？”

李川笑了笑："我？我不吃了。都习惯了，我平时赶场子经常吃不上晚饭的。"

卫冕暗自点头，然后抱起了地上打滚的薛定谔，推门进了书房。

他凑在门口，听到了陆陆续续的门铃声和脚步声，隐约还听到了学生们谈笑的声音。如果没猜错的话，应该是三男三女。

卫冕正趴在门把手上，门突然被推开。他毫无防备地被撞了下鼻子，然后翻滚着爬起身，接过李川拿来的外卖。

吃完后，卫冕就在书房里探索了起来，他瞅了瞅红木书架，上面摆放着五六百本物理竞赛书，有的没了封皮，有的纸页泛了黄，有20世纪的老古董，背面标价写着"0.9元/本"，也有英文原版的出版物，他看了两页看得有点头疼就放弃了。

他转身看向南边儿的玻璃书橱，里面整整齐齐摆满了各式各样的奖杯、奖牌，还有"优秀青年教师""特级教师"的证书，另有家长送的写有"春风化雨""桃李满天下"等字样的锦旗。

最顶上一层是李川与学生们的合影，从暗黄的老照片到用精致相框裱起来的都有。照片背景有的很普通，就是师生几人在教室门口站成一排，十个人里有九个都戴着黑框眼镜，看着颇严肃；也有的照片背景很华丽，比如有几张在浦东国际机场接机时拉着红色横幅照的，卫冕认得照片中一人是五年前的国际物理奥林匹克竞赛金牌得主，他站在照片正中央，左手举着一块金牌，右手捧着一束鲜花，露出了两颗虎牙，笑得格外自信，旁边站着的一位老先生，应该是一中的前任校长，勾着他的肩膀，眼中满是荣耀。

卫冕看得出神，想起了李老师第一次见到自己时许下的承诺——进国家队，拿金牌。他甚至不切实际地设想未来的某一天，自己的照片也将被挂在李老师的书房里。

另还有许多照片放不下，就收在了一本相册里，相册内还收藏了厚厚一沓机票、发票和明信片，是李川带队去全世界各地比赛时留下的。第一页是新加坡，看照片的泛黄程度应该是十几年前洗出来的，照片中的李川还很青涩，头发看着许久未打理，他戴着一副过时的黄框老眼镜，在鱼尾狮像前比着剪刀手势摆拍。相册越往后翻，时间就越靠近当下，2008年在乌兰巴托，2009年在曼谷，2010年在台北，2011年在以色列特拉维夫，卫冕凭着这地点的转变，推断出这记录的应该是APhO（亚洲物理竞赛），虽然有几年中国队没有参赛，但李老师还是亲自去了现场，这似乎已成了一种仪式。卫冕在最底层甚至还翻出了二十年前的老古董，耀眼的鲜红封面上印着烫金的字样——“清华大学一等奖奖学金”“清华大学优秀学生标兵”……

卫冕沉浸在闪闪发光的往事中，他突然觉得这个小房间像个时光屋，不动声色地记载了所有冷却的炽热，所有沉淀的过往。就在他出神的时候，身后突然传来“咚”的一声，不响，但足够骇人。卫冕下意识地回头，就见薛定谔借着沙发的反弹，一跃上了书架最高层，途经之处留下了一串猫爪印。它踩在锦旗之上，尾巴玩弄着旗子末尾的一串金黄流苏，还拿爪子挠了几下，扯出了一长条毛茸茸的红线。卫冕惊呼不妙，想踮起脚，伸手去抓它，可薛定谔身子灵活得很，轻松一跃就到了第二层书柜上，用牙拉拽着奖牌的吊带，“咚隆”一声，金属奖牌砸落下来。这一砸可把卫冕吓坏了，他生怕李老师半辈子的荣耀象征就要毁在它手里。

可薛定谔只是只猫，它又懂什么呢？一幅锦旗和一团红色毛线球在它眼里无非都是玩具，来家里补课的学生和上门打扫卫生的阿姨在它眼里无非都是客人，并没有本质上的不同。

卫冕趁房间被毁得更乱之前，找到了门后收纳箱里的一团毛线，这才把薛定谔从相框和奖杯之间吸引下来。他踩在椅子上，重新整理着书架上的荣誉，一边对着薛定谔的背影感叹这祖宗实在太难伺候。

整理完后，卫冕低头看了看表，才八点出头，他终究还是耐不住寂寞，悄悄溜出了房间。薛定谔逮着了机会，高扬着虎皮尾巴，就跟在他身后一起跑了出来。

“喵呜——”，正在餐厅埋头做题的六个同学都听到了一声猫叫，但在李川的目光注视下他们不敢抬头。

那个教务主任的儿子举手汇报：“报告李老师，薛定谔好像出来了。”

李川闻声抬眼瞥了瞥书房门口的人，顺势使唤道：“正好，薛定谔，去帮我打印六套讲义来。”

第一个进来的女同学，也就是校长的女儿，听到这话颇为诧异，她反问：“它能听懂吗？”

就听卫冕捏着嗓子挤出一句：“收到，保证完成任务！”

李川狡黠地扬起了嘴角：“小猫身后这不是还有只大猫吗？”

没多久后，客厅里的摆钟敲了九下，21：00。

“作业是第1到第13题，下次带过来。好了，下课吧。”李川捋了捋讲义卷起的边缘，捋齐整后又在桌上敲了两下。

卫冕就一直凑在门口仔细聆听着门外的动静，他听到了有人起立，椅子脚和地板摩擦发出刺耳的声响；一会儿后又听到了几个女生的嬉笑声，是在聊八卦，还是聊明星？抑或是聊什么独属于女生之间的小秘密？卫冕听不真切，对此类话题也不感兴趣。之后他又听到了大门旋开的咯噔声，伴随着女孩子们的笑声延宕，愈轻、愈远、愈模糊，他猜测她们大概已出门走远了。忽而他又听到一个熟悉的男中音，是李老师的声音，还有另外一到两个学生低沉的嗓音，他们留着没走，似乎还在交谈些什么，凭句尾上扬的声调和重复的用词，卫冕估计他们是在答疑。

卫冕又耐心听了一会儿，直到听到一声肯定而有力的“咣当”声，大门被紧紧关上了，看样子到明早之前都不会有人再打开了。这时，他才敢堂而皇之地推开门，三步并作两步地跨到李川面前。

“你终于下课了！”

李川摸了摸他的脑袋，又嗅到了他身上的汗味，立刻把他推远了说：“时间不早了，你去洗个澡吧。”

卫冕皱起了小眉头，甚至还挤出了跟他实际年龄不符的抬头纹，他无辜地摊开双手：“可我没有替换的衣服啊。”

李川遂走入主卧的衣柜，蹲下来翻找着柜中的睡衣：“那你先穿我的吧。”

他找出了一套灰色的格子睡衣，尺寸牌上写的是L，这是他能找到的最小的一件了，还是刚上大学的时候买的。他在卫冕身上比画了两下，除了袖管和裤腿有些长以外，其他应该勉强凑合。

卫冕抱着睡衣进了浴室，开暖气，脱衣，踏进淋浴间，打开龙头，对着花洒就冲洗了起来。出来时，他换上了这件极不合身的睡衣，袖口空空荡荡的，甩在空中像是个上台唱戏的，腰身更是过宽，卫冕得随时提着才能不让裤子掉下来。

李川本来正坐在沙发上刷手机，见卫冕这副打扮出来，着实忍俊不禁，指着他就大笑：“哈哈你别说，还真有点滑稽。”

卫冕有些不好意思地挠头，他凑近到李川身旁想看看李川在忙些什么。

李川本来还没觉得有什么异常，直到卫冕凑到眼前，他才察觉到似乎有哪儿不太对劲儿，他右手抓住卫冕的下巴，仔细端详了起来：“等下，卫冕你胡子怎么这么乱？你是不是从来没剃过？”

卫冕闻言也伸手摸了摸自己嘴唇上方的胡须，细细软软的茸毛，末梢还打着卷儿，虽说是“嘴上无毛，办事不牢”吧，但这样看起来，还真显得有些老气。

“没人教我用剃须刀。”卫冕抬头看着他，无辜地摊手。

李川诧异地皱眉，一时觉得他这回应有些古怪，于是侧过身来反问他，“怎么会？你爸呢？”

“我上幼儿园的时候玩过我爸的电动剃须刀，但那次我把它玩坏了，把里面的零件都拆得散架了，我爸发现了之后气得揍了我一顿，之后就不让我再碰了。后来等我开始长胡子的时候，我爸和我妈就已经分居了。我都已经快一年没见到我爸了，家里就留下一个老的剃须刀，我也不知道到底该怎么用。”

李川听着他的描述，突然有些同情他，已经到了长胡子的年龄却不会用剃须刀，卫冕父亲缺位的影响着实不小。既然如此，那自己只能暂时充当一下他父亲的角色了。

于是李川站起身走向浴室，从柜子里取下了自己的飞利浦剃须刀，然后转身对卫冕说：“来，先去洗把脸，然后到沙发上坐好。”

见卫冕朝脸上泼着水的草率的样子，他特意多叮嘱了句：“洗干净点儿啊，不然胡须上留了什么脏东西的话，一刮上去皮肤可要感染的。”

待卫冕坐回到沙发上后，李川又搬了把椅子到他面前，像是个主治医生在关照行将动手术的病人：“其实要短一点才好剃，现在这么长了，胡子可能会整个被卷进去，会有点儿疼，到时候别乱喊啊。”

卫冕拍着胸脯向他保证，然后就极其信任地把自己的脸交给了他，任由他摩挲刮动。剃须刀一震一震的，网罩画过的地方麻麻的、痒痒的，卫冕觉得很舒服，以至于李川停手时他还觉得意犹未尽。

“下巴上的我帮你剃干净了，上面你再自己试一试。”

卫冕顺手接过李川手中的剃须刀，兴奋又忐忑地摆弄着，前半段都还挺顺利，可一刮到人中处的一粒青春痘，他就没忍住，捂着口鼻，“嘶”的一声喊了出来。

“给我。”李川从他手中夺过剃须刀，又不厌其烦地重教了他一遍，“记住我刚才帮你刮的顺序，从左到右，从上到下，先顺着毛孔，再逆着毛孔刮。”

全部刮完后，李川又拿了块热毛巾过来，给他重新擦拭了一番，确认没有遗漏的胡子茬儿。卫冕摸了摸自己的下巴和上唇上方，觉得清爽了不少，他又贪恋地多摸了几下。

他看了看钟摆上的指针，突然想起了另一件关键的事情：“哦对，川叔，话说我今晚睡哪儿啊？”

李川假装客套地给了他两个选项：“你想跟薛定谔睡，还是跟我睡？”

卫冕摆手拒绝着：“不不不，我才不要跟猫一起睡。”

于是他顺理成章地打算趁机刺探些消息。卫冕缩在被子里，把鼻子也蒙上，只露出一对眼睛。待李川睡下之后，卫冕试探性地戳了戳他的后背问：“川叔，你，结婚了吗？”

“没呢。”

卫冕得寸进尺，又追问：“那你打算什么时候结啊？”

房间里突然安静了三秒钟，卫冕心如擂鼓，他不知道李老师是生气了不理他了，还是真的在认真地思考他的问题。

“你怎么比我妈还烦？”

“不是，啊呀，那你为什么不结啊？”

“女人有什么意思？”

“好吧，”卫冕耷拉下了眉毛，颇遗憾地自言自语，“我本来还想毛遂自荐做伴郎的呢。”

然后他转过身子来，背对着李川，盯着窗帘上的花纹看，又数起了床单上的格子。

又过了几分钟，李川转了过来问他：“对了，你爸妈怎么分居了？”

卫冕两手交叉着，枕在脑袋后：“我也不知道，那是我猜的，我爸从去年这个时候就搬出去住了，但是他们好像也没有离婚，我也不知道这是算分居，还是算什么？”

“为什么要搬出去住？他们俩在家里就天天吵架？”

“差不多，总是吵总是吵，我妈觉得太影响我学习了，就把我爸赶出去了。不过呢，我倒是希望他们能干脆点离婚。”

“哦？”李川对他这突如其来的小大人口气有些惊诧，翻过身子来看着他。

卫冕看他的眼神有些闪躲，纠结犹豫半晌后，他最终选择信任眼前的这个人，和盘托出：“李老师，你能不能帮帮我？等我爸妈离婚之后，你能不能，跟我妈，嗯……”卫冕说了一半，欲言又止。

李川愣了一下，答道：“你这脑子里在想些什么啊。”

“不用那样，就是，我只是好想要一个爸爸。

“川叔你知道吗？每次聚餐吃饭，要介绍人的时候我都特别尴尬，闻奕轩会介绍说他是闻老师的儿子，梅御坤会被介绍成梅处长的儿子，孙凯文就说是孙老板的儿子。可是介绍到我的时候，就说，这个是卫冕，就光秃秃的一个名字，然后就过去了。

“我爸除了遗传给了我一个好脑子以外，什么都没给我。为什么其他人都有？为什么只有我没有？好不公平啊！

“我真的好想，好想要一个爸爸啊……”

卫冕一口气倾倒出了好多心里话，说到最后几个词的时候，像是有鱼骨卡在了嗓子眼里。原来平时的光芒四射和没心没肺都是假象，这才是他真实的样子吗？

李川的语气温柔和缓了不少，轻声说道：“我理解你。”

之后他开始跟卫冕说起了往昔：“当年我一个人从长沙考到北京去，一开始一个人都不认识，只会埋头读书。你也知道清华里面的学生有多用功，我虽然以前读书的时候也总自诩为天才，但跟他们一比起来，我简直排不上号。

“我以前是不是跟你讲过？我们家里有三个孩子，我是老二，老大在家里种地，小妹高中还没念完就嫁人了。我读大学那几年，我父母从来没有给我寄过钱，只寄给过我两瓶辣椒酱。我省吃俭用，平时去食堂吃饭就只买两个馒头，我现在还记得很清楚，当时一个馒头是四分钱。我每天早晚就蘸着辣椒酱吃白馒头，吃到最后我嘴唇都长疮了，一碰水就生疼。

“我所有的学费和生活费都是自己挣来的，我讲课的时候跟你提到过的，我大一到大四，年年都拿奖学金，拿一次奖学金基本上一学期的学费就有了。然后周末的时候我就满北京城跑，从海淀跑到朝阳，从西城跑到东城，给人做上门家教，教教初高中物理什么的，这样基本的生活费也就赚够了。后来我保了本校的研究生，我父母才给过我一笔钱。

“毕业之后，学校里留京名额少，像我这样没有背景的人肯定留不下来。那时候，班上很多同学选择去了深圳，他们现在发展得也很好。我不想跑那么远，更不想回老家，所以我就折中，一个人跑到了上海。我当时给好多家公司投了简历，都没人要我，后来听说一中招物理老师，我就去应聘了。那时候所有人都笑话我，说我一个清华毕业的，出来就当个高中老师，太浪费资源了。

“一中的老师看到我这简历，说我虽然是清华的，但没有受过专业师范的训练，所以要考察考察我，就让我给理科班上一堂物理课。我当时也不了解情况嘛，就听说一中理科班的学生脑子都特别聪明，反应特别快，所以我备课就拼命加量加难度。我记得当时我讲的是压强那一章，本来只准备了气体三大定律那部分——玻意耳定律、查理定律和盖吕萨克定律，后来又把阿伏加德罗定律和道尔顿分压定律也一并带上了，顺便附上了七八道竞赛复赛题做例题。结果正式讲课那一天，我紧赶慢赶把准备的内容全讲完了，结果台下的学生一脸蒙，说听不懂。下了课后，听课的校长就跟我说了两点，一个就是讲得太快，说我一节课把人家正常一周的进度都给上完了，另一个是我口音太重，说一听就是湖南乡下人的腔调。不过后来挺幸运，一中还是录用我了。

“之后又在上海待了三五年吧，你听我现在的普通话，基本上就听不出来外地人的口音了吧。而且现在我也买了房子，在这儿定了居，名声有了。我跟你一样，父母什么积蓄都没给我。”

李川滔滔不绝，从大学讲到工作，从北京讲到上海，正讲得起劲，还特地加封卫冕为他的战友，低头却发现旁边的人已经打起了呼噜。

第九章　面试

［序7］

“没想到卫先生跟李老师的关系还真是不一般啊。”我暗自感叹了句，我看卫冕坐在对面，眼神愣愣的，许久都没有眨一次眼，大概是回忆起了许多往事，在怀旧的气氛里一时走不出来。

我身为局外人，继续打探道：“话说，李老师离开一中之后，他的财产是怎么处理的呢？我指的是，他的房子，他的书，他的猫……”

卫冕很平淡地陈述：“房子卖了，书都搬回长沙了。薛定谔，他本来说送给我养，后来我把猫抱回家，它就被我妈扔出去了，现在估计早就去喵星了吧。”

之后他看起来又恢复了正常的情绪，他低头看了看左手的腕表，皱了皱眉：“时间好像过得有些快啊，我们得加快点儿进度了，跳过寒假，直接讲下半学期清北面试的故事。”

“冒昧插一句，”我伸手打断了他，我感觉卫冕始终在跟我兜圈子，一谈及客观真相就开始说主观记忆，一谈及同学恩怨纠纷就开始说自己的故事。这隔靴搔痒的讲述听得我着急，我希望他不要离题太远，于是问：“面试，跟我们的举报和出走的主题有关联吗？”

“当然。”卫冕松了松衣袖，娓娓道来。

[正文]

蒙古—西伯利亚高压渐渐退出了亚欧大陆。

北上的暖锋活动愈发频繁，可冷气团尚未撤退干净，仍霸占着长三角沿岸的一席之地。于是，在这块平坦开阔的地带上被迫形成了一条狭长的雨带。

此时，正值海棠花季，春雨虽有“一场春雨一场暖”“润物细无声”之美名，但娇嫩的花大抵是经不住雨水冲刷的——何况还是这般连绵不断的锋面雨。

卫冕扭头看向窗外，雨滴黏附在窗玻璃上，画出了一个不规则的函数图像。自开学起，雨似乎就没有停过。说有什么坏影响也称不上，毕竟现在也不怎么外出活动，无非是体育课一直被各科老师轮番霸占。而坐在座位上的他们一个个如麻木地呆坐着的鸭子，在敲响上课铃之前，没人知道今天这节体育课走进来的人会是谁，他们只是简单遵循着“谁来谁上”的原则，被动接受着老师们的办公室交易成果。

现在是午休时间，教室里人丁稀疏。同学们要么是跑回寝室睡觉，要么是早早儿地去图书馆占座自习。卫冕没有午睡的习惯，何况寝室里现在早已没有他的床位，他也不想去图书馆挤位子，于是他心安理得地窝在教室里，桌上还摊开了张空白的试卷。

卫冕过了一个还算安稳的寒假。一模他考了年级第18，区里第39，算是意料之中，正常发挥。也因为早早地断了竞赛念头，摆正了位置，目标也变得更朴素。

寒假前夕，有上一届考去北大、清华的学长回母校探望，卫冕还凑过去问他们讨了一本草稿本，最上端写着“清华大学”四个大字。这朱红色的字一印上去，瞬间就多了几分庄严感和神秘感，原本两毛钱一沓都没人要的废料转眼就成了无价之宝。卫冕平时是不在乎这些的，这回只是为了跟学长们混个交情，硬是做足了小弟气派，讨得了这本草稿本。后来又有一个学长见他如此真诚，便又主动送了他一支钢笔，说是自己当年高考前在纪念品商店买的，能保他逢考必过。

卫冕激动地接过这金灿灿的钢笔，再一瞅那笔杆上刻的四个大字——

“一路向北”。

还真是少年意气呢。

现在，卫冕从包中掏出了这支好运钢笔和那本清华大学的草稿本，又从桌肚里翻出了一本蓝色的习题集，封面写着“化学等级考第二轮复习”，演算了起来。

孙凯文这时从出国班的教室溜了出来，一路溜到高三（1）班的教室后门。他自从转去出国班以后，就很少再露面。平时他就常请假去新东方上托福的一对一培训班，上周末还飞去香港考了SAT，再加上不合常规的作息时间，他这半个学期基本上算是与世隔绝了。12月的申请季没有赶上，4月份的又还未卜，孙凯文目前手头一个offer也没有，可他看起来似乎并不焦虑，反倒是清闲得很，最近常跑来串门儿玩儿。

他悄悄走到卫冕跟前，随手拉了把椅子就在他面前坐下，扫视了一圈教室里的人后，就拉着卫冕和他扯闲天。

“卫哥，你发现没有，今天食堂的伙食突然变好了，莫非是初中小朋友要来这儿考自招考？”

见卫冕一心做题，不搭理他，他就继续自言自语道：“还有啊你看，这几百年没扫过的团委办公室都扫干净了，连小花园那片儿陈年落叶都不见了，还有……”

卫冕摇了摇头，直接打断了他：“不要跟我说你不知道啊，全校的人可都知道今天是什么日子！”

“什么日子啊？”孙凯文愣了一下，他脱产太久，完全跟不上卫冕话里的逻辑。

“别让他猜了。”蔡秉言不知从哪儿走了过来，坐到了他们俩旁边的空位上，然后偏过头向孙凯文解释道：“来，我告诉你，今天北大招生官来宣讲。”

卫冕一听他那冠冕堂皇的说辞，就直接放下了手中的笔，他侧过身来，右手手肘抵着后桌桌板，向后翘着椅子腿儿说：“表面上说是宣讲，其实就是来提前圈人的。”

“圈人？”孙凯文对这些术语极其陌生。

卫冕合上书，跷起了二郎腿，干脆开始给他这个脱离了高考战线的“叛徒”科普了起来：“说是私下里会组织一场小型面试，表面上是闲聊，其实基本就是内定了。能被招生官看重的，少说也得加他个四五十分的！”

蔡秉言微笑着点头附议：“对，基本就是板上钉钉的事儿了。”

孙凯文抬头望向电风扇，点了点脑袋，勉强理顺了逻辑，他又追问：“凭什么只是北大来？清华的呢？”

卫冕轻佻地瞟了他一眼，“过两天吧，反正他们就前脚后脚。总归不能撞一天吧，那多尴尬。”

蔡秉言回头看向窗外：“秦老师好像进来了，估计他就是来讲这事儿的。”

就见秦俭拿着一沓空白的A4纸，干练地两步跨上了讲台，象征性地敲了敲讲台。“好了，都回座位啊，我讲几个事情。现在统计一下下午要去听北大宣讲会的人。”

名单统计结果——报北大的19人，清华的21人。虽然这数据乍一看很唬人，但带了这么多年的理科班，秦俭心知肚明，这些人里能考上一半就不错了，剩下那一半，只能是陪考了。

秦老师前脚刚出1班教室，闻老师后脚就跟了进来，他们俩在门口不知交谈了些什么，过了半晌，坐在门口第一排的张易难跑来传话。

“咚咚”，他用食指和中指关节敲了敲闻奕轩的书桌：“闻老师叫你过去。”

中午12：45，6楼走廊尽头。

“你想好了？确定要报北大？”闻老师一只手肘撑在窗台上，眉头紧蹙，开口问道。

“嗯，想好了。”闻奕轩点头。

“清华不去试试？”

“难道不是您说的不能脚踩两条船，只能报一个的吗？”

“你现在决定了，到时候可就不能改了啊。”

“我知道。”

“要读什么专业，想好了吗？你看啊，北大的化学系也挺不错。”

“我不读化学。”

“你搞笑吧，都学了这么多年竞赛了你现在跟我说你不读化学？”

“除了化学以外，什么都行。”

“你自己想清楚点！别又想一出是一出的。”

“我很清楚。”

“你清楚，你清楚你想读什么？”

“我下午自己会去跟招生官老师说，用不着您操心。”

“你主意大得很吗现在。”

“谬赞。”

“当爹的都不知道儿子想读什么专业，你说说这像话吗？当初要是没有我给你托关系，就凭你这脑子你能进得了理科班？”

“您现在说这个还有什么用？难道我化竞一等奖和年级第四也是托你的关系托来的？”

“唉，管不了你了。那你下午想没想好怎么跟招生官老师讲啊？我跟你说啊，就上次化学课我考你们的洪特规则那题，你要是按课上那么死板地答，面试绝对完蛋！”

“上课是上课，面试是面试，我自己心里有数。”

“你要不要我找个上届的学长给你传授点面试经验？上三届的我刚好带过，他们一个个都可能说了。”

“不用。”

“或者我让蔡秉言来，他面试气场最足了，让他教教你。”

“我都说了不用，你就那么不相信我的口才和临场应变能力吗？”

走廊尽头的唇枪舌剑一来一回，言辞交锋间听得出浓浓的火药味。他们俩这对话有些大声，坐在教室后排的人都听得格外分明。

孙凯文摇头叹气：“闻老头也真是的，连他儿子平时在想些什么都不知道。这监护人当得有点儿失败哈。”

卫冕向后摇着椅子，用下巴指了指走廊尽头那俩人：“他根本就不喜欢化学，只是迫于他爸的淫威才假装学了三年的。”

“卫哥，听你这话，莫非你知道内幕？”孙凯文凑近了身来，整个身子就差没贴在卫冕背上了。

“你这么好奇干什么？等会儿再说，下午的课要开始了。”卫冕没好气儿地把身上的这坨肉一把推开。

“没事儿，我下午没课，不急着回去，我还想在这儿多感受一点儿高考的紧张气氛呢！”孙凯文环顾了一圈四周埋头刷题的众人，也学着做出一副备考的焦虑模样。

“得了吧你！快滚快滚，你这清闲的样子我看着就来气。”卫冕一脚就踹上他膝盖，险些没把他踹翻在地。

正在他们俩推搡之时，下午的上课铃敲响了，秦老师又走进了班级，招呼着刚才报名北大宣讲的19个人去报告厅。教室里霎时走了一半的人，一时显得空荡荡的。

“其他人就在教室里安静自习吧，蔡秉言，你上来看一下纪律。”

秦俭交代完，也走出了教室。

卫冕刚掏出张数学二模卷打算练练手，就见孙凯文又搬着椅子坐到了他身旁。

“卫哥，我说闻奕轩那文绉绉的样子，不会是要读文科吧？”

孙凯文见卫冕只顾着低头刷题，丝毫不理睬他，只好又凑近了一寸，继续自言自语。“我看他背化学诗背得最溜了。没想到呀，真没想到，他居然要去学文了，真是理科班一大奇事。”

“才不是！”谁承想卫冕听到这话突然激动地放下了手中的钢笔，“他要敢读文我就不读物理！”

周围人被他这反应惊了一下，纷纷抬头朝他这个方向看去。坐在讲台上的蔡秉言也抬起头来，朝他一个劲儿地递眼色，又皱着眉头，示意他现在还是上课时间，要说到外面说去。

卫冕于是站起身，干脆出了教室门，孙凯文见状也跟在他身后。卫冕朝窗外瞥了两眼，报告厅里陆陆续续有人走出来，他找到了闻奕轩的身影，看着他跟在一个人的身后单独进了另外一间教室。

卫冕拉着孙凯文走到走廊尽头，这才放心地扯开嗓门跟他从头讲起。

“你没看到他寝室书架上摆的都是些什么书？”

“什么书？”孙凯文自从改出国路线后就换了寝室，说是为了不打扰高考党们复习。原本的625寝室已经分崩离析，退宿的退宿，换寝的换寝，如今早已面目全非。何况，孙凯文也不像卫冕那样喜欢到处串寝玩儿，自然不知道闻奕轩寝室书架上放的是什么。

卫冕给他挨个盘点过来：“他书架上摆的都是些什么《经济学原理》《微观经济学》《管理学入门》……”

孙凯文惊讶地张嘴，颇不确定地问，“他不会，要去光华吧？”

卫冕点了点头，旋即却摊手：“但他肯定不能这么直接地表现出来呀。”

“为什么啊？”

“你知不知道啊，前几届报光华的全被劝退回来了。招生官嘛，最讨厌听到‘光华’这两个字了，他是个典型的情怀党、理想主义者，一听到什么赚钱啦、工资啦、就业啦这种词就敏感得很，分分钟给他拒掉的哦！”

孙凯文边听边点头，他脱离战线太久，对于揣摩招生官心思这一套完全不在行，所以他听卫冕讲起这个来倒是新鲜得很。

他又转头看了看窗外那间小教室：“不过话说闻奕轩都进去这么久了，怎么还没出来？平时没觉得他这么能说啊。”

卫冕摇头：“闻奕轩可重视这个了，刚开学的时候他就着手准备面试的稿子。他为此还专门去调查了招生官的背景和经历，想方设法地投其所好。后来他还跑来问过我和蔡秉言，问我们说话有什么技巧，面试时怎么表现得自然而不失庄重，严肃而不失活泼。而且他还借走了我的简历去看，前几天又跑去办公室求秦老师给他写推荐信。他早就清楚自己想做什么，准备得可充分了。所以说，闻老头那担心完全是多余的。”

正当他们议论纷纷时，对面的那间小教室有了动静。

“门开了，门开了，他们好像出来了！”

“我的天，终于结束了，闻奕轩都进去半个小时了吧？”卫冕低头看了看腕表，又抬头看了看对面——就见闻奕轩礼貌地合上了门，然后朝着面前的老师郑重地鞠了一躬，之后老师就转过身来，摘下眼镜，提着袖子管……

“等一下，那是招生官吗？他为什么要摘眼镜？”孙凯文指着二人，颇觉蹊跷。

“不是吧？”卫冕目睹招生官老师提着袖子管，做出抹眼泪状，然后闻奕轩给他递上了纸巾，像是提早准备好的一样。老师接过纸巾，朝他肩膀上重重地拍了两下，又对他竖了个大拇指，然后就抽泣着走向了走廊尽头卫生间的方向。

“我，我好奇闻奕轩到底说了什么，能把招生官感动哭？平生头一回见着，长见识了！”孙凯文摩挲着自己的下巴，暗自寻思着。

“闻奕轩这货，有点恐怖啊。”卫冕后背靠着墙壁，两眼瞟向天花板，越想越觉得深不见底，“他这加分可真是拿得妥妥的。”

他们俩正在转角处琢磨着呢，闻奕轩已经回到了6楼楼梯口。卫冕一看到他，就勾着他的背，眉毛一挑：“稳了，兄弟？”

“谢谢你帮我改稿子，还帮我预演面试。”闻奕轩一瞬间又变回了原先那个说话腼腆的人，朝卫冕露出了胜利者的笑容。

卫冕用力地拍了下他的后背：“老弟你可以啊，平时不声不响的，关键时候一鸣惊人啊！”

闻奕轩原地咳嗽了两声，然后朝他微笑：“过奖过奖。”

孙凯文借着身高优势，凑近了摸了两下他的头发，“给我们透露一下呗，你是不是在招生官面前切洋葱啦？他怎么就哭了呢？”

闻奕轩却扭捏地转过身子：“没什么，没什么，我得进教室自习去了，现在还是上课时间呢。”

卫冕摇头叹气，然后一掌重重地拍在他脑门上：“太不厚道了兄弟！”

闻奕轩捂着自己的脑袋，露出痛苦的表情，他还是在暴力之下屈服了："其实，我也没想到反应会这么强烈。我只是讲了我的经历，然后他就想到了他自己。他说我跟他很像，他看着我就仿佛一眼看到了年轻时的他自己。"

卫孙二人都将信将疑："听起来怎么这么玄乎呢？"

闻奕轩莞尔，未置可否，只是继续顺着刚才的话往下说："他说他特别能理解所长与所好不统一的境况，因为他自己也曾陷入过这样的两难境地。

"他说，他当年也是理科班的，也做过转文的尝试，但被各方打压，最终失败了。这一点我之前就有专门调查过，所以我才特地顺着他心里的坎儿往下说。

"然后他就主要在说他自己的遭遇，说起了这么多年在科学领域摸爬滚打的经历。虽然功成名就，但总有个心结，总觉得要是当初没有听从大家的意见，要是当初再强硬一点儿，再执着一点儿，要是能坚定地顺着自己的心意走下去，人生的走向也许会不一样。

"其实我开场只说了10分钟，后面那20分钟都是他在说，他说我勾起了他好多过往的回忆，让他不知不觉就滔滔不绝，真是与他心有戚戚焉。他说起了当年劝退他的老师，说起了务实的父母，说起了顺从的自己，说着说着，就泪如雨下，一发不可收拾。"

卫冕心下说不出的压抑滋味，但却不能表现出来，只能故作恭维状："你还真是有一套哈。"

"谢谢。"闻奕轩礼节性地向他道谢，随后就一个人走进了教室，顺带关上了后门。

以前卫冕自以为看穿了恭维的本质，他觉得人们夸奖你，不是因为你已经功成名就，也不是因为你真的值得被夸奖，只是因为他们根据你现在的起点，推演出了未来的希望。所以人们歌颂未知，与你无关。可现在他目睹了闻奕轩这面试的过程，又转变了看法——人们夸奖你，可能也不是因为未见的许诺，只是因为他们从你身上照见了自己模糊的过去。所以人们对镜自视，与你无关。甚至于他们夸奖你，也不是为了自怜身世，只是为了在反顾的时候享受片刻的快乐，幻想要是当初能这样做就好了，然后把不切实际的想法渗透到沉淀的回忆里。人们只是在试图篡改记忆，与你无关。

所以面对着一个空无一人的剧场，无论是夸奖别人，还是被别人夸奖，都是一个“自白”的过程罢了。

卫冕突然觉得庆幸，他在18岁的尾巴上想明白了这层道理。

两天以后，清华招生组如约而至，但和北大的“一人招生组”不同，清华这次派了三个老师，且老师们个个头发乌黑浓密，乍一看年纪都不是很大。

1班的21人齐刷刷地出动，教室里霎时又空出了超过一半的位置。

卫冕凑在蔡秉言身边，跟他有说有笑的，张易难尾随其后，旁听着他们俩的对话。

“老蔡啊，你想读什么专业？等等，你先别说，让我猜猜。”卫冕闭上双眼，左右手食指中指放在两边太阳穴上，努力地眨眼思考，“你肯定是挑最热门的！我猜，建筑系？”

蔡秉言哑然失笑，摇头。

“计算机？”

摇头。

“不会要跟我一起来读物理吧？那搞不好又要做四年同班同学了，多无聊。”卫冕故意噎他，企图从他嘴里撬出一点儿有用情报出来。

“多担心担心你自己吧。”蔡秉言却不上他的当，反倒是毫不费力地就把皮球踢了回去。

“等一下，”卫冕灵光乍现，拿手肘推他，“你不会也被闻奕轩传染了要读经管吧？”

蔡秉言闭口缄默，叫号的声音却在这时响起。

“下一批，三个人一起进来，蔡秉言，卫冕，张易难。”

“好运啊，兄弟！”卫冕拍了拍他后背。

“借你吉言。”蔡秉言礼貌性地回了他一句。

三个人分别进了三个房间，有一个助手在旁边摁着计时器，主面试官坐在正中间，面前放了很多折叠好的小纸条。

惯例的一分钟自我介绍之后，主面试官开口了，“抽一道题吧。”

张易难拿过离自己最近的一张纸条，翻开，铺平——

请在一分钟之内说出你身上的十个缺点。

张易难一看到这题目，就忍不住暗自腹诽起来。“这题简直就是专门给卫冕准备的吧。”人人都知道，卫冕的自黑能力在一中是出了名的响亮，他平时疯起来什么脏水都可以往自己身上泼，自黑完了之后还像个没事人一样继续乐呵呵地开玩笑。

“可以开始说了。”招生官朝他点头示意。

“能……能让我稍微思考一小会儿吗？”张易难脑子里一片空白，他努力地去回想自己身上有什么缺点，可是想起来的全都是跟卫冕有关的事情，他想起了李老师总是拿卫冕举例子，说自己做物理题不如他，他想起了上学期末在寝室里他和卫冕发生的冲突……

“那浪费的时间算是你自己的，一分钟，绰绰有余了，你可以边说边想。”

张易难试图甩掉脑子里的杂念，专心致志地想眼前的事情。他知道自己准备好的稿子完全派不上用场了，他不明白为什么清华的老师命的题目这么偏僻奇怪。可是现在想这些有什么用？赶紧想缺点呀，缺点。

“我、我的缺点，缺点……”张易难想方设法地去翻找大脑深处的记忆，可是什么也想不起来，只能一个劲儿地重复题干，企图拖延一会儿时间。

隔壁602房间内。

“十个缺点啊？”卫冕打开小纸条，念出了上面的题目，语气中颇不以为然，反倒是有几分轻佻的意味。

“嗯，准备好了就可以开始说了。”面试官例行公事，他低头飞速阅读着眼前这学生的简历和档案，没有抬头看到卫冕这狂傲的表情。

“十个有点儿太少了吧，我一口气可以说他个二十个三十个的！”谁想到卫冕居然口出狂言，他一蹬腿，一挥手，朝着天花板就大放厥词起来。了解卫冕的人都知道他这不过是在瞎吹牛，一分钟20到30个，这即便是背稿子也是够呛的。

“能说多少算多少，到了时间我会提醒你的。”另一旁的助手被他这反常的举动惊了一下，他不知道面前这学生是真的肚里有货，还是只是虚张声势。他也只能公事公办，看对面那人眼珠子转溜了一圈后打算开口，他也就顺手按下了计时器。

603房间内。

“十个缺点……嗯，老师，我可以换一道题目吗？”

蔡秉言盯着眼前这小纸条，低头思考了几秒。其实非要他说自己的缺点的话，他也不是不能说，可他总觉得这出题人狡猾得很，硬是要一反从前的套路。他可不想当着一个能决定他命运的人面前说自己的坏话，他还是想尽力塑造一个完美的、正面的形象。

他当学生干部这么多年，平时就常常要和不同年级、不同部门的人沟通，有时还得与上层老师协商、谈判。根据他多年的经验，规则是死的，但总归还是有变通的余地的。他想试着放手一搏，看看能不能有商量的空间，尽管他与清华招生官是初次交手，尚不了解对方的脾性。

“当然可以，但换过一次就不能再换回来了。”面试官看起来还算和善，没有驳回他的请求，反正规则里没说不可以换题，法无禁止皆可为嘛。

“我明白了。”蔡秉言心下窃喜，但外表还是一如既往的端庄严肃，他伸手抽了另一张纸条，小心翻开——

“给你的亲戚介绍清华大学出台的一项新政策。”

蔡秉言笑了，这才像道常规的面试题嘛。他闭眼在脑中过了一遍基本思路，然后睁眼，放松地微笑：“老师，我可以把您当作我的二叔吗？”

“可以。”

“二叔，你知道，我们学校最近……”蔡秉言脱口而出，流畅自然，声情并茂，堪称完美。

秦俭一开始还颇不放心，他专门跑到教室门口等着，门没有锁紧，他于是听到了里面的面试情况。当他听到蔡秉言换题成功时，心下是为他高兴的。秦俭了解他，他本来就比同龄人成熟圆滑，这种场面他经历得太多了，自然熟门熟路。但秦俭并没有表露出来，心中还是假装批评了他几句：“还我们学校？他现在还没进清华呢，就一口一个我们学校？还二叔？从现在就开始套近乎？”

老赵拍着他的肩：“小蔡毕竟是身经百战，他你就不用操心了，有空还是多操心操心隔壁两位吧。”

602房间内。

卫冕张开双手，就滔滔不绝了起来：“以前有一个人和我讲过，人有七大罪过，像什么傲慢、愤怒、嫉妒、贪婪、懒惰、淫欲、暴食这些，我身上都有。我自己还有拖延症，喜欢用‘愧疚学习法’学习，还很黏人，喜欢吹牛……”

“好，时间到了。”助手手中的计时器响了，他向一旁唾沫横飞的卫冕举手示意。

“可我还没说完呢！”卫冕如泉涌般的思路被打断了，他极不满地朝招生官控诉。

“没事儿，你继续，继续。”招生官被卫冕身上的少年气质逗笑了，他摆了摆手，然后洗耳恭听。

“但是呢，这么多缺点也不彻头彻尾都是坏的。反过来看，它正好也对应着人的真性。”卫冕话锋一转，换了一个角度来重新谈，“你看哈，傲慢对应自信，嫉妒对应进取，愤怒对应专注，贪婪对应希望，懒惰对应安逸，淫欲对应爱情，暴食对应成长。拖延，是因为我完美主义；黏人，是因为我仗义、重感情；爱吹牛，是因为我心宽，不在意别人对我的看法。所以，世界上真的存在缺点和优点之分吗？说穿了，人拥有的无非是一个个的特点，只是在不同的参照系下，这些特点表现出来的属性不同罢了。”

秦俭在门口时恰好听到了后半段，原本微蹙的眉头舒展了开来，听完后不禁为他这一百八十度大转弯暗暗叫好，“这小子关键时候还挺识相、挺机智的嘛！”

而一旁的老赵自从一班的换数学老师风波之后，就对卫冕没有好感，他草率地评论了两句就拉着秦老师往前走：“他问题应该不大，再去隔壁看看吧，张易难我还真有点儿担心他。”

601房间内。

“额，缺点，缺点，我，我很容易嫉妒身边的人，这算是个缺点吗？”张易难憋了半天，就憋出了这么一句话，说出之后仍颇不确定，还加了个问句。

“嗯，继续。”招生官点头，不痛不痒。

“那个，然后，我，我小心眼，见不得别人比我好。”张易难反复摩擦着自己的手背，关节处都被他搓红了。他的腿也无意识地抖了起来，一时窸窸窣窣。他努力地想控制自己的生理小动作，可越是克制，紧张感却越是明显，话说出口后他都没意识到自己说重了。

“这跟刚才那个可以合并成一条。”招生官指出了他的低级错误。

“我，那个，做做做事会有点儿冲动。”这听着起来怎么像是在公开处刑呢？张易难越想越觉得不对劲，难道我审题审偏了？也没有啊，我是在列举自己的缺点啊，可是怎么想怎么觉得奇怪。

他甚至紧张得有些口吃，头顶上的汗顺着发尖滴落而下，额头上和鼻尖上也在冒着汗珠。他觉得有些胸闷头晕，于是他停了下来，大口喘着气。胃部的次氯酸在反流，咽喉处好像有痰，他试着咳嗽了几声，肠胃深处的呕吐感向他袭来。

“然后呢？”招生官没有理会他的小心思，见他半天没有反应，便催促着。

“啊不行，不行，我说不下去了……”张易难抱着脑袋，他瞪大了双眼，血丝遍布，他实在受不了这面试题目了，在桌前崩溃地哭诉起来，“我怎么会有这么多缺点！我这样子还怎么考清华？”

招生官却见怪不怪，朝他挥了挥手：“没事儿，你回去慢慢想吧。”

第一轮简单试过水后，正式的面试才算刚刚开始。招生官读完了简历和档案，抬起头问对面的人：“想报什么专业？”

“计算机系。”601的张易难答。

“工程物理系。”602的卫冕脱口而出。

“经济管理学院。”603的蔡秉言咬字清楚。

“哦？为什么？”招生官竖直了背，又扶了扶眼镜。他仔细阅读过眼前这名学生的资料，上面白纸黑字写着高中物理竞赛市二等奖、高中数学竞赛市三等奖，曾任学生会主席、班长，且家庭经济收入还算优裕。他总觉得这回答与预期相悖，于是他好奇地追问下去。

蔡秉言字正腔圆地说，“为民族的振兴提供软实力的支持。”

像是在团校大会上做报告一样，这怎么听都不像是个十八岁的学生说出来的话。

招生官依然怀疑他有背稿的嫌疑，于是继续试探：“具体说说。”

蔡秉言却看起来很放松，像是有备而来，他正了正衣襟，清了清嗓，开口道：“我想做的是，在经济上真正造福百姓，让祖国真正富强起来。当今中国要与世界强国较量，无非就靠科技、经济和文化这三者。而经济，恰恰是维系整个社会的巨大纽带，既与科技发展相挂钩，又与文化产业相关联。”

招生官抬手打断了他：“可是你的简历上并没有体现出这一特长，反倒是理科竞赛和领导能力方面的经历很突出。”

蔡秉言似乎早就料到对方会这么问，他反应得很快：“虽然我履历上是这么写的，但您有所不知，我平时最爱读的书是《货币战争》。这本书我从头到尾翻了不下十遍。您知道，在21世纪，想要摧毁一个国家，最快的方法不是发动军事战争，而是货币战争。同理，想要复兴一个国家，最高效的办法也不是强军，而是富国。所以，选择经管，并不是出自个人的蝇头小利。”

在门口旁听的秦俭笑着耸了耸肩：“这说得够冠冕堂皇的啊。能把赚钱这一庸俗的想法吹得这么高尚，也就他能做到了。”

隔壁602房间。

招生官一手扶着眼镜，一手快速地翻阅着材料，他边上下打量着面前这精力旺盛的小伙子，边提问道：“我看你简历上内容挺丰富的嘛，高中参加过很多竞赛，拿过五个二等奖？”

“是是是。”卫冕点头。

招生官双手交叉成塔状，考问道，“那为什么不专攻一门学科呢？你如果把学这么多门学科的精力集中投入到一门上，结果肯定会比现在更好。”

卫冕微怔了一下，这个问题他不是没有思考过，只是现在突然被这么赤裸裸地问出来，心下总归有点儿不是滋味。

“我，兴趣点比较广泛嘛，什么都想尝试一下，要是不去试一下，我哪能确定我到底喜不喜欢这门学科呢？”

“你身为一个有独立思考能力的高中生，这样没有目的，到处去试错，成本不会太大了些吗？”

“错了又怎么样？从头再来就好了。”

“机会可没有这么多的哦。”

“我只有18岁，我还这么年轻，还有这么多的可能性呢。”

“好，先不谈这个了，以后有机会再跟你接着聊这个话题。我看你的校内成绩似乎也不是很稳定，期中考试只考了年级366名？”

卫冕一手捂着胸口，受到了二重打击。这招生官老师看起来还真是不善啊，专挑这种最让他郁闷的问题，还不断地把他的耻辱伤疤揭出来。好在卫冕心理承受能力还过得去，他厚着脸皮，用开玩笑般的语气和招生官讲起了往事。

601房间。

招生官翻看着档案，察觉到了其中的矛盾之处，自然抛出了心中的疑惑，“我看你简历上写着，你很喜欢编程，信息竞赛也拿了省一，但为什么后来又去学物理竞赛去了？”

张易难手掌抵在膝盖上，低头看着自己的鞋尖：“那个，因为我妈说，物竞含金量高，自招加分比较有用。”

招生官被他这口气弄得哭笑不得：“为什么不继续学编程？学到极致，搞进国家队不就保送了吗？还需要什么加分？”

张易难察觉到气氛有点不太对劲，可他也不知道在这种情况下应该如何接话，于是只能甩锅：“还是因为，家里人不支持。”

招生官见这个话题聊不下去了，干脆就换了另一个更接地气一点的："我看你资料上写着，你是2002年年底出生的，那么今年还不到16岁，中间是跳过级吗？"

"嗯。"

"为什么要跳？"

"想早点上大学。"

"其实也不差这两年的。何况你们正在发育的时候，比周围同学矮一个个头，会自卑吗？"

"不，很差这两年。"

张易难回答得很直接，他觉得这下时机应该成熟了，于是他从校裤口袋里掏出了一本边角卷起的小绿本，双手郑重地端到招生官面前。

"这是什么？"招生官接过了绿本子，蹙起了眉头，他隐隐有一种不祥的预感。当他看到封面上的"残疾人证"这四个大字时，他脸色瞬间变黑。

"为什么要给我看这个？你不是走路、说话都挺好的吗？我没觉得你身体哪里有问题啊？"

张易难没有正面回答他的问题，而是任由招生官一个人继续翻看着这本小册子。上面有他的照片、基本信息、有关部门认证盖章，还有病情说明——视力残疾四级、肢体残疾四级。

招生官的面色越来越难看，他完全不理解现在给他看《残疾人证》是何意图，更加想不通，好端端的十几岁一孩子，看起来也健康得很啊，怎么就残疾了？

"您收好。"张易难抬头，小心翼翼地观察着对方的表情，然后在心下暗自祈祷——应该没问题的吧，他应该看不出来伪造痕迹，他会同情我的吧……

一定，一定，希望就全寄托在这上面了。

隔壁602房间，面试已接近尾声。

“谢谢老师啊，那我就走了。”卫冕推着椅子站起，打算向招生官鞠躬告别，可刚踏出一步，卫冕又觉得理应表现得周到些，于是他回头问，“要我帮您把下一批学生叫过来吗？”

就见招生官食指指着他的右手，提醒他，“你你你，笔留下！”

卫冕低头一看，这才意识到自己刚才一顺手就把桌上公用的水笔给顺了出来，他连忙弯下腰，向对方谢罪，“实在不好意思，太激动了，这个笔您收好。”

当卫冕想转身离开时，他忽而又想起了什么——等一下，我是不是应该注重一下礼貌？至少得给招生官留下个好印象吧。他们都说，面试时最重视首尾的礼节了，比如，把椅子推回去放好之类的？

卫冕看着那被他撞得歪斜的椅子，总觉得心里不踏实，于是他走回去，想把椅子推回原位，结果就听“吱呀”一声，椅子腿儿和地面摩擦，发出了刺耳的噪声。

“不用不用了，椅子不用推了。”招生官一手捂着耳朵，一手连忙招呼他停下。

“好，那我帮您再把它拉回来。”卫冕见状，随机应变，他又拉着椅背向原位拖去，结果又是“吱呀”一声。

“好了好了，就原样放那儿就好了。”招生官被他这一推一拉弄得快神经衰弱了，挥着材料就要赶他走。

卫冕出房间时，看到蔡秉言正站在柱子前，看起来在等他。他两步跨上前去，问候道：“老蔡，出来这么早，怎么样，面得还顺利吧？”

“还行，你怎么样？”

“我你还用得着担心？”

“那可不？”

“瞧你这说的，你现在要是闲着没事儿干，就可以开始想想以后在中关村附近哪儿有约饭的好地方！”

3月25日，教学楼底楼橱窗。

“放榜了！”

“北大和清华的提前加分名单出来了！”

不知道谁喊了两声，高三（1）班的人纷纷冲到一楼橱窗前，争着去看那张能决定他们命运的白纸。一时间，底楼大厅被围得水泄不通。

卫冕仗着自己身子灵活，巧妙地挤到了最前面，他趴在橱窗前，仔细寻找着熟悉的名字。

北大 闻奕轩 60分加分

清华 蔡秉言 降至一本线录取

“卫冕，卫冕……我名字在哪儿呢？”

卫冕趴在橱窗前，上上下下地寻找了三轮，有一大半都是1班的，他熟得不能再熟的名字，可硬生生没找着自己的。

他不甘心，仍旧挤在第一排的黄金位置，后面的同学被他这“占坑不办事儿”的行为颇感不满，纷纷把他朝后推去。卫冕顺着人潮，失落地被推离中心。

怎么会呢？我怎么会落榜呢？不应该呀。

难道是我离开前，推拉椅子那两下推坏了？早知道当初就应该大摇大摆地走出去，不管这些什么笔啊椅子啊的。

卫冕垂头丧气地爬上六楼楼梯，中途还被几个高一的学弟给撞了，学弟们冒冒失失的，也没给他道歉，你追我赶地，一步两级台阶地往上跳。

卫冕摇头，现在的小朋友一个比一个没礼貌。不行，得找个机会好好教育他们一通。

等他慢悠悠地晃进1班教室后，却发现许多人都堵在门口，他想挤进自己的座位都困难。好事者卫冕不甘心，他凑到话题中心处，好奇他们都围着谁在讨论。一看，得，又是这匹黑马。

“闻奕轩啊，平时见你不声不响的，怎么一到关键时候就一鸣惊人！这一下就加了60分！”

“稳了稳了！”

“而且听说还把招生官给感动哭了呢。”

“你在他面前切洋葱了还是怎么着？老兄，给我们传授点经验呗。”

闻奕轩被包围得里三层外三层，他极少受到这样高的待遇，白皙的脸颊上泛起红晕，他挠着后脑勺，颇不好意思地接受着来自四面八方的赞扬。

卫冕好不容易挤回了自己的座位，刚坐下来想喘口气儿，就见蔡秉言在他后面，桌上摊开了本古诗文手册，看起来却不像是在背书的样子，他只是一手托着下巴，两眼瞟向窗外，不知在想些什么。

“嘿！”卫冕凑过去，拿手背晃了他一下。

“嗯？”蔡秉言收回目光。

“在想什么呢？”卫冕搬过椅子，坐在他身边。

“没什么。”蔡秉言摇摇头，神态颇不自然。

“不是，你都降一本线了，那高考岂不是闭着眼睛考考都能上清华，你现在还在担心什么呢？”卫冕觉得他举止反常，故意这样说来噎他，“你是觉得闻奕轩那样太风光了？加60分而已，就受到了这么高的关注和待遇，你降一本线就这么冷清。”

“他黑马嘛，比较出乎大家的意料。不像我这种老选手，从小到大一路都通畅得很，大家猜也能猜到是这个结局了，没什么惊喜。”蔡秉言终于抬起头正视他，“所以我这种人最适合做背景，衬托你们，不适合做主角。”

卫冕一听，总觉得他意有所指，就顺着他的话自嘲：“所以只有像我这种命途坎坷曲折的人才能当主角是吗？”

蔡秉言假装清咳了两声，回归正题，“咳咳，话说回来，你，不在加分名单上，真的让我有点儿意外。”

“嗯？”卫冕挑眉跷腿。

“你当时面完出来，不是说感觉还不错吗？”蔡秉言试图帮他分析原因。

“是还不错，我也不知道是哪一环出了问题。难道是因为我出门时没太注意礼节，把椅子推来推去的让招生官反感了？”卫冕按着太阳穴努力回忆着。

“这无伤大雅。”

“难不成是他让我说十个缺点，我说得超时了，所以要扣我分？”

“时间都有弹性的，这点应该也不是主因。”

蔡秉言解释着，忽而像是想起了什么，他一拍大腿一瞪眼，“等一下，他是不是问你成绩了？”

卫冕也倒吸了一口气，然后郁闷地拿拳头砸自己的后脑勺，“一定是被期中那排名给搞坏了……可我都跟招生官解释过了，那次期中是一个意外，我后面的月考和一模才是正常水平！”

“话是这样没错。但是，凭我的升学经验，招生官重点还是会参考你的纸面成绩和竞赛经历。面试嘛，顶多只是过过场的。面儿上的功夫还是得做得好看一点。”蔡秉言像是个资深专家，满嘴老江湖口吻。

“我倒要给他看看，我就算没有加分，裸考照样上清华！”卫冕气得直哼哼，他用力地跺脚，然后高举着右手臂，在空中挥舞宣誓。

“咚！”一声沉闷的巨响从教室前方传来。

“哗！”一大沓纸片散落在地上。

“什么声音？”全班人都被这突如其来的声响惊到了，原本围在闻奕轩周围的人也纷纷撤回到原位，教室里瞬间安静了下来，众人试图寻找着声源。卫冕也收敛了手上的动作，他歪着脖子去看窗外。

“刚摔门出去的人，好像是，秦老师？”这样子的传言从第一排传到了最后，但事发突然，没有人看得真切。

“门口那个，好像是思秦。”蔡秉言起身走到讲台前，他拉开了前门，向走廊尽头瞥了瞥，然后传话给后面，“卫冕，你快去看看吧，感觉事情不太对头。”

“好。”卫冕接收到信号，悄悄地起身，从后门溜了出去。他看到阮思秦果然在走廊尽头徘徊，正打算过去跟她打个招呼。

阮思秦一看到他的身影，就举起右手食指，直指着他的脑门，“卫冕，你，太过分了！”

卫冕诧异又委屈，他摊开两手，反问她，“我干啥了我？”

阮思秦看他这事不关己的做派就气不打一处来，她掰手给他列举着罪过，“你没拿到加分，你知道秦老师有多着急吗？你居然还在教室里瞎吹牛，还说风凉话。你裸考一个试试看啊！”

卫冕扶额，没想到口不择言的时机刚好赶上了隔墙有耳，他无法否认这亲耳所闻的事实，他只能试图解释：“我，哎呀，我那不是在跟老蔡开开玩笑嘛！别当真别当真哈。”

阮思秦严肃地叉腰反问：“现在是开玩笑的时候吗？”

卫冕却跳脱了频道，思路又回到了上一句话：“等等，你刚说秦老师很为我着急？”

阮思秦一脸恨铁不成钢：“你这反射弧真是，啊前言不搭后语！他急死了快！他原本打算帮你去找招生官，再争取一下的，现在恐怕……”

卫冕伸手握住她的肩膀，微屈下双膝问：“秦老师他回办公室了吧？我这就找他道歉去！”

然后他就一手拽着她朝向五楼的办公室飞奔而去，边跑边喘着气说：“思秦姐，就，再帮我最后一次，算我求你了……”

“你，跑慢点，跑慢点……”

“到时候秦老师要是生气了……你，你可要帮我说说话……”

五楼。

“报告！”卫冕笔直地立在门口，敬了一个标准的礼。

“进。”秦俭正坐在转椅上喝茶，漫不经心地应了句。

卫冕于是走近了秦老师的桌子，阮思秦喘着气跟在他身后。秦俭转过转椅来，一看来人是他，心下就已有了数。

“哟，某人不是号称不用加分，裸考也能上清华的吗？”

卫冕一听他那嘲讽的口气，就立刻放下了身段，低头认错：“秦老师，我这不是向您赔礼道歉来了嘛？我错了，都是我不好。”

秦俭不紧不慢地喝着茶，跟他迂回着：“错哪儿了？”

对面的人身经百战，气场太足，卫冕霎时甘拜下风，他只好把头低得更低，完全顾不上脸面，也无所谓公开处刑会被周围老师听到云云：“我，口出狂言，不领恩情，空中楼阁，轻举妄动。”

秦俭点头，评价了句，“嗯，合辙合韵。”

卫冕无语，不知道这时候该接什么话，好在秦俭也并不是真的想难为他，他放下了茶杯，抬起头跟他严肃地说：“不是我打击你，你这语文和英语，裸考真不行。这加分多关键你自己心里清楚。”

卫冕从字里行间察觉到秦老师并没有真的生气，他赶紧学乖了，一个劲儿地点头：“清楚清楚。”

秦俭起身，拎起了椅背上的外套：“走，现在跟我去找招生官去吧。”

这，怎么翻脸比翻书还快？卫冕被这飞速的变脸怔得说不出话来，秦老师都走出两步了，他才跟在后面追问：“啊？现在？”

秦俭照着原步速继续向前大步迈去，抛下了个反问给他：“不然呢？等人都见不着了再去？”

卫冕识相地快步跟上他，在背后横感谢竖感谢的：“好好好，多谢秦老师出手相救，在下感激不尽！”

秦俭和卫冕就这样前脚后脚地走进了五楼尽头的教师电梯，然后在关门的一刹消失了身影。

办公室门口，张易难目送着他们俩远去的背影，他用指甲抠着门缝，死死咬着自己的嘴唇，在心里反复默念——

“偏心！”

阮思秦正好也从办公室走出来，她看到蜷缩在门口的人眼中露出诡异的光，心下打了个寒战，她走过去问：“你怎么在这儿？”

张易难看到是她，就挺直了身子，凑过去说，“思秦，我上次跟你说什么来着？秦老师就是明着面儿地偏爱他！”

阮思秦眯眼：“什么？”

张易难得寸进尺，又走上前一步：“我跟卫冕同样都没拿到清华加分，凭什么只有卫冕有这样的优待？”

阮思秦叉腰后退一步：“那得问你自己去啊。”

张易难还是觉得她没有理解本质，于是掰着手指给她从头梳理了起来：“你看，卫冕的目的达成了吧？秦老师现在已经把他当成上门女婿来看了，他去帮卫冕完全是为了你，他总归不想以后招进来一个不是北大清华的女婿吧。啧，假公济私，虚伪虚伪。”

阮思秦一听他把矛头指向了秦老师，气得直瞪眼，她用食指指向他的脑门，厉声反问：“你没拿到加分都怪你自己！还掏个《残疾人证》出来，有病吧你！清华这么重视体育，怎么会招你这个残疾人？”

张易难愣了几秒，一时间被怔得说不出话来，他向后挪了几步，微皱着眉："你，你怎么会知道《残疾人证》的事儿？"

阮思秦指着玻璃门就说："刚才办公室里的老师都在讨论，拿你做反面典型案例在那儿批判呢。"

张易难咬牙。

阮思秦对他嗤之以鼻，白了他一眼，又接着说道："人家卫冕是有真本事的，他竞赛学得好，又考过年级第一，面试口才也好，只是因为偶然因素才错失了加分。谁像你这么小家子气，偏往这种阴暗面来揣摩人的心理？"

张易难摆手让她停下，摇头叹气，"得得得，你们简直是串通好了的吧，你们除了联合起来欺负我还会干些什么？"

阮思秦不想搭理他，扭过头就做离开状："我走了。"

张易难一下子变了脸色，伸出手挽留她："别呀，那个，你不是马上就要中考了吗？我可以，我可以教你做数学物理题，你有不会的都可以来问我。"

阮思秦没好气儿："多担心担心你自己吧。"

张易难不罢休："思秦，等一下。"

她不耐烦地再一次回过头："又怎么了？"

他从口袋里掏出了一张信封，粉色封面，封口处还贴了张爱心贴纸，他双手郑重地端给她，"这个，给你的。"

"嗯？"

张易难赶忙叮嘱道："现在别拆，等回家之后你找个没人的角落自己看，看完之后记得毁尸灭迹啊。"

阮思秦忍不住吐槽："你怎么做什么事儿都偷偷摸摸的？"

张易难看他们俩在办公室门前待久了，怕落下把柄，于是轻声细语地跟她说："嘘，记得啊。"

另一旁，教师电梯内。

秦俭反复叮嘱道：“等会儿进门之后不要嬉皮笑脸的，不要乱说话，我不让你说话你就别说话，懂了吗？”

“唔。”卫冕识趣地用双手捂住了自己的嘴，只露出一对眼睛在那儿眨。

秦俭带着卫冕穿过避雨走廊，一路从北教学楼走到行政大楼，又乘了一趟电梯，乘到顶楼，走到最里面的房间。卫冕抬头，门上赫然写着五个大字——“校长办公室”。

“咚咚。”

“请进。”

豪华宽敞的房间里，桌椅都是正宗红木制的，大玻璃窗户一尘不染，书柜橱窗里摆满了各种金光灿灿的奖杯奖牌，一中过往几十年的荣耀似乎都被锁在了这透明的柜子里。

校长和清华主招生官正面对面坐着，桌上沏了两壶阿里山红茶，茶叶尚立在陶瓷杯中。

校长侧身看了看来人，颇诧异地招呼道：“哟，秦老师，你怎么来了？”

秦俭朝他点头致敬，然后目光看向了对面的人，说道：“校长，我来和招生官老师说两句。”

招生官一听提到了自己，就放下了手中的陶瓷茶杯，回头瞥了眼问：“名单不是都出来了吗？”

秦俭点头，“对，就是关于名单的事儿。1班有一个同学，竞赛和学习都很优秀，但他并没有出现在名单上，我来找您问一问情况。”

招生官扶了扶眼镜，问道：“叫什么名字？”

秦俭拉过身后的人，把他推到招生官面前，卫冕深吸了一口气，然后开始做自我介绍：“卫冕，卫冕冠军的那个卫冕。”

招生官眯着眼打量了他两下，又一听这霸气四射的名字，瞬间回想了起来，他微微点头："有印象，有印象。"

秦俭舒了一口气，继续开口道："他没有拿到加分，作为班主任，我非常意外。"

"哦？"

"您有所不知，这孩子一路走来，太不容易了。卫冕他从小父母就离异，他跟着他妈妈一起生活。他小时候几乎没怎么学过竞赛，多亏了在菜市场打牌才被物理竞赛教练发现，然后破格提拔他跳级上高年级的竞赛课。他初中的时候是以全上海第一名的竞赛成绩保送进一中的。"

"嗯，然后。"招生官举起茶杯，微抿了两口茶，眼睛一瞥面前二人，示意他继续说下去。

"卫冕是真的适合大学的研究型人才，他初二的时候就自己动手做过一架电磁炮，是把他父亲的摄像机拆卸了改造出来的，用的是……光电感应原理？他对物理是真的喜欢，虽然他有些偏科，大型考试也总是忽上忽下的，但这样的人不就是最适合拿自招加分的吗？"

"此话怎讲？"

"按我的理解，自招的本质是为了选拔出一些有特殊长处的、不只是死刷题，而是有创造力的学术人才。卫冕他可能高考发挥不稳定，但却是有真才实学的，加分不就是为这种人上一层保险吗？恕我直言，高考之于卫冕，是削足适履，他的水平远远超过了一张考卷的纸面成绩，只用一个分数来考核对他完全是限制，在卷面上他根本没法展现他的全部水平。何况，他如果裸考就有百分百的把握能考上清华的话，那还需要加分做什么呢？"

卫冕直直地杵在门口，他仰头看着秦老师的背影，忽然觉得这背影高大伟岸。在此前的18年人生中，他以为除了李老师和他父母以外不会再有人对他了解得如此透彻了。他也不知道今天是何其有幸，秦老师居然会专门对他慷慨——哪怕是赌上自己的后半程职业生涯，也要为他争取一个加分。

卫冕突然打了一个寒战，紧接着鼻子一酸，他微微缩了两下肩膀，然后觉得视线有些模糊。他忘记了秦老师后来说了些什么，也忘记了招生官后来的反应，只记得走出校长办公室时，秦老师长舒了一口气，然后拍着他的肩膀劝他打起精神来。

最后谈判交涉的结果说是要参考二模成绩，如果考得还可以就再给一次高考之后去北京面试的机会，运气好的话，也许还会有加分的可能。

卫冕深感自己不善于情感表达，原本准备了好多好多感谢的话，结果到嘴边只剩下了一句“谢谢”。

秦俭看起来比他淡定多了，转过头看向他：“不用谢我，这是和你能力相匹配的结果，要谢就谢你自己这么曲折丰富的经历吧。”

卫冕探过脑袋去，他欲言又止，试探性地问：“话说，您是怎么知道电磁炮的故事的？其实到最后正式展览的那一天，那个炮也不知道出了什么问题，死活都打不出来，后来我又倒腾了很久，差点儿还误伤了小薛……反正这件事情，我从来没有跟别人讲过的。”

秦俭看着他懊恼悔恨的表情，微微笑着，他侧头眯着眼，唇齿微启翕动，轻声说：“是李老师告诉我的。”

第十章　入院

2018年4月中旬，爬山虎攀满了高墙，电风扇吱呀地响。天气不算热，但闷得慌。

走廊尽头的大爷手握着最原始的铃，掐准时间就摇响，他从走廊东头一路徐行到西头，然后所有人停笔。收卷、清点、离场。在一阵收拾文具、理包的声音过后，二模寂静地结束了。

卫冕带头出了教室门，把脑子里的英语阅读理解悉数清空，然后打算回宿舍床上好好躺着歇歇，辛苦了两个月，这回算是可以稍微喘口气了。他右手食指勾着书包肩带，然后单肩背上，他刚要下楼，就觉得有人在后面拉了一下他的书包。

“他们说一会儿要下去打球，你去不？”

卫冕循声回过头一看——说话人，张易难。他心下略微怔了一下，这小子今天又吃错药了，居然会主动来邀请他去打球？自从上次寝室事件之后，卫冕和张易难几乎没怎么说过话，他从前就总感觉张易难看他的眼神带有敌意，现在更是斜眼瞧人，他自然不想凑上去触霉头，就尽可能地疏远。不过此时的卫冕倒似乎也不完全排斥这邀请，反正考完试也要放松，哪种形式不是放松？于是他追问："打的什么球啊？"

"篮球。"

卫冕一听这答案，险些跌了个踉跄，他勉强扶稳了栏杆，开口道："你说我这老胳膊老腿儿的，都几百年没活动过了。你们难道很缺人？居然还找上我这从来不运动的人来了。"

张易难摊手："5个人打不了球，加你一个6个，正好3v3。"

卫冕总觉得他今天怪得很，反问："那我们班四十多号人呢，干吗非找我？"

张易难朝教室窗户里瞥了一眼，回答道："梅御坤要备课，闻奕轩要刷题。"

卫冕摇头："合着我是备胎的备胎？"

张易难耸肩："你要这么想也没办法。"

卫冕扭头看了看操场上的一伙人，回过头来说："瞧你这话说的，哎，话说除了你以外还有哪些人？"

张易难用下巴指了指栏杆外："蔡秉言带头的一帮人。"

卫冕听到这名字，低头略微思考了会儿，然后抬起头，做出了决定："算了，看在老蔡的面子上，小爷我就勉为其难地赏个脸，陪你们几个玩儿两把吧。"

五分钟后。

正在脱衣热身的蔡秉言扭头看到了来人，高声打着招呼："老卫啊！你居然会出现在篮球场上，难得难得。"

卫冕拍了拍自己的胸膛，颇骄傲地说："我这不是，五缺一的，救场来了吗？"

蔡秉言被他浮夸的演技逗笑了，他勾着他的肩说道：“得了得了，我们先分一下队啊，卫冕，你打小前锋行不行啊？”

卫冕故作严肃：“我听指挥，组织交给我什么位置都行的！”

蔡秉言自动过滤掉了他言辞中夸张的部分：“算了，你还是跟我一队吧，我不放心你这么瘦的身子，别到时候一撞就撞伤了。”

卫冕却不屑：“我要是有那么容易受伤，还能完好无损地活到18岁？”

蔡秉言摇了摇头：“这节骨眼儿上的，可不好说。上次开班会的时候秦老师不是还举了个上一届学长的例子吗？”

卫冕眯眼，“我那会儿在底下刷题没听，他说啥了？”

蔡秉言给他从头复述着：“他说以前有个学长，在高三下学期骨折了，全校老师都给急坏了，得亏伤的是左手，写字什么的还不算太碍事，最后他就绑着个石膏去高考了。”

卫冕耸了耸肩，似乎不以为然：“有吗？我怎么听着这故事像是秦老师编出来吓唬我们的？”

张易难听他们俩在球场上唠嗑唠了半天，对他们这空说话不作为的作风颇不满，于是他走上前，直接打断了二人：“我去对面那队打控卫。”

“好。”

卫冕正摩拳擦掌向球场中央走去，蔡秉言却一把拦下了他：“卫冕，你刚刚下来，要不要去热个身啊？”

卫冕甩开他的手，“不用！还热什么身？”

“你悠着点啊，到时候抽筋了、扭伤了什么的，可别怪我没提醒你。”蔡秉言最后提醒了句，就也走上了场。

没有哨声，没有裁判，一场相当不正规的比赛就这么开始了。

张易难站在三分线弧顶运球，卫冕在离他一臂远的地方，屈膝压低重心，左手平举，右手在他前方虚张声势，假装要掏球。张易难没理会他这假动作，击地45度传给了队友后，就直切入了篮筐底下。传切的意图太明显，蔡秉言在场上看得一清二楚，他侧身位移到张易难身后，在球传过来的瞬间出手——

断球，成功。

球权，交换。

他背过身子将球护在胸前，以左脚为轴，旋转着右脚寻找着合适的角度。

“卫冕，出三分！”蔡秉言朝身后大吼一声。

卫冕接到指令后飞速滑步到了弧顶，高举着双手，做好了接球的准备。谁料蔡秉言这高呼一声却是声东击西，在卫冕被误当作传球对象而被对方防守队员包围之时，蔡秉言双手平传给了藏在底线附近的另一个队友。对面三人刚刚惊呼被指令声欺骗，正调整着换防，球此时却又回传到了蔡秉言手中。只见他起跑时小腿肌肉绷紧，轻松地三步一跃，然后手指熟练地一拨，球砸向篮板，以一个近乎完美的角度进了筐，没有多余的动作。

“2：0。”蔡秉言落地之后，侧过身朝队友笑着。

“狡猾狡猾，老蔡你真是个人才。”卫冕朝他竖起大拇指，打心底里佩服他这战术思维。

“过奖。这点小把戏算不了什么。”蔡秉言轻呼了口气，并没有把这恭维放在心上，而是迅速回归了状态，回到了他自己中锋的位置上，等待着对面开球。

16：40，高一高二的下课铃敲响了，坐在5楼办公室桌前的阮思秦都能清楚地听见楼下传来的非洲动物大迁徙的脚步声。

阮思秦此时心里颇不宁静。

往常这个时候，卫冕应该已经雀跃地跑到办公室门口找她吃饭去了，或者会在微信上说一声约她到食堂门口碰面。可今天，阮思秦干等了很久，都不见踪影。她心下有一种不太好的预感，想主动发个消息去问问他。结果刚打开手机屏幕，一条新的信息就跳了出来。

“我今晚可能回不了学校了，晚自习结束后你一个人走回家吧。”

她原本兴奋了一下，可一看联系人，不是卫冕，却是秦俭。失望中夹杂着疑惑。然而秦俭这条消息过于简洁含蓄，阮思秦从头到尾反复读了几遍都没读出具体意思来，于是她回消息去追问。

“是出什么事情了吗？你现在在哪里？”

等了十几秒后，手机上又有消息传来。

“有些复杂，三言两语说不清楚。我现在在去往六院的路上。”

六院？上海第六人民医院？

阮思秦在脑中努力搜寻着与医院有关的些许记忆，她想起了小时候学跳舞不小心把脚给扭伤了，那时候爸爸就带着她去了六院，说是六院的骨科很有名。她当时印象特别深刻，去骨科挂号时排着长队，满地儿的石膏、轮椅、拐杖，门诊和住院部都是人满为患，专家门诊更是要拖着棉被半夜来排队才能排得上号。

她再看这条微信消息时，忍不住要往卫冕身上联想——秦俭是陪谁去六院呢？不会是他吧？

阮思秦哆嗦了下身子，她努力告诉自己，卫冕向来运气很好的，出事儿的人不可能是卫冕，何况卫冕福大命大，上帝看他这么可怜一定不会再为难他了。她自己都觉得这理由真是牵强附会，于是她颇不放心地点开微信，点开置顶的联系人的头像，在对话框里敲着字——

“今天还去食堂吃晚饭吗？”

可她还没来得及点下发送键，卫冕的消息却先蹦了出来。

“对不起啊，我今晚不能陪你吃晚饭了，你自己去食堂吃吧。”

“咚——”阮思秦双手脱力，手机一滑，掉落在了瓷砖地面上，砸出沉闷的声响。

办公室周围的老师被她这手机掉落的动静给惊了一下，抬头往她这方向瞥了两眼。阮思秦脸涨得通红，她赶紧弯下腰，双手抱着手机壳，垂下脑袋就打起字来，给秦俭去着消息。

“那，我现在去六院找你！”

秦俭看着手机上蹦出来的消息，又抬头看了看眼前医院里拥挤的口罩和轮椅，犹豫着回复道，“现在场面有点儿混乱，你最好还是别来了吧。”

“是卫冕出事了吗？”阮思秦忐忑地敲着屏幕，见对面许久未回复，她心下顿时生出了一种不祥的预感。她右手抚着自己的心脏，过快的心率骗不过她自己，“我不放心，我还是乘地铁过来看看吧。”

阮思秦敲下这行字之后，就拎起了椅背上的校服外套，背上书包就冲出了办公室大门。

一小时后，徐汇区宜山路600号，上海第六人民医院。阮思秦顺着她爸发来的定位，一路小跑，找到了骨科区的门诊室。

89、90、91，91号房间，就是它了。

阮思秦一层层地爬着楼梯，一间间地寻找着房间，最终在91号房间门口看到了秦俭的身影，她长舒了一口气，撑着膝盖问：“现在情况怎么样了？”

秦俭用下巴指了指对面的放射室，回答道：“刚拍完X光，在等结果。”

阮思秦追问，“卫冕他人呢？”

“在里面，顺数第二个座位。”

阮思秦拉开门帘，看见卫冕坐在一把椅子上，他两腿微曲，左脚脚尖交叉勾着右脚脚后跟，左手手掌虚托着右手手肘。阮思秦顺着那个方向看去，他右手手腕明显变了形，皮肤表层有一大片红肿，还有肉眼可见的硬块突起。卫冕死死咬着自己的嘴唇，由白泛紫，她隔着两米都能感觉到敲骨吸髓般钻心的疼。他额头上不停地在冒汗，下巴也在轻微地抖，像是一只受刑的羔羊，在屠宰场大门前战栗。

蔡秉言坐在他旁边的另一把椅子上，正襟危坐，神情严肃。卫冕顺势把脑袋埋在了他肩窝里，蔡秉言也没有拒绝，很自然地把手抚在他后脖颈上，他闭目深思的样子像是在忏悔赎罪。

秦俭走了过来，拿了旁边另一把椅子过来坐下："还疼吗？"

卫冕从蔡秉言厚实的肩膀里抬起头来，"刚打了止痛药，好一些了。"

秦俭倚在门口，朝他旁边那人开口："蔡秉言，出来一下。"

"好。"蔡秉言闻声便站起，然后一手托着卫冕的脑袋，朝眼前的女孩说道，"那，思秦，他就交给你了。"

说完，他就转身跟着秦俭出了门，阮思秦顺势坐在他旁边的位子上，她低头俯视着卫冕翕动的睫毛，觉察出了些异样，她暗自转动着眼珠思索着，猜出了大概，于是她问："止痛药见效应该很快的，你的右手其实已经没那么疼了对吧？之前是演出来的？"

卫冕抬起头，两撇眉毛耷拉了下来，他嘟囔着嘴，懊恼地朝她眨眼，然后恳切地说："别揭穿我……"

阮思秦的目光从他的脸移到了右手上："但是手腕上这红肿真的好吓人。怎么会摔得这么严重呢？能跟我讲讲吗？"

卫冕一跺脚，一皱眉，开始跟她从头道来："哎呀，无非就是考完二模之后想放松放松，然后就跟哥们儿几个去打篮球了呗。结果不巧，抢篮板的时候跟蔡秉言迎面撞了个正着儿。然后因为我质量没他大，惯性也没他大，所以这么一撞我吃亏，然后么我就重心后移，向后开始做变加速曲线运动。为了保持平衡，我就下意识地拿右手撑地面。然后就，啪嗒一声，这么就给送到这里来了。"

卫冕一番相声般的解说成功赢得了阮思秦的白眼，她简直不相信眼前这人前两分钟还是个垂危的病人，看来这止痛药效果奇佳，没白打。

而此时此刻，91号病房外的走廊上。秦俭找了一个人不多的角落，来回踱步，踱步又驻足，然后摘下眼镜，反复揉搓着自己的太阳穴。沉默了许久后，他一开口就质问："上次班会我怎么跟你们说的？全忘了？高考前两个月进骨科，我也真是服了你们了。"

蔡秉言低头揽罪："怪我，我不应该在考完试之后组织同学打篮球的。"

秦俭被他这主动认错的态度噎住了，他只好退一步重新开始问："打球本无可厚非，运动运动也是好的，但怎么会搞得摔进医院？"

蔡秉言深吸了一口气，然后开始追溯："事情是这样的，我们六个人打三对三，卫冕跟我是一队的。本来我只是安排卫冕去做一些跑位、断球、吸引防守这些技术性的活儿，因为他本身就不常运动，一下子运动得太剧烈的话反而会对身体有损伤，所以都没怎么让他去做身体碰撞，这种力气活儿一般都是我亲自上。我本想着这样会保险些。

"但后来……可能是我打得太认真了吧。有一场球，对方连补了三次篮都没补进，然后所有人都围在篮下，准备卡位抢球。当时场面特别混乱，挤得前胸贴后背的，几乎没有什么移动的空间。然后我就跳起来打算抢篮板，谁想到卫冕居然跟我同时跳了起来——"

秦俭忍不住追问："然后就撞上了？"

蔡秉言坚定地摇头："不，正常情况下应该是不会撞上的。这点您要相信我，秦老师。我从小学一年级就开始打篮球，到现在已经打了十几年了。而且我又常年打中锋，抢篮板这方面我还是比较有发言权的，不敢说能不丢篮板，但撞人撞到犯规是绝不可能的，何况是去撞自己的队友呢？"

秦俭闭上眼，思考着他的言外之意："所以你是想暗示，有人故意推了你？”

蔡秉言咽了下口水：“我，不太确定。您知道，我向来是一个很谨慎的人，没有百分百的求证确认我是不会断然说出自己的猜想的，因为这样毫无理由地去怀疑别人实在不厚道，而且错怪无辜者的代价太大，我担待不起。所以……您能不能给我几天时间，让我想一想，找一找证据，我一周后给您一个肯定的回答。这段时间里，要是有人问起这件事的起因，您就说是我撞倒了卫冕。”

秦俭微怔了一下：“这样，对你太不公平了。”

蔡秉言抬起头，目光坚毅：“我逃不掉干系的。卫冕如果出了什么事情的话，我会对他负责的。”

秦俭叹了口气，转向了窗外：“希望他不要有事情吧。”

蔡秉言试图欺骗自己，往好的方面揣测：“如果只是普通扭伤的话，或许两个星期就好了。”

秦俭摇头：“看他手腕上那伤势，不像是那么轻的。”

“哪怕是骨折，一个月也能恢复正常。”

“那这整整一个月里都做不了题，手得有多生？复习冲刺的关键时候，你说这一个月哪耽误得起？”

“其实这两种情况都在可接受范围之内，怕就怕……”蔡秉言说到一半就把后半句话吞了回去。他其实想到了一种更危险的可能性，可他不敢说出来，他害怕言辞的确认是跟厄运提前混了个脸熟，他害怕坏事成真，他根本不敢想象这第三种情况的惨痛后果，所以他选择缄默，选择成为一个无知的旁观者，给好运留一点儿余地。

就在这时，护士的声音在走廊尽头响起——

“181号病人，卫冕，男，18岁，X光检查结果已出，请速至6号室接受复诊。”

女护士扯下覆盖在鼻翼上的口罩，把它扣在自己的下巴上，对着医院里的病号服们如是播报着。

尖锐的嗓音在走廊上回荡。刚听到第一串数字响起时，秦俭就条件反射般地回头，他拍着蔡秉言的肩喊道，“快，快去！”

“我去房间里喊卫冕。”蔡秉言理解他的意图，转过身就要走回房间，可刚踏出一步，他就察觉到了身后震动的铃声，尽管医院里环境嘈杂。

他礼节性地提醒，“等一下，秦老师，您手机好像响了。”

秦俭也刚反应过来，顺手从大衣口袋里掏出手机，没仔细看屏幕就按下了接听键，没好气儿地朝电话那端吼道：“哪个房产中介？会不会挑时候？”

蔡秉言听不到电话那头的嗓音，但他明显看到秦俭的脸色霎时由鄙弃转为恭维，甚至不需要过渡，他心下已大概猜出了来人。

“啊，卫冕妈妈，您好啊。”秦俭收起了所有负面情绪，笑着跟她打着招呼。

“对对对，在骨科91号房间。”他点头，给卫冕妈妈远程指着路。

“结果？我们等了一个多小时，护士说结果刚刚出来，我们正准备去复诊呢。”秦俭给她交代着最新情况。

“您一出电梯就赶紧先来6号诊室，我们先过去了，好好，先挂了啊。”秦俭挂完电话后，原本的脸色又瞬间黑了下来。他转过头向一旁的蔡秉言嘱咐着：“等会儿在卫冕妈妈面前你少说话吧，她一会儿要是真的问起来，你可千万别主动跳出来揽罪，你就说是几个人同时撞在了一起，也没看清楚到底是谁撞了谁。他妈太神经质了，要是听说是你撞伤了卫冕，她绝对记恨你一辈子。”

蔡秉言佯装恍然地点了点头，还不忘朝秦俭鞠躬感谢着。

其实他原本主动揽罪也并不是真的想承担所有责任，只是想在一开始放低身段，博取同情，借以巩固道德崇高感罢了。他对于自己目前的处境门儿清——秦老师是法官，是道德的评判者，卫冕妈妈是原告，是罪恶的讨伐者。因此他在秦老师面前慷慨正义，而在卫冕妈妈面前假装无辜。他知道这么做是对他最有利的，他也清楚如何摆脱不利状况，秦老师现在不就帮着自己说话了吗？舆论也不会为难他了吧？目的就达到了不是?

蔡秉言耸肩，自嘲地笑了笑。之后二人就一路小跑回了病房，秦俭、护士、蔡秉言、阮思秦四个人在前后左右四个方向护送着卫冕从91号房间步行到门诊室，一路上穿行过无数纱布和石膏。

秦俭打着头阵，他用力推开门，对里头那位白大褂招呼道：“医生。”

医生看起来年纪并不大，抬起头回答：“哎，坐，坐。”

秦俭扶着卫冕坐下之后就探过头问，“结果怎么样啊？”

医生扶着眼镜打量了一番座位上穿着校服的小伙子：“你就是卫冕？”

卫冕点头：“啊，我是。”

医生又抬头扫了一眼旁边的三个人，问道：“哪位是你的家属？”

卫冕挤着眉，略尴尬地答：“我妈她马上就到。”

医生从档案袋里掏出了一张半透明的射线图，摆到众人眼前：“这是X光的结果。”

阮思秦伸长脖子去看，她歪过脑袋问：“这怎么看呢？”

秦俭眯着眼睛仔细地观察着X光的图，他隐约发现手腕处的两块骨头位置很奇怪，他忐忑地问：“医生，是骨折吗？”

医生端起了桌上的茶杯，抿了口茶后，郑重地下着诊断结果：“右手尺桡骨粉碎性骨折。”

咬字清晰，不容反驳。

“这……”众人纷纷倒吸了一口凉气。

蔡秉言闭眼冥思了一会儿，像是想起了什么往事，他犹疑地开口，

“粉碎性骨折，我没记错的话，三个月才能痊愈，是吧？”

“没错。”

秦俭皱眉，一步走上前，“可是医生，他还有两个月就要高考了！”

医生无辜地摊手，“那实在不行，就复读呗。”

秦俭被他这不以为然的语气气得不轻：“你说得这么轻巧？”

“或者，”医生低头瞥了眼卫冕的另一只手，“你两个月内速成左撇子？”

卫冕无语：“呃，那好像还是前者更现实一点儿。”

医生身下的转椅转过了一个角度，他侧过身，眼镜片儿反射出了寒光，他突然严肃地开口：“我就先小人后君子了，反正我丑话先说在前头，情况不是太好，等你母亲来了我会跟她细谈的。之后至少需要动一次手术，如果手术不理想的话，可能需要融骨。”

阮思秦第一次听到这个专业术语，很疑惑：“融骨？什么是融骨？”

蔡秉言叹了口气，思考了几秒后试图用最浅显易懂的语言跟她解释：“怎么说，就是，拿卫冕的骨头和别的动物的骨头融在一起，然后等它自然生长，融为一体。”

秦俭听到那两个字，心下就一颤，他单手撑着桌子，向医生问道：“他可是18岁的大小伙子啊，只是摔了一下而已，怎么会这么严重？”

医生没有直接回答他的问题，转而开始询问起病人来：“因为什么摔的？”

“打篮球。”

“热身了吗？”

“没。”

“平时常运动吗？”

“不常……其实这还是我上高三以来第一次正儿八经地运动。”

“爱喝可乐吗？”

“小时候当水喝，现在还行吧。”

医生跟卫冕二人的一问一答似乎已经足够回答秦俭的疑问。

可是医生这时候又重新拿起了桌上的X光照片：“不过，倒是还有一点有些奇怪，从X光照片上来看，这边以前就有断裂修复过的痕迹，这是旧伤复发吧。你以前右手是不是也受过伤？可你这本病历本是新的，之前没有过相关记录。老的病历本还在不在啊？”

阮思秦扭头看向卫冕，却发现他神情很不自然，两眼中露出了她从未见过的恐惧，甚至有些躲闪，像是又勾起了过往不快乐的回忆。按常理来说，卫冕此时应该会夸夸其谈自己曾经的光荣经历，或者自黑一把儿时的顽劣历史。可是今天却反常得很，他既没有直接回答医生的疑问，也没有兜着圈子讲段子，只是犹豫和沉默。她觉得卫冕一定有事情瞒着自己，而且一定是什么很惨痛的经历，哪怕是对自己、对老师都不能提起的黑暗经历。可见他这踟蹰的样子，众人也不知该从何问起。

就在一片沉默中，一声嘹亮的嗓音破门而入：“医生！不好意思来晚了。”

众人闻声回头，医生侧过半个脑袋，扶了扶眼镜架，打量了一番来人后问道：“您是，卫冕的母亲？”

“是我。”卫冕妈妈转身合上门，然后顺手把斜挎包放在桌上，待她喘匀了气后开口解释道：“我原本想打车快些的，结果晚高峰太堵了，后来还是改乘了地铁过来。”

医生点了点头，然后转头向另四人说：“你们要是没什么事儿的话就先扶病人回病房休息去吧，我跟卫冕妈妈再深入谈一谈手术的事情。”

四人依次出了房间，阮思秦扶着卫冕走回到91号房去休息，而秦俭说一会儿要跟卫冕妈妈商谈事情，所以先在门口停留会儿，蔡秉言说跟他一起等。二人立在门口，听到了门内谈话的片段。

“钢板，最便宜的一千块，进口的贵一些，或者可以选择打髓内钉，五千一根。

“手术，能早就尽量早。下周一、周五上午，手术室应该都还有空档，但最好现在就能定下来。

“如果一次手术就能成功的话，费用大概在一万出头；但如果一次不成，要做两次、三次的话，就不好说了。您一会儿下去最好把费用先缴一下。

“还有，两周、一个月、三个月这几个时间点上要记得来复诊。”

医生低沉的嗓音透过门缝传出，旁观者听来，过滤掉了所有感情。

蔡秉言踟蹰着开口，“我刚才观察到，医生说起手术费用的时候，卫冕妈妈的回答似乎有些迟疑。”

秦俭摇头叹了口气：“他们家，手头确实不宽裕。”

蔡秉言微蹙眉头说：“费用全落在她一个人头上，太残忍了。”他顿了顿又试探性地问道：“或许手术费可以分摊一下？”

秦俭帮他补出了言外之意：“你想说，筹款募捐？”

蔡秉言点头：“嗯，差不多。但考虑到卫冕的自尊心的话，还是不要声张为好。”

秦俭听出了他的暗示：“我支持你的。一节班会课够用吗？”

蔡秉言受宠若惊，礼节性地推脱掉了一半：“够的够的，半节就好了。”然后他向外挪动了半步，确认周围没有熟人之后才放心地说出了此举的真正意图：“其实，我是想借此找出那个推我的罪魁祸首。我心下已经有了锁定的目标，但我想让他不攻自破。出于愧疚或者忏悔的心理，我猜他会捐得特别多或者特别少。到那时候再一威逼，基本就水落石出了。”

秦俭听到他说出这番话时，心下冰凉凉的，他拍了拍蔡秉言的肩膀：“同学一场，何必呢？”

他点头保证："我分得清主次。"

4月12日，周四放学前，蔡秉言走上讲台，两分钟简单地告知了众人手术费筹款事宜，然后顺带扫了一眼众人的反应。梅御坤从桌肚里掏出了备忘录，拿红笔记上了一笔。闻奕轩像是没听见通知一样，继续埋头刷题。张易难则嘴里咬着笔杆，腿抖个不停。

周五那天，蔡秉言从北门口的收发室那儿要来了一个免费的快递盒，简单改装成了一个募捐箱。他站上讲台，先以身作则地朝箱子里塞了两张红色纸币。然后从东边儿的第一列第一排开始，依次收着钱。刚收了两列，突然一声巨响从门口传来。所有人都是一惊，纷纷抬头。就见孙凯文一手用力地砸向门板，高声说道："这么重要的事情，怎么能不通知我呢？！"

蔡秉言也才突然想起来以前班上还有他这个人，向他低头致歉："抱歉，你这物理位置转变了，一时疏忽了你。"

"我不过是才换到出国班去，前两年半都在1班。兄弟太不厚道了，居然这么快就忘了我。收好！这是我的份！"孙凯文一把掏出袋中的八张纸币，重重地拍到纸箱上，纸箱都被压得有些变形。

蔡秉言朝他微笑，"我代表卫冕谢谢你。"

然后全班人目送着孙凯文大摇大摆地走出了班级，宛如地主家阔绰的大儿子。

"到你了。"蔡秉言走到张易难跟前，顺手把纸箱放在他桌板上。

张易难听到这三个字，心下一颤，他先是心虚地垂下了脑袋，让人看不透他的表情，然后猛地抬头拍着桌子气恼地反问："不是，现在都互联网时代了，谁还没事儿身边带这么多现金？"

"那支付宝也可以啊。"蔡秉言不惊不喜，像是提前预演过的一样，从箱子底部翻出了一张二维码名片，举到他面前。

要不要准备得这么周到啊。

张易难严重怀疑他是故意来找自己碴儿的，不然这动作过程怎么会如此顺畅。他咬着牙，暗骂着对方的阴险。可转而他想起了什么，突然挺直了腰板，理直气壮地说："教学区域不允许使用手机的。"

蔡秉言耸肩笑着，这苍白的论据似乎早在他意料之中："这个你不用操心，我已经提前向老师打过招呼了。"

"谁让你不早说，我手机都放宿舍里了！"张易难向前挪动了点身子，左手把手机推向桌肚更深处，皱眉向他埋怨，顺手把黑锅全推给他。

隔壁桌儿的同学见他们二人这火药味太浓，好像再一加热就要引爆的架势，主动上前递上了纸币："我这里有多的现金，可以先借你，你回去再还我。"

张易难却神经敏感得很，像是被触痛了逆鳞，直接站起身来拒绝："不要！我又不是没钱！"

同学见这不吃敬酒的尴尬局面，也懒得借钱给他，只能对通情达理的蔡秉言劝说着："蔡班，你就别逼他了，他不想捐就不捐吧，何必强迫人家？"

蔡秉言嘴角微微上扬，他见目的也已经达到了，就没有继续死缠，于是见好就收，拿起了纸箱，径直朝下一位走去。

4月16日，周一上午，六院骨科住院部手术室门口。

卫冕妈妈目送着儿子被推入手术室。她特地选了半麻，只麻右半边手臂，为了不影响脑子，也是为了省钱。

秦俭知道他们家的特殊情况，担心卫冕妈妈一个人会压力太大，所以他特地请了半天的假来医院陪她。

大门这时关上了，鲜红色的灯亮起。

"会好的。"他安慰道，"医生说，三小时内会结束的。相信他。"也不知道相信他指的是相信医生经验丰富，还是相信卫冕运气不差。

卫冕妈妈右手扶着脑袋，微闭上双眼，向他吐露心下的担忧：“秦老师，您不知道，卫冕那右手是旧伤。他的尺桡骨本来就折过一次，这回不知道要多久才能好……”

秦俭一时警觉起来，想起了初诊时医生的疑虑，问道：“是什么时候的事情？”

“他初二的时候，学校里办科技节。”

秦俭联系这个时间点，试探地说出了自己的猜想：“是电磁炮那件事儿？”

卫冕妈妈诧异极了：“您知道？”

秦俭摇了摇头，“听他提过一嘴儿，具体的没深入了解。我不太明白，卫冕造电磁炮和他右手受伤之间有什么关联？”

“那，我还是从头说起吧。”卫冕妈妈目朝远方，回忆起了四年前的往事。

“卫冕从小就喜欢在家里倒腾那些电器啊、机械啊什么的，能拆的基本上都被他拆了个遍儿，就是个小破坏王。

“他上初中之后，我跟他爸爸就分居了，他跟我住，他爸在工厂附近另租了间小房子。2013年秋天，学校里在办科技节，卫冕是他们理科班的代表，又是物竞组的，他自然不会错过这个机会。其他孩子都是叠个纸飞机啊，搭座纸桥啊什么的，他非要别出心裁，说是要徒手造一台电磁炮出来。我虽然不懂，但听着也觉得很危险。那一阵子，他就天天把自己锁在房间里，研究他的炮。

“他说，万事俱备，只欠装备。说是要改装摄像机，利用光电感应原理，把电磁力作为炮的发射动力。可是，我们家哪儿买得起摄像机啊？我就打消了他的念头，让他少钻研这种东西，多看看书，多刷刷题。可他一根筋得很，不弄出来就不罢休。

“结果过了没几天，卫冕就不知道从哪儿搞来了一台很高级的摄像机。回来把它拆成了几千个细碎的零件，我们家都被搞得像施工地一样，满地的螺丝钉、榔头……我气得差点儿没把它们都扔出去。

“到正式科技节那天，我就见卫冕抱着他那台宝贝去了学校。我虽然不懂物理，但看那架势感觉也挺厉害的。您没见过实物，可能想象不出来，真的是一架炮，约一臂长，黑色塑料底座上架着一个椭圆形的小炮口。我看着还挺震撼的，想让卫冕做个实验给我看看，他却不让，说小区里空间小，不小心误伤到别人的话危险得很。他说这玩意儿只能在学校操场上那种开阔的地方才能试，总之，听他那口气，好像他也没试过真正开炮。

“那一天是周五，晚上我在家里等他。正常情况下，他五点前肯定能回到家了，或者顶多在路上跟几个好朋友吃吃零食、打打闹闹，总之吃晚饭前肯定回得来的。可是那天我等到六点都没有声音，打他手机也不接。我有些急了，怕他在学校里出了什么事情，所以我就打电话给他们班主任。我问他卫冕在学校有什么情况吗？他说没什么事儿，就是很正常地放学回家了，后来又补了一句说卫冕今天心情比较沮丧，本来学校特别请来了区里的书记、领导们，来欣赏电磁炮展示的，结果卫冕一个人在操场上倒腾了半晌，愣是一发炮都没打出来。然后区领导们就挺失望地走了，校长也挺没面子的，卫冕也特别懊恼，不知道哪个零件出了问题。

“其实吧，这事儿我们也不怪他，可能因为他物理成绩好，老师们就对他期望值太高了，但是造一架炮还是太为难一个中学生了，他能把样子搭出来，把基本原理讲清楚就已经比同龄人超前许多了。班主任跟我说他情绪不高，也许是在外面排解郁闷，玩儿得太疯了才忘记回家了，让我见到卫冕之后多安慰安慰他。

“可即便他那样说我还是不太放心，我觉得整件事蹊跷得很，我总预感会有不好的事情发生。所以我先打电话给孙凯文妈妈，问她卫冕有没有从他们家借走一台摄像机，她否认，说他们家从来没买过；我又去问梅御坤妈妈，问她卫冕是不是跟阿坤在一起玩儿，她说阿坤早就回家了，没见着卫冕。那我实在想不出卫冕能跑去哪里了，他一个人在外面，人也联系不上，你说这多让人着急？

“后来等到七点，依旧没有消息，我都差点儿想报警了。我走投无路，只好再次求助‘陪读妈妈团’里的几个家长，她们也发动自家孩子帮忙询问卫冕的行踪，得到的回答与班主任的说法大同小异。后来，还是闻奕轩妈妈提议的，说让我问问看李川老师。

“我第一反应是，李老师这么忙，怎么好意思去打扰他？她却说，卫冕身边熟悉的朋友都问过一圈了，都找不出什么线索来。就问问看呢，万一李老师知道什么内幕呢？而且李老师本来就喜欢卫冕，卫冕的事他看得可重了。

“我最后还是打电话给了李老师。其实我一开始是不抱什么希望的，毕竟他是老师，也不好打扰他。当时我拨通了李老师的电话，他却直接挂断，转而给我发微信说他现在正带着物理组的学生们在伊朗比赛，说国际漫游太贵，让我有事直接在微信上讲。我这才想起来，前几天卫冕跟我说过最近有个什么国际物理竞赛，李老师做带队教练，根本无暇管国内这些事。他如此繁忙，我如果现在告诉他卫冕不见了，只能平添他心中的焦虑，而远在国外的他根本鞭长莫及。我最终还是没说出口，我对李老师谎称没有紧急的事。

“不过，去询问李老师也不是一无所获，我对着手机屏幕发呆，看到李老师的微信头像是一只虎皮猫。我突然想起，李老师自己养过一只猫，叫作薛定谔。我回忆起，上周卫冕放学回家后抱回来了一只猫，他说李老师这次出国前把薛定谔暂时寄养在我们家。其实李老师经常出国带比赛，或者到外地出差，以前通常都是寄存在宠物店里看管，但那回谁叫卫冕的面子大呢？卫冕喜欢薛定谔喜欢得不得了，常常把它看作李老师的化身。卫冕提一个小请求，李老师又怎么会不满足他呢？您知道，我是从来不喜欢这些小动物的，尤其猫还抓沙发、咬人，有时半夜还发情，吵得人睡不着。可安静下来，我才发觉，今晚屋子里并没有恼人的猫叫声。受这一启发，我恍然间意识到，失踪的不止卫冕，连薛定谔也一并失踪了。

“朝这个方向一想，我仿佛有了些模糊的头绪。我继续向‘陪读妈妈团’里的几位家长求助——卫冕带着一只猫，会跑去哪里呢？

“梅御坤妈提示我说，白天的时候卫冕肯定不可能把猫带到学校去，如果现在猫不见了的话，卫冕放学后一定回过一次家，只不过在我回家之前他又离开了。孙凯文妈联系卫冕的性格，说他一看就是个不服输的孩子，电磁炮实验失败了之后他一定耿耿于怀，现在指不定还在哪个地方不断尝试。我起初觉得有理，但转而疑惑，卫冕单独实验也就算了，为何还要特地跑回家，专门带上薛定谔一起实验？闻奕轩妈联想我之前的说辞，她揣测，卫冕是把薛定谔当作李老师的替代品，只要有它陪着一起实验，就仿佛李老师在身旁，指导他、点拨他、鼓励他，这样是不是就更心安、更有把握？”

秦俭微微皱起了眉头，“听起来，这不太像是卫冕的作风吧。”

“是，我也是这样觉得。不过，后来我一遍遍地回想起当时的情景，我害怕去面对真相，所以我宁愿相信这套解释。

“后来，就在我快放弃希望的时候，我突然收到了蔡秉言父亲的电话。很奇怪吧，当时我们两家明明不怎么熟，只是一起在李老师那儿补课而已。”

“蔡秉言的父亲？”秦俭听到这几个音节，顿了顿，回忆着，“如果我没记错的话，他父亲是在警察局工作吧？”

“没错，”卫冕妈妈继续说道，“这之后的事情，说来有点滑稽，有点荒诞。秦老师您就当个笑话听吧。当时我没想太多，就打车赶去闸北区公安局了。哦不，现在应该改叫静安区了，那个时候两个区还没有合并。哎，我说惯了，您不要介意。卫冕果然就在里面，他一看到我，就躲我，还让我什么都别问。我怎么可能不问呢？后来我在局里帮他填了表格，又写了担保书，又问了蔡秉言父亲很久，才终于闹明白整件事情的经过。大概就是卫冕在空地上做实验，偶然做成功了，可那电磁炮发的声音有点响，被附近的居民投诉了。后来一批警察接到了报案，说有人扰乱治安，就来空地探探情况。结果卫冕看到一列制服过来就心虚，一路逃跑，是带着猫一起跑的。他一跑，警察们觉得有问题，就开始追。这么一跑一追了一段路，卫冕他下楼梯的时候着急摔了一跤，右手就给摔骨折了。警察们追上去之后，就没收了他的电磁炮，说是这玩意儿太危险，容易误伤到人。卫冕不服，想要回来，这两相拉扯没有个结果，他们就把他带到了局子里。得亏局里有认识的人，蔡秉言父亲帮忙说了两句话，很轻松地就摆平了。哎，秦老师您说，家里有个像样的顶梁柱，该是件多幸福的事情。可惜我没有这个福气。现在想起来那天要不是蔡秉言父亲出手帮忙，我实在不敢想象……”

秦俭默默地倾听着，听卫冕妈妈详细地回忆每一个细节，待她吐露完全部心声后才开口询问：“这件事，除了你，卫冕和蔡秉言父亲以外，还有第四个人知道吗？”

卫冕妈妈摇头，“没有了，对外我们从来闭口不谈这件事。我记得那天晚上，梅御坤妈妈还好心打电话过来，关心我有没有找到卫冕。我谢谢了她的好意，然后搪塞说卫冕一个人在外面玩得晚了些，忘了时间，不小心手都给摔骨折了。之后再有人问起来我一律都是这么回答的。”

秦俭的疑虑打消了，卫冕妈妈则探过身子来，继续说了起来，“秦老师，卫冕他一路过来，太不顺畅了。您别看他表面嘻嘻哈哈的，内里才不是这样的。我最了解他，他总是爱装，装出一副四两拨千斤的假象，永远报喜不报忧，这样总是调高大家的期待值，然后总是落空。

“怎么会这样的呢？秦老师，是不是我给他的压力太大了？我其实，也没有要求他非考清华不可，复旦、交大也很好啊。只要他能健康活着，能稍微有点儿出息，我这辈子就很满足了。

“可是他现在，不会真的连高考都参加不了了吧？要真是这样，他得多受打击啊。秦老师，这可怎么办啊你说。

“卫冕，他怎么就这么命苦呢？为什么每次最关键的时候都会出岔子，每次都偏偏不能如愿？他刚上高中，刚在竞赛上找到点自信，他最爱的李老师就被举报开除了；他搞竞赛搞了这么多年，高三刚开学的时候就全荒废了，学校里成绩也跟着倒退下滑；那次清华面试本来都挺顺利的，正常拿个加分不成问题，结果又出幺蛾子；最近成绩好不容易有了起色，眼看着快要步入正轨了，这时右手又突然受伤了……我，我也没能给他一个幸福完整的家庭，我们也什么家庭背景都没有，什么都帮不了他……”卫冕妈妈说着说着，突然落下了泪，她拿手掌捂着双眼，俯下身，后背一起一伏，颤抖抽泣着。

秦俭听着她的言语，也深感心疼，他安慰道：“过程曲折，好事多磨。这回一定来得及恢复的，相信他，相信他。”

手术室门开了，医生推着卫冕走了出来。秦俭起身，快步走上前去询问手术情况。

医生摘下半边口罩，向他交代：“手术基本还算成功，不过还是要开三天的住院，观察观察。没什么大问题就不需要二次手术，也不需要融骨了。”

二人这才松了口气。卫冕妈妈的愁容也方才舒展了开来，趁儿子不注意，偷偷转过身去把眼泪抹了干净，重新换上了笑脸。

4月27日下午，625男生寝室门口。

“早就觉得你不对劲了。”蔡秉言斜倚靠在门框前，双手交叉在胸前，对着面前正在理包的人说道。

张易难条件反射般回过头。

“那天打球时，明明五个人就已经可以打了，是你说非要再叫个人过来。”蔡秉言歪着脑袋看向他。

“这又怎么了？六个人才是标准赛制好吗？”张易难不以为然。

“叫谁不好，非要叫卫冕？你明明知道他平时不怎么运动的。”蔡秉言进一步逼问。

“正好看到他在门口晃悠不就喊上他了吗，还能被你怎么解读？”张易难皱眉反问。

“我不相信当时教室里只剩他一个人。”蔡秉言目光如炬，狠狠地盯着他。

“信不信由你。”张易难不屑地撇嘴。

“卫冕做完手术之后，住院住了几天。那几天里，班上大部分人都跑去六院看望过他。梅御坤给他讲数学题，孙凯文陪他聊天，阮思秦在手机上下了一个APP，跟他左右手一起弹钢琴。只有你从来没去过。”蔡秉言开始跟他依次列举着例子，个中对比之意不言自明。

“有哪条规定说同学生病了必须得去医院现场看望他？”张易难极不满，鼻孔朝着他高声反问。

“确实没有，但这是基本的情分。你跟他做了两年半的室友，却在他落难的时候拒绝探望，也拒绝捐款，这说得过去吗？这显然是你的愧疚心理在作怪。”蔡秉言给他下着定论。

“凭什么所有人都得跟你一样高尚？简直在道德绑架！”张易难被扣上帽子后气愤至极。

“请不要乱用名词。否则，别怪我去举报你。”蔡秉言开始采取威逼，他单手撑墙，看起来压迫感重重。

张易难一听到“举报”这两个字，突然变得敏感得很，他一拍掌，突然从椅子上站起来，高声反问：“还污蔑我？明明是你自己撞倒了卫冕，还想把我也一起拖下水？”

“别以为我不知道你心里在打些什么小算盘！不就是觉得秦老师偏心嘛，同样没拿到清华加分的两个人里面，他只帮卫冕去求情。你觉得自己不比卫冕差，却总是不讨人喜欢。卫冕总是能轻而易举地得到你想要的东西——成绩、相貌、性格、人缘。而且他的所长和所好还是一致的，这多幸运，从小就能做自己喜欢做的事情，而不用承受外界的压力。更用不着像你高一高二时那样费尽心思地跟信息老师说去搞物理竞赛，转头又跟物理老师说去搞信息竞赛，最后两边不得好，对吧？”蔡秉言冷笑，把他的心思分析得内外透彻。

“你嫉妒他凭空而降的清华加分，嫉妒李老师和秦老师对他的偏爱，嫉妒卫冕的一切，所以故意在球场上借助我来撞倒他，想让他右手残废，让他没法参加高考，让这加分作废，是吧？”

张易难淡定不成，额上的汗珠滴落，蔡秉言的气场太足，他不知道从自己口中冒出了什么话：“不是我……”

蔡秉言的目光突然变得凌厉，面色也阴沉了下来：“撒谎。卫冕右手旧伤的事情你敢说你不知道？”

张易难见对面得理不饶人，更是生气，他辩驳道：“有病吧，玩破案游戏还玩上瘾了你？我初中的时候跟他还不是一个年级的，我是后来才跳的级。那时他初二我初一，而且又不是一个竞赛组的，我跟他根本就不熟！你别想到一件什么坏事情就往我身上推。我反正光明磊落，你还想怎样，一拍脑袋想到一个罪名就往我头上安？你以为你在办案录口供呢？”

蔡秉言听他那口气，迟疑了两秒，于是他试探性地问道：“你，真不知道旧伤的事情？”

张易难转过身继续理他的包：“我可没时间跟你磕下去，我要学习去了。”

第十一章　偷换

[序8]

“卫先生，这么说，事情已经大致浮出水面了？影子就是彻底的黑色。”

对面的人听闻未置可否，只是摊手道：“我可没这么说哦，是你听我的讲述后自己下的判断。”

“那你的引导性未免也过于明显了。”我笑着打趣道，转而又想起他刚才话里的埋伏，我注意到他举起酒杯用的是左手，于是我顺势问道，“话说，您的右手……在高考之前恢复了吗？我记得您高考好像考得还不错，是打着石膏上考场的吗？那真是很特殊的记忆。”

卫冕转动着自己的右手手腕，闭目皱眉思考了会儿，说：“我记不太清了，好像后来是我妈带我去了一家中医盲人推拿馆，那儿的老师傅帮我把右手的骨头调了一调。你还别说，那老师傅手艺真不错，他动我骨头的时候我一点儿痛感都没有。反正最后考试的时候我肯定不是打着石膏去考的，这点我很确定。”

我听得困惑，下意识地回应：“这跟您之前的说法貌似不太吻合。您刚才说是在六院做手术恢复的。所以到底是做的西医手术还是中医推拿？”

卫冕不以为然地摆了摆手：“哎呀，你就别考验我的记忆力了，都过去这么久了，我大脑内存都清空好几回了。反正我右手一共折过两次，初中一次，高中一次。大概两次中一次做的是手术，一次做的是推拿。”

这种记忆混乱、前后矛盾的情况已经不是第一次出现了，我现在对卫冕话语的可靠性十分怀疑。

“先别管之前的了，我们先往下走，接下来就到你最想听的部分，一个处在社会边缘的失败者的故事。这个故事有点儿难讲，因为我本人实在不喜欢‘失败者’。”

卫冕的这句话把我重新拉回了现实，听了许久胜利者书写的历史，我自然很好奇它的反面——丧失历史书写权的人，他们会怎么讲述他们的青春。但看对面人不快的神色，我心下很怀疑他究竟能讲出多少我想了解的部分。

对面的人顿了顿，开口道：“这么说可能有点奇怪，实际上，卫冕是一种概率，是一种可能性。”

我起初没太听懂这突如其来的一句，想了想后问他：“您的意思是不是说，卫冕是一个不稳定的因素，他有直线上升一路登天的概率，梅御坤就是他最好出路的写照，他也有节节败退跌落深渊的概率，张易难就是他最悲惨结局的参照；这三个人的种子都是好的，但人生轨迹完全不同，就看园丁怎么培育？”

对面人点点头，突然放缓语速，叹了口气，深沉地说道：“你的理解大致没错，不过这话也可以反过来说。你有没有觉得，张易难跟卫冕的出身很像？他们俩有时竟像是同一个人的两副面孔，张易难同样也是一个不稳定的因素，他本可以有向上的可能性，卫冕就是他想成为的人。”

我听到这句话，脑子突然一震，原先不和谐的碎片重新开始错位、拼凑、重组，拼成了一张新的画面，心下顿时生发出一种不好的预感，之前就算他的讲述前后再对不上位，我也没有怀疑到这一步，至多以为那不过是多年后重忆旧事时难免发生的记忆错乱，毕竟他讲得实在太真实，完全将我召回了十年前在场的青春，如果不是本人亲身经历过这一系列事件，又怎能栩栩如生地复原全部细节？可是我先前完全遗忘了一点，对一个人了解最充分的既可以是他本人，也可以是他长期以来的敌手。我恍然大悟，感到了生平从未有过的震惊。

我抿了口酒，咽了咽，又在脑中将他说过的话反复咀嚼了几遍，开口说：“等一下，不对，不对，你根本不是卫冕。”

对面的人听完我的判断后似是并不意外，反问道：“何以见得？”

我闭上眼，仔细思索一番，重复了他的这句“卫冕就是他想成为的人”，掏出纸巾擦了擦额间的汗，随后开口讲出了我的猜测：“在你的整个讲述里，卫冕一直是被观察的对象，他完美、令人艳羡，有时甚至到了传奇的地步，可你从来没有讲出过卫冕心里到底在想什么。如果坐在我面前的人真的是卫冕本人的话，他一定不会用这种方式追溯曾经的自己，他不可能隐去全部的心路历程只讲外在的表面成就。你一直在套用另一个人的视角讲卫冕的故事，是追随者的视角，可望而不可即的视角，到最后甚至是滑稽得变了形的视角。我早就觉得奇怪了，之前听您讲述时就隐隐觉得哪里不对劲，但一直也说不清。你绝对不是卫冕。”

他下意识咬了自己的下嘴唇，眼神飘向远方，似乎是放弃了最后的争辩，缓缓开口道：“我多希望我能成为卫冕。”

看对面的人放弃了伪装，不再谎称卫冕本人，我也松了一口气。不管前面编织得多么天衣无缝，终究会露出马脚来。可这依然不能解决我的困惑，我自语道："如果你不是卫冕的话，你到底是谁？为何对卫冕的人生了如指掌，又为何在先前的讲述中一直假扮成卫冕欺骗我？"我原先一直没想明白，等听完了他下面讲述的这个故事，我终于看清了答案。这十几年来，他做得最多的事便是模仿卫冕喝酒，模仿他讲方言，模仿他玩世不恭却一切尽在把握的神态，而把属于自己的部分统统扼杀、清空。

道别时他第一次露出了笑容，对我说："今天和您在酒馆里讲了一整天的故事，我平生从未如此愉悦过。这一天我终于不再是那个讨厌的我自己，我成功扮演了一回别人，险些骗过了你。偷借他人的人生，哪怕只有一天，也足够幸福。"

他在临走前讲的最后一个故事和前面几个都不一样，不华丽，时间不再来回跳跃，他在讲述时的神色也很平静，仿佛故事的主人公不是他自己一样。

[正文]

张易难出生于十二月二十二日，冬至。易难是一对反义词，事情原本可易可难，但对于性格矛盾纠结的人来说，容易的事情也会变得很困难。

张易难记忆中，父亲与他一般高，总是会穿着他的蓝白条纹校服在街道里闲逛，头上偶尔会戴一顶不相称的棒球帽，背影看起来与一个中学生无异。张易难父亲路过菜市场时会经过几个棋牌摊子，穿着破洞白汗衫的老人们围坐一圈，打麻将、下象棋、下围棋的都有，他父亲永远会骑着一辆链条生锈的破旧单车，停车后立在人群的一旁，在香烟弥漫的菜市场门口，静静观摩老头们玩，一言不发。他在老家最拿手的是麻将，原本荒废了多年，来街道里观摩了几日后又重新拾了起来。人们起初并未太留意这位穿着中学生校服的新手，以为他只是运气较好罢了，他也不贪多，每回去打牌都只赢三把就收手，推脱要回去接孩子放学。当街坊邻居好奇他为何工作日如此清闲，有大把时间与退休老人们一道打麻将时，他知道别人已经猜出他是下岗工人。

周末的时候，张易难会和他爸一起上街打麻将。如此积攒了三个月，再加上他们家原本有的一些积蓄，张易难他爸给他买了第一台二手电脑，作为他的十岁生日礼物。十岁的时候，他已经上初一了。

当他们俩打开电脑时，张易难他爸问他想不想学写代码，代码很有意思，可以用最简单的逻辑解决世界上的许多复杂问题，比如写一行就能算清楚麻将和牌的所有情况。他点头称好，虽然当时的他只听懂了后半句话。等他未来真正理解前半句话的意思时，他早已不干这行了。

他母亲每次都是以恼火的面容对着他们二人，街上关于一个总穿着中学生校服的无业游民每日在菜市场门口打麻将的传闻已经传开，而这令她无地自容。张易难妈想起结婚前他就总是骑着他的破单车在街上闲逛，在打牌的老人背后伫立许久，把自己晾在一边。她督促他要么赶紧去找份正经工作去挣钱，要么就帮自己分担点家务，做饭洗碗晾衣都行，总之不能什么都不干光每天瞎晃悠。

于是他们俩去麻将室的机会越来越少，那时候张易难心里非常渴望能有一个神人路过这片菜市场门口，告诉他说他其实是个埋没在市井里的百年难遇的奇才，然后从天而降的神人带着他逃离这片臭水沟一样的低洼。

在他十一岁那年，想象中来接他走的神人并没有到来，提前到来的是噩耗。他父亲在建筑队施工时头顶上空的钢板突然松动，坠落。遭此横祸后，他只能终身瘫痪在床。虽有一定份额的补偿，但剩余的医药费仍然是一笔大数目，即便省吃俭用，日常生活依旧拮据到入不敷出。张易难他妈决定把家里这台碍事的二手电脑卖了，张易难质问她：“那信息竞赛怎么办？”她答：“用学校的电脑不是一回事吗？你每晚在学校待到六点，把要写的代码都在学校的电脑上写好再回家。”张易难赌气说：“到六点我饿。”她扭头答：“饿不坏你。”他继续追问：“信息组的其他同学都人手一台电脑，我要是没有会很丢面子。”他母亲咽了咽，答：“你已经不小了，我从现在起要把你当大人对待。我明天就去和学校老师打招呼说你有竞赛特长让你再跳一级，明天起你去初二的班级读书吧，好早点念完大学出来工作，早点给这个家分摊一点压力。”张易难只听懂了前半句话的意思，自是摇头道：“不不，我才刚刚和班上的同学熟悉起来，好不容易交了几个朋友。初二的那些他们好多都比我高一个脑袋，长喉结变完声了，我怎么和他们相处？”他妈昂头答：“谁让你上辈子倒霉摊上这么个没用的爸呢，他但凡出息一点我们家至于变成现在这副样子吗？”

他一句话卡在喉咙眼里说不出来，背过身去悄悄抹眼泪，他原本想说，街里的人都说他爸是隐藏的高手，远没有他妈说得如此不堪。但似乎再分辩也无用，他只能低下头默默接受这一切的安排。

他再回到学校时，一切手续都已安排妥当，他跟在新班主任身后，进入了陌生的班级。由于身高最矮，也由于班级原先也并无空余的位置，他被排在了第一排突出来的加座，最吃粉笔灰的座位。张易难一进这教室就觉察到气氛的紧张，根本没有人愿意主动走上前与他交谈，所有人都在埋头，奋笔疾书不停。新班级已经提前学了半年物理，他之前完全没学过，刚上物理课时对于摩擦力的方向学得一头雾水，周围大部分人都超前学过一遍，老师更是默认同学自学能力超强，讲得飞快。

他当晚就做了一个噩梦，梦见自己一觉醒来，身体已经长成十八岁的模样，五官长开，细微的胡茬冒出，身子也如竹子拔节般长高了不少，可是大脑的记忆还停留在十一岁。他照镜子时感觉身上这具肉体陌生得很，仿佛灵魂穿衣服时错穿上了别人的衣服，怎么脱也脱不下来。镜子里母亲在叫自己吃早饭，说还有一小时就要高考，快别在镜子前磨蹭了。他愣在原地，自己明明还什么都没学，空着脑袋怎么去高考？张易难倏地从梦中惊醒，还好是梦，还好只是梦，他惊出了一头冷汗，抚着胸口，喘着粗气。

最难适应的倒不是没有朋友，反正他原本也独来独往惯了，最难适应的是每晚六点准时造访的饥肠辘辘感。自母亲不许他六点前回家起，他每天都独自留在学校二楼尽头的2号机房，跟看门大爷一起熬过日落。通常到五点半左右，他的肚子就会开始咕咕叫起来，不管中饭吃得多饱都不顶用，他只能拿握拳的右手反复揉搓着胃部，试图消解一点点饥饿感。他身边的很多同学都会趁放学后在小卖部买零食吃，烤肠和烤玉米的香味会透过窗玻璃的缝隙一路飘到机房，他自己当然没有零用钱，只得掐着自己的小臂迫使自己集中注意力，抵抗外部的物质诱惑。

信息组一周会上一到两次竞赛课，留十几道习题，他就从周一到周五每天写一个半小时代码，每道题都尽量换不同的解法，试着新定义几个不同的变量和函数。有回竞赛老师布置了道创意题，要求写一个游戏，最简单的拿盘子接弹球的游戏。他自己一个人琢磨了半个多小时，试运行了一下，恰好机房大爷经过他的电脑屏幕，敲桌警告他机房是供学习用的，不许玩游戏。张易难忙解释道这是自己亲手写的游戏。他满心期待着对方会投以赞许与讶异的眼神，没想到等来的却是一句冷嘲热讽：“骗谁呢？”他顿时心如死灰，强忍着不让眼泪滚落。

乘晚高峰公交回到家要将近七点，通常到这个点他已经饿到麻木，偶尔会有点胃痛。但是他没法先动筷，他得先完成给父亲喂饭的任务，父亲右半边身子动弹不得，算是另一种意义上的半身不遂，父亲暂时还没学会用左手吃饭，而他在家的时候母亲也不想管这烂摊子，只能由他来接手。只有在喂饭时，父亲会跟他聊聊天，问他学校里发生了什么趣事，但由于父亲右半边脸僵硬得动弹不得，说话有点口齿不清，他有时候也并不完全听得清楚他的话，多半只能连蒙带猜。他告诉父亲他已经学会了独立写一个简单的游戏，但是手头没有电脑，没法展示给他看，父亲立即从被窝里掏出左手给他比了个大拇指，然后又说了句他没听清的话，大意是说“我儿子真了不起”云云，他顿时觉得这画面滑稽得很，自己和父亲的角色仿佛颠倒了过来。

在张易难初三那年考完信息竞赛决赛那天，他原本满心欢喜地跑回家，想第一时间告诉父母好消息——自己考后和老师对了答案估了分，拿一等奖应该没有问题，考上一中稳了。但他推开门才发现，家里一片狼藉，气氛压抑到让人窒息，转过头看见许久未见面的奶奶坐在沙发上，再看看母亲凝重的神色，脸上似乎还挂着刚哭过的痕迹，他大致猜明白了事情的来龙去脉，无非是奶奶来责问母亲为什么不辞去工作多花点时间好好照顾老张，或者为什么不多花点钱好好在医院里看病，两人争执不下，也许中途又蹦出些伤人的字眼。母亲掏出离婚协议书，像是预先演练了很多遍一样地喊道：“日子早就过不下去了，我原本就没有义务照顾一个毫无血缘关系的残疾人，服侍了他一年已经算是仁至义尽，大不了就离婚吧！”奶奶连指着她高声骂道：“你这姘头原来早就准备好了一手，就等着逼我说出这句！”奶奶看到张易难从门口进来后，拉着他扯开嗓子：“这房子是我给我孙子留的，你这个外姓女人别想占我们家房子！”就见母亲冷笑道：“你懂不懂？离了之后孩子会判给我这个有抚养能力的人，不会送给你儿子这个废人的！”

张易难惊恐地跑出了房门，没有人上前追他，压根儿没人有耐心和兴趣听他讲述竞赛的喜讯，他一个人坐在常去的菜市场前棋牌室门口的石板凳上，尼古丁的味道从房间里飘出来，呛得他直咳嗽。他平生第一次觉察到对未来的惶恐，担心今晚睡下之后，第二天醒来将要面对的会是翻天覆地的另一个世界。这时，一个手掌从背后拍了拍他肩膀，他回过头，是一个不认识的白胡子老头。对方先开口问道：“你是不是以前总穿校服来打麻将那家伙的小孩？”他点点头，不知对方是何来意。对方继续追问：“那家伙咋好久没来打了呢？忙啥去了？”他沉默，许久不知该如何回答。对方只留下一句“一年不见，成哑巴了”，便甩手走人。他顿时欲哭无泪。

等他再回到家时，就见他妈焦急地拉过他手腕，喝道：“上哪儿野去了你？”见他低头不语，就拽着他进了他爸的房间，房间还没来得及打扫，粪便和尿的臭味熏得他难受。他妈指着床上那人对他命令道：“快，你奶奶要听你翻译。”全家只有他一个人勉强听得懂他父亲说的口齿不清的话，奶奶刚来，上了年纪耳又背，自然听不清，再加之她不信任母亲，于是便让张易难亲口来翻译。他听一句，转述一句，听一句，转述一句，大意是，他希望两位女性各退一步，和平相处，不要吵架，并表示自己很没用，是个饭桶，不能帮上忙。最后他补充说孩子考上大学之前，先不要离婚，不要影响孩子学习，等上大学之后，再商榷商榷。他们只能也必须这么继续僵持着，又熬过一年。

张易难上高中住校后，家里便少了一半人气。父亲的病情没有一点好转的迹象，他说话越来越听不清，连张易难有时候都猜不出他到底在表达什么。他刚上高一时，试图开口问母亲借点钱，想去参加信息竞赛的集训，在武汉，路途挺远，来回得一千多块钱。他妈指着床上瘫着的人冷讽了句：“把他卖了供你去？”他低头，知道再争辩下去注定无果，只能默默转身一个人回房间。不久后，他拿了信息组省一回来，这是他记忆中母亲少有的对他露出笑脸的时刻，她问他：“省一是不是就是可以保送的意思？”他顿了顿，摇摇头说：“如果是数学或物理，省一中的前一部分就可以。信息的话，可能得进国家队才行。”她追问：“那你有把握明年进国家队吗？”他被问住了，以前从来没思考过这类问题，只是凭着一腔热爱学下去，他回以“不知道”。他妈眼中闪起来的光霎时暗了下去，低声自语道："学得再好都不顶用，高考又不考这个。尽做些没用的事！"他心一沉，手指脱力向下滑落，钻心般的难受，他多么期待能得到来自亲人的赞赏，哪怕是一句溢美性质的套话也好，可是没有，不管他怎么做都会遭受莫名的指责。母亲转过身去阳台打了一通电话，此时的他尚不知道这通电话对他未来的命运有何决定性意义，只记得再回来时母亲眼里再度燃起了熄灭的光，她告诉他她刚去咨询了他们班班主任秦老师，秦老师说一中强项是物理竞赛，拿过好几回奖牌，成功率相对来说会更高些，而且学校里是李老师带队，都是免费的竞赛辅导课，不用交一分钱，甚至倒过来还可以报销经费。张易难没想到母亲竟是来劝自己更改方向，又或者根本不是劝，只是通知他，他其实并没有选择的余地，只能象征性地反抗一句说："我不太擅长物理。而且，李老师的上课风格，我也不太适应，他总是默认大家基础很好，直接开始讲最难的部分……"母亲直接打断了他，认为那不过是小孩子的畏难心理在作怪，说："哪有什么擅长不擅长？学着学着不就都融会贯通了吗？"他低下头，在接下来几个月中一直试图说服自己，我只是还没入门，只要继续深入了解进去，我一定会爱上物理。

高一的十二月，在他快要满十三岁之前，发生了那次令张易难崩溃的办公室答疑，办公室里明明还有很多其他认识的老师在场，他不理解李川老师为何会当着如此多人的面羞辱自己。胸中一腔怒火控制不住地开始燃烧，他厌恶麦克斯韦，厌恶磁场题，厌恶这一切阴差阳错的安排，他第一次尝到卖力去爱上一件自己根本不爱做的事情是多么痛苦。他决心一定要让李老师为此付出代价。

周末回家后，他借用母亲的手机录下了一段音，全部是关于李老师在补习机构违规收费补课的罪证，他反复练习了许多遍，将念得最熟练的一遍保存下来，并用变声软件转换成了陌生成年人的嗓音，然后再拿父亲的手机拨通投诉电话，接通后直接播放另一部手机上的录音，当录音播放完毕，电话那头说出“我们一定会严肃处理整起事件”时，他便满意地挂断电话，并将录音与通话记录统统销毁，毁尸灭迹，绝无后患。

不出意外，几天后的某个课间，秦老师果真来到班上宣布了李老师离校的消息，全班哗然，前后高声议论，张易难在第一排假装成很意外的样子，试图融入人群中。随后秦老师又简单宣布了关于物理组改组换老师等事宜，大家都没心情听。课后张易难倚在栏杆上观望一班各人的神情，起初尚觉得大快人心——把人拽下神坛，让对方也尝尝平白丢了饭碗被迫下岗是什么滋味，这让他有一种快感。随后，他瞧见卫冕飞奔去办公室挽留李老师的模样，顿觉可笑异常，连连摇头，而李老师搬着一箱的行李，脸上略显憔悴，后脑似也多生了几丛白发，除自己以外的所有物理组同学都下楼去为他送行，他顿时又困惑起来——自己似乎再次在学校内被孤立，跟全体同学都格格不入。等到李老师走到校门口时，门外都聚起了上百号人，这场面一如“十里长街送李老师”，张易难突然觉得自己简直误判了局势，他这么一闹不仅没达成复仇的目的，反而成全了李川的被迫害者的光辉形象，并且衬托得对方更加伟大无私又无辜，反衬自己愈发猥琐且恶毒。他站在栏杆前俯视下方熙熙攘攘的人群，突然有些后悔。

更可怕的是，他发现在赶走李川老师以后他的生活竟没有任何质的变化！学校立刻又调来了新的物理老师顶替原来空缺的位置，他每周二周四依旧要上两节物竞课，其中一节还是考试，当他在随堂小考上抓耳挠腮想不出题目的解法又不甘心在试卷上开天窗时，他突然意识到，一切不过是人来了又走，学校的组织和结构没有发生根本改变，日子依旧没有一丝起色，兜兜转转又回到了原点。是自己寻错了进攻目标吗？为什么打倒了他指认的罪魁祸首之后，想象中的幸福生活却并没有如约而至？

自举报事件以后，张易难就染上了轻微的入睡困难，他常常需要平躺一小时左右才能入睡，半夜两三点偶尔会突然惊醒，再睡下时难免就会梦魇缠身，梦中李老师在办公室最后一次给他毫无耐心地答疑的场景反复重演，每当他答疑结束关上办公室的门时，隔壁的另一扇门就会被打开，门内是一模一样的布局，墙壁上每一个角落都用红笔写满了麦克斯韦方程，耳边一直传来李老师的叹气声和自己的道歉声，相同的场景一遍又一遍地重复出现，如此循环往复，没有尽头，像被困在无解的迷宫里。

张易难每天早晨醒来都觉得浑身乏力，日复一日，两眼下方长出了不小的黑眼圈。他在家人的建议下开始冲泡酸枣仁粉末，据说可以改善睡眠质量，起初倒有奇效，他一口气能睡到早晨六点自然醒，醒来后几乎记不得做了什么梦。但连续喝了一周之后，药效逐渐消退，从前的症状再次袭来，于是他开始尝试吞咽酸枣仁胶囊，待纯度更高的胶囊也渐渐失效后，他就换成了吞褪黑素，之后又尝试过在足底和腹部的各种穴位上贴过睡眠贴。每一种方法都只在最初几天起效果，很快便因为耐药性而逐渐失效，他也尝试过各类中药，酸涩的滋味在咽到舌根时很不好受，掐着鼻子喝下去后总有反胃的感觉。由于太过苦涩且见效甚微，他后来也停了药。

到高三下学期清华面试前一周，张易难少有地主动踏入父亲的房间，询问他："你的残疾人证放在什么地方？"父亲动了动嘴，大意问他现在寻这个有何用？他如实相告，下一周母亲让他拿这本小绿本去博得面试官的同情。父亲突然瞪眼，身体抖动了两下，左肩抽搐着，左手奋力锤着床，嘴里咕噜了两声，听不清言语。此时倒不用听也能懂他这肢体语言的意思，不过张易难才没心思理会他，耐心早已在这四年看护的时光中消磨殆尽，他只觉得床上那个人是累赘，他自己翻箱倒柜找了起来，没一会儿，就在衣橱深处的玻璃盒里找到了小绿本。身后的父亲还在不断地拿拳头捶着床铺，嘴里啊啊地叫唤着，看他不回头就使出全身力气叫得更大声。张易难恶狠狠地朝他瞥了一眼，威慑道："你再叫唤我就去拿绳子来了。"父亲突然泄下了气，放弃了动弹，把脸转向朝墙壁的一边，身子蜷缩在了一起，上下颤动了起来。张易难拿着本子走出了卧室，关上门后用力地打了自己一巴掌。

几天后母亲询问起他为何清华加分名单上没有他，他实在不知该做何回答，当他沉默不语时，母亲就不断地摇着他的肩膀吼："说话呀！"他简直焦急得想哭，双手捂住脸，慌乱之间颤颤巍巍地说了一句他自己都没想到的话："是卫冕……他抢走了属于我的加分名额……"说完之后连他自己都觉得不会有人相信他信口编造的拙劣谎言，但是他母亲竟然相信了。母亲拿起电话就发疯似的要控诉这不公道的黑幕，张易难连忙拦下了她说："全校人都在拿《残疾人证》的事情看我笑话，你这时候就别再添乱了……"他太害怕见到谎言被戳穿时的窘迫，哭着求她不要再干涉此事。母亲坐在桌旁，扶额开始哭诉："所有人都瞧我们家好欺负，都只会欺负我们……我还傻傻地指望你考上清华给我们全家翻身呢。这日子什么时候才是个头啊……"这两句话他颠来倒去地听她念叨过了数十遍，每一次都是加重音敲在他胸口。窗外的小雨这时转成了大暴雨，他实在忍受不了屋子内的逼仄与闷热，下意识冲出门外，昂起头，雨滴垂直地打在他眉骨间，黄昏和次日的清晨都被暴雨冲搅成了碎片。

雨持续下了十余天，大概天上激烈交战的血水滚落人间就化成了骤雨，蔡秉言跑来逼问张易难是否撞倒了卫冕的那天下午，也是同样的一场暴风雨天气。雷声轰鸣，路边的枯枝败叶都被狂风袭走，沿途刮下车窗的一片碎玻璃，树枝早已被吹塌，低下脖颈俯首称臣，残败的柳条被吹得乱舞，像是在风中哭泣的女子。雨横着下，瘦弱的伞根本无力遮挡这雨的侵袭，球状闪电突然降落在老树根边缘，一幢居民楼霎时漆黑一片。

张易难放学回家时，身边唯一一把伞被吹散架，他戴上帽子，试着背对着风雨走回家，一脚就踩进暗处一个大水坑，鞋子湿透，薄薄的一层校服外套全被打湿，横风袭来就浑身颤抖起来，雨水顺着头发浇遍了脸颊，视线也逐渐变得模糊、失焦。雨水已经淹没了脚脖子，每一次抬脚再寻找落脚点变得极其费力，刹那间他脚底仿佛踩到了块尖锐的刺，痛得他号叫，抬脚才发现是踩上了枝折断的竹子，他闭眼，一狠心，左手拔出了竹刺，再向前奔跑时却已丢失了大半力气，头脑昏沉，一头栽倒在了暴雨的马路边。来往的车子经过，溅起了一人高的水花，他呛到了满满一口污水，挣扎着想坐起，但刚起身整个人又再次脱力摔倒在水坑里，左膝盖敲到地面的碎砖瓦，钻心疼，隐约间他只听见了此消彼长的喇叭声和警报声，眼底是红绿交错的信号灯在来回闪烁。

后脑勺疼痛难耐，眼前一片眩晕，闪电状的纹路在眼皮血管中飞驰过。突然他觉得浑身轻飘，好像是被举了起来，但他咳嗽了两声，此时只觉得头脑滚烫，甚至后背上渗出一层又一层的热汗，一时热浪滔天，眼前仿佛见到火山顶端有粉色的雪花飘落，雪一触碰到手掌心，却莫名开始灼烧成火焰。胸口闷热异常，气怎么也喘不均匀。隐约间，他看到有人影从他眼前经过，在他额头上放了块湿热毛巾。

张易难高烧不退，发了好几天的虚汗，一直在连续做混乱的、不连贯的梦，难以清醒过来。梦里父亲站立了起来，与五年前一样，对他说了很多很多话，说他还不够成熟，还不能独立面对生活的诸多烦扰，又说他本可以生活得更好，接着重新指导他赢牌不能连赢三局以上，如同过去骑在破旧单车后座上的任何一天一样。曾经十几年的片段记忆都在此时一一袭来，想起那台被卖掉的二手电脑里存留许多痕迹，唯一的热爱被自己残忍割弃，而自己却连一个朋友也没有，只剩下空房间里孑然一身。

张易难醒来后，房间里寂静无声。母亲推门进来时，他斜着身子坐起，试探性问她：“我们搬家好不好？”她意外地没有驳斥，而是问他：“搬去哪里？”他心中没有答案，只凭本能缓缓开口答道：“回老家，或者，去另一个遥远的小县城，我无法再在这片土地上继续生存。”她追问：“就我们两人？”他摇头，用虚弱的声音说道：“一家三口，我们一起离开是非之地，开始新的生活。我想远行，在没人认识我的地方重新读一遍高中，也许，也许能将过去的遗憾全部弥补上。”

第十二章　轮回

［序9］

柏拉图的《会饮篇》结尾写道："苏格拉底想迫使他们同意，同一个人既知道如何写喜剧，又知道如何写悲剧，一个有技艺的悲剧作家也是喜剧作家。"

原本我的计划是对半开——一半是光，一半是影。一半是成长，一半是反成长。一半是励志，一半是颓丧。一半是向上，一半是堕落。一半是喜剧，一半是悲剧。但由于卫冕这个叙述者实在不可靠，我又寻找不到当事人张同学，以致后者的素材过少，我不敢肆意发挥，只维持在了七三开的比例上。

光和影的故事到这里本该结束了。可卫冕说他讨厌悲剧结尾，所以强迫我追加了一个完满大结局。

这是轮回，这不是宿命。

[正文]

2018年9月1日，大礼堂内，临水一中开学典礼。

阮思秦独自一人坐在高一（2）班最角落的位置。2班历来都是文科实验班，放眼望去，果真贴合刻板印象——一片阴盛阳衰的惨淡情状。

有这么七八个同学聊得热火，男男女女都有，时不时地还爆出一些笑声。阮思秦估摸着他们本来就是一个初中的，说不准初中还是同一个班的。

也会有四个女生凑在一起，思秦猜她们是一个宿舍的，昨晚应该就已经打成了一片。她好奇她们神神秘秘地在说什么，是独属于女生之间的秘密吗，还是什么八卦之类的？阮思秦四顾望了望，一个她认识的人都没有。

阮思秦的初中是个外国语学校，她的初中同学基本不是直升了，就是出国了，像她这样老老实实地参加中考的人很少。而一中却又是一个理科见长的高中，自然是不对口的。据她所知，她们初中现在在一中的应该只有她一个人。

阮思秦家就住学校对面，自然是选择走读的。今早，新班主任还讲了讲班级情况，说2班一共45人，有44人住宿，恰好分成了11个宿舍。

因为没有我，所以宿舍才分配得那么整齐吧。

她忍不住这样想，尽管明知无果。

我也好想融入他们，可总有道墙立在那儿。

开学典礼已经开了一大半了，有校长来致辞，年级组长老赵来讲话，还有许多她叫不出名字的大领导、小领导拿着话筒依次发言。

阮思秦觉得颇无聊，于是悄悄掏出藏在口袋里的一本小书读了起来。

开大会时一律不准带作业，也不准带书，这是一中的一条校规。可阮思秦还是忍受不住心里的烦闷，莫名生出反叛的心思，想挑战这条规则。这时候年级组长老赵拿着话筒，摁着翻页笔的按钮，用他魔咒般催眠的嗓音说——

“接下来啊，让我们有请一中的优秀毕业生啊，曾经拿过数学、物理、化学和生物竞赛等五个二等奖啊，现已被清华大学工程物理系录取的，原理科班的啊，我们的优秀校友，卫冕同学啊，和大家讲话！”

这一长串定语一出来，一下子把主人公衬托得光芒四射。台下的新高一的同学初见世面，被这出场人物介绍震撼得五体投地，纷纷露出惊叹的神情。一时间，大堂内响起了此起彼伏的赞叹声和掌声。

阮思秦听到这第一句介绍词的时候，心下就有一种莫名的预感，觉得会是他，她赶紧把小书收了起来，耐心地听他把这一长段介绍说完。等到老赵卖了半天的关子，最终把谜底托盘而出时，阮思秦突然心下漏跳了一拍。

果然是你。

我就知道你还会回来的。

大礼堂是这个暑假里重新装修过的，舞台被改造得很宽阔。卫冕从后台缓缓走到台中，他走了很久，大礼堂里的其他人也跟着一起屏息凝神。

他身着一席白衬衫黑西装，穿着黑皮鞋，还打上了暗红色的领带，头发上好像也抹了油，看起来是好好打理过了一番。一点儿不像个18岁的少年，反倒有些职场精英的气派。

阮思秦在台下仰视着他这副打扮，一时竟觉得有点儿陌生。他什么时候变得这么成熟稳重了？可能还是那个嬉皮笑脸的卫冕她更加习惯吧。

“今天在这儿发言吧，其实我还真有点儿小紧张。为什么呢？因为我记得我上一次站在这儿说话，还是我高一的时候。那个时候啊，我刚军训回来，结果呢，因为我在军训基地和同学一起打牌，被处分了。我记得我当时就是站在这儿，领到我高中的第一张处分单。所以今天学校又把我请回来讲话，是什么意思呢，不会又要给我开张处分单吧？”

卫冕一反发言的套路，一上来就扔掉了头顶的清华光环，瞬间跟台下的新高一同学打成一片。他那手舞足蹈的架势，活脱脱就是一脱口秀表演。

“没准儿我的高中毕业证书也要被没收回去，那这下好了，我一夜回到解放前，只剩下个初中文凭，充其量也就算半个文盲吧。”

台下爆发出了一阵阵笑声，还从没见过有人这么黑自己的，更别说是个清华的了。

阮思秦也混在人群中笑。果然，一说话，本性又全都暴露了吧。这样子的卫冕才是我认识的嘛，他还是严肃不过三秒啊。

“你们笑什么啊？你们不也就刚进高中嘛，那不也就是个初中文凭，跟我半斤八两嘛。笑什么？五十步笑百步啊。”

卫冕说一句，大家就笑一句。刚刚那些听领导讲话听睡着的，也都瞬间清醒了过来。

老赵坐在第一排皱着眉，给他一个劲儿地递眼色，让他少说点儿没用的，赶紧切入正题。

卫冕朝向他鞠躬点头，还顺带比了个“ok”的手势，“刚才开个玩笑啊，这串介绍我也不知道是谁写的，整那么一长串定语干吗呢？其实很简单嘛，我就是卫冕，2018届理科班的。”

卫冕把没用的头衔全扔了个干净，就剩下光秃秃的一顶小帽子，变回了那个集合里的一个最普通的元素。从神坛走下，回到了邻家，这才接地气嘛，阮思秦如是想着。

“至于那五个二等奖，听起来是不是很拉风？”卫冕知道台下的人都在想什么，抓住这点反问道。

“是——”大家齐刷刷地回应，默契得好像排练过的一样。

"等你们上了高三就知道，一点儿用都没有！不抵一个货真价实的一等奖来得靠谱。所以啊，这介绍搞的，名字逐渐变长，能力逐渐变弱。"

卫冕看着台下的几千号人，丝毫不怯场，反倒是越自黑，越放松。

"所以，我其实并不是这届毕业生里最优秀的，给我挂上'优秀校友'这个称号，我还真有点儿诚惶诚恐。我们班里比我厉害的人多了去了，有数学竞赛搞进国家队，拿了金牌的，直接保送北大；有面试时把面试官感动得泪流满面的，面试满分，高考一下加了60分，保他进北清；有学生会主席兼班长，从来没跌出过年级前十的，也就是我们市今年的理科状元了，高考分数一出来，清华招生官就抢在北大之前，大半夜地跑到他家，硬是把他绑去了清华，开足了最好的条件，专业随便他挑……"

卫冕还在滔滔不绝地说着，台下就起了一阵不大不小的骚动，有人的赞叹佩服之情溢于言表，也有人在议论着发言者例证的真实性——怎么听怎么觉得不靠谱，像是他信口编造出来吓唬人的呢？

阮思秦在座位上很认真地听着，他举的这些人她都认识，算打过照面——第一个是梅御坤，第二个是闻奕轩，第三个是蔡秉言。

"不要觉得我在瞎吹牛啊，我说的都是真实的事情，这样的例子在我们班简直数不胜数。"

卫冕也听到了台下的骚动声，即兴打着圆场。

阮思秦可以为他做担保，卫冕的确没有吹牛，只不过所有的话他都只说了一半，后一半全部吞了回去。

选择性地说出真相，不能算作是欺骗吧？

比如，他只字未提梅御坤的寡言和闷骚，亦对闻奕轩的虚伪和欺骗面试官的手段避而不谈。

她猜他是故意的。

“跟他们比起来，我真的一点儿也不厉害。我既不是最有天赋的，也不是最努力的。所以最后只落得了五个二等奖这样的地步。一开始老赵要来找我发言的时候，我还很纳闷，为什么不找他们，非要来找我呢？”

卫冕一边说着，手上也没闲着，他有节奏地挥舞着双手，像是个单口相声演员。

果然要开始卖弱了吗？凭思秦这不到一年的接触，她发觉“卖弱”是理科班的男生最擅用的手段，不管自己是几斤几两的水平，都一律自谦自贬，然后过分夸大对方的优点，大放厥词地夸奖一通，以此麻痹对手，赚得心理上的安慰。难道卫冕也不例外吗？

“我后来想了想，也许是因为我高中这几年实在是太能折腾了，什么新鲜事儿都尝过一遍——竞赛也搞过，自招也弄过，高考也考过，出国也有考虑过。你们别笑啊，这是真的！”

卫冕的眼神一会儿瞥向左，一会儿又瞥到右边儿，总之是把稿子丢到了台上，就再也没正眼看过它。其余人都惊叹于他的泰然自若和处变不惊，只有阮思秦知道，他这是在满嘴儿跑火车。

“就是什么都感兴趣，都图个新鲜劲儿想试试，可最后瞎折腾了一圈，什么都没做好。竞赛也失败了，面试也比较一般，高考也就那样儿了。”

卫冕继续拿自己开玩笑，逗得大家一阵笑。坐在第一排的老赵脸色很难看，要不是台上这人已经毕业了，他恨不得给他开十张违纪单，再拖回办公室好好教育一通。

老赵突然后悔找卫冕来发言了。

“后来我就拿着这一般的高考成绩，加上不痛不痒的自招加分，就这么进了清华。”

台下响起了嘘声一片，没人信他。阮思秦也笑，她清楚，卫冕说的没一句话是假话，但是这么惊心动魄的过程，就被他这轻描淡写的一句话给总结概括了，听起来实在太不真实了。

“我是从四年级开始学奥数的，当时我爸还极力反对，说，儿子啊，你是钱多得没处使了还是咋的啊，干吗花这冤枉钱？”

大堂左手边的座位爆发出了一阵大笑，阮思秦闻声往那儿望去，就看到了成堆的男生和她父亲的身影。她知道，那是高一理科班。

“幸好我碰到了我人生的启蒙导师，他在菜市场门口的一间乌烟瘴气的小棋牌室里发现了我，劝我去学竞赛。他现在虽然已经不在这个学校里了，不过我还是好感谢他。”

卫冕抬眼望向最远端，望向西边，长沙的方向。他知道那个名字在一中是个禁忌，所以特意说得含蓄而抽象。不过阮思秦和秦俭都心知肚明。

“还有我高中的班主任，秦老师，您今年还带理科班，是吧？”

卫冕转过脑袋，看向大堂左边的那撮儿人，还玩起了互动，一时竟有种演唱会即视感。秦俭笑着朝他点了点头。

“要感谢他，一直把幼稚的我当成年人来看待，一直很信任我每一步不那么成熟的选择。”

说着，卫冕朝那个方向深深鞠了一躬。

“后来在高三的时候，我遭遇了竞赛和校内成绩的双重打击，那是我的人生最低谷。不过有幸，那时我遇到了一个女孩儿，她对我意义非凡，陪伴着我走出了困境。我不太确定她现在是不是坐在台下。”

说着，卫冕还真就左右张望了起来。

阮思秦一惊，他不会是要现场点我的名，叫我上台吧。别别别，这才刚开学，而且我现在一个人都不认识，这闹一下得搞得多高调、多尴尬啊，以后在学校里还怎么和同学相处？阮思秦越想越不对劲儿，她真害怕台上这人什么事儿都做得出来。她赶紧把脸埋到臂弯里，生怕别人认出她来。

“不过凭我对她的了解，她现在绝对羞到脸红，不想见人。”

卫冕狡黠地一笑，在大家正好奇地寻找这台下的神秘女孩时，巧妙地了结了这个话题。阮思秦闻言抬头，鄙视着台上这人，顺便在心里暗骂了两句，卫冕你又捉弄我。

可此时，台上的卫冕却突然话锋一转，像是把所有的玩笑话儿扔到一边。他身子也站直了，手也不乱摆了，眼睛也不到处瞟了，整个人霎时变得严肃认真起来，正经得让大家都有些不适应。

“今年暑假的时候，我和几个好哥们儿一起去日本旅游。我们在浅草寺，每人抽了一张签。我很幸运地抽到了大吉，签上还附了一首小诗——

破改重成望

前途喜亦宁

贵人相助处

禄马照前程

“在我这不长的18年人生中，我本以为我会平凡过一生的，也许就一直在菜市场打扑克牌，也许就在高三的时候一直沉沦下去。可是，命运不允许我卑微地活一辈子。在每一个最关键的路口，都有人来提示我，提示我做出更好的选择。

“我一直在一条路上走着，我叫不出这路的名字，亦不知道路的终点是什么。大概在做出选择之前，没有人知道选择之后的路会是什么样的，也没有人知道脚下的这条路是不是通往真正的彼岸。可我还是就这样一路走着，为了夏天的约定，为了终点的重逢，为了那年少时反复做过的梦。

“我很幸运，在最合适的年岁，遇到了最好的人。”

卫冕终于拿起了原先准备好的稿子，照稿读了起来。台下瞬间安静如初。阮思秦坐得笔直，听得很仔细。

“这个暑假，我被我妈拉着去了好多亲戚朋友家，接受了许多过高的赞许和评价。很正常，大家都是唯结果论主义者，去拿最后的结果来倒推先前的过程，再主观地美化、神化一些，这本身无可厚非。但考上清华，难道就意味着我一定是成功的了吗？”卫冕侧过身，犀利地反问。

阮思秦一时觉得这问题简直是在变相地炫耀已得的成就，但也不得不承认，她不知道该怎么回答这个问题。

“当然，从高中生的视角来看，这可能是现有体制下最成功的象征了。我也不得不承认，清华也的确是我的理想，是我十八岁的愿望，是我亲手做出的选择，是一个少年小小的拼搏和人生大大的理想。

“我去北京上大学，大家都说我成功，可如果我喜欢的人恰好还留在上海呢？这样的分隔还算得上是成功吗？”

阮思秦托着腮，总觉得他话里有话。

“于是，我发现我逐渐落入了一个逻辑悖论，或者说二律背反。我发现不管从哪个角度看，我都不可能是全知全善的。我的每一个举措都不可能仅关乎我自己一个人，我似乎永远和别人牵扯在一起，我不可能做出一件让所有人都拍手叫好的事情，我也永远不可能让世界上的每一个人都喜欢我，更不可能因为少数私敌而去讨好他们。也就是说，我不可能达到完全的成功。”

其余人听得很困惑，不明白他想表达什么。

只有阮思秦知道，卫冕是真正从张易难事件的心结里走出来了，他已经不自责，不内疚了。她是真心地为他感到开心。

“小时候看电视时，我会等不及剧情的展开而去问父母，这个人是好人还是坏人。等到后来一点点接触到社会时才发觉，原来世上善恶并存，有时甚至恶会叫嚣得更厉害些。我说，那不如把那些恶的部分悉数砍去，只留下善的。那个女孩告诉我说，如果真的这样，那世界将不再是个完整的世界，我也不是一个完整的我，我是谁就成了问题。

“那时候我顿悟了，突然想明白，原来恶不仅必然是完整个体的一部分，更是作为一种衬托而存在。正是因为我们接触到了世间的这么多恶，才愈发地感觉到善的珍贵，也才能更好地去拥有它。正是有了影子的衬托，光才凸显出明亮和耀眼。黑格尔也说，恶是一切历史的推动力。如此想来，恶真是世上必不可缺的东西。”

老赵坐在第一排一个劲儿地摇头，怎么净给新生灌输这黑暗玩意儿。秦老师则在台下欣慰地笑，这孩子，可算是成熟了，长大了。

“我现在说的，你们现在也许会听得云里雾里的，但等到你们毕业了之后或许就能明白。我并不期待着每个人都能懂，哪怕台下只有一个人能听懂，那我也愿意讲。”

阮思秦盯着他看，你说的那个人是我吗？

“最后祝大家永远年轻，永远热泪盈眶。Forever young，forever weeping.”

垮掉的一代，凯鲁亚克的《在路上》的最后一句话。阮思秦在心里暗自说着。卫冕，你这是在发言里第几次引用我告诉你的话了？你，有没有注明出处啊？拿过来就用。有没有把我放在眼里？

你为什么会在我平淡的人生里突然出现，我应该为此感到意外和惊喜吗？可你又为什么要突然消失？

是命运的垂怜吧？不然我怎么会在去年秋天的傍晚刚好撞见你？

是命运的玩笑吧？不然我们之间怎么会刚好差了三年？

你倒是功成名就，衣锦还乡，荣归故里了。可我呢？我不还得再过一场小轮回吗？还不得把你经历过的所有酸甜苦辣再重新经历一遍吗？

阮思秦越想越激动，越想越激动。结果一个没忍住，鼻子一酸，眼圈一红，顿时热泪盈眶。

我怎么还这么配合你的演讲。

“谢谢，我的发言结束了。”

卫冕礼貌地鞠躬，在涌动的掌声中下台。他假装没看见第一排的面色铁青的老赵，绕过了他，直接坐到秦老师旁边的空座儿上。

“讲得不错嘛。大学生了，是不一样了。”秦老师笑着拍着他的肩膀说道。

“您可别打趣我了。我余光瞥到赵老师那脸，哎哟，那简直随时都有可能冲上台杀了我。”卫冕背过身，悄悄评论着老赵。

“不至于吧？”秦俭右手扶了扶眼镜，瞥了一眼老赵，然后转头问卫冕，“你要不要去找小秦玩儿玩儿？”

“她呀，”卫冕假装不经意地提起，然后狡黠地一撇嘴，说，“我估计她现在正躲在哪个角落里热泪盈眶呢。她现在一定不想让我见到她这两眼红红的模样，我还是别去往枪口上撞了。”

“算你情商高啊。”秦俭拍着他脑袋。

“秦老师，三年一个小轮回，您今年又带高一了？”卫冕凑过身，向他打听着第一手情报。

“可不？”秦俭接话，但眉毛一耷拉，语气又低沉了起来，“但主要还是张易难的事情闹得有点儿大，影响不太好，所以这届招进来的学生质量就不是特别好……”

“所以就把‘全校最好的老师’全调来教新高一这一届了？”卫冕顺着他话里的提示，就猜到了因果。

“谢谢你恭维啊，那我也就忝列这‘全校最好的老师’之一吧。”秦俭也跟他开起了玩笑。忽而又想起了什么，问他：“你什么时候去北京报到？”

“就今天下午的高铁，我在学校吃了中饭就走。”卫冕左手指着自己的行李箱说。

“跟我来教师食堂体验一把？”秦俭主动开口邀请他。这果然，毕了业，成了校友就是不一样了啊，卫冕心下想着，他听秦老师口气总觉得变得客气了不少。

“不用了吧，我就随便吃一点就好了。”谁承想卫冕居然婉言拒绝了，神色不太自然，秦俭心下猜出了个七七八八，不过也没当面拆穿他。

中午12：00，食堂一楼。

阮思秦一个人占着四人桌，正吃着饭。她纳闷儿，为什么食堂的餐桌全是四人桌呢，为什么不设计个单人桌儿呢？她觉得这剩余的三个座位实在是浪费，可她又不好意思开口和新同学拼桌，于是就一个人坐那儿发呆，手下的筷子还在来回拨弄着盘里无辜的饭菜。她把萝卜丝儿都挑到一边，再把西蓝花和青豆拨弄到另一边，然后拿勺子淋上红烧肉的酱汁。正当她得意地欣赏着自己的杰作，打算开始品尝时，一个人影突然晃到了她面前。

“哈！”此人凑到她耳边大吼一声，然后端着饭盘，一屁股坐在她对面。

阮思秦一惊，她一听这声音，再看这幼稚的行径，不用猜都知道是谁。“吓死我了！你有病吧卫冕！”

她本想装出一副镇定的神情，可她的右手出卖了她——手上的筷子条件反射般径直飞了出去。

“我再去帮你拿双筷子。”卫冕也被她这反应惊了一下，赶紧俯下身来帮她捡筷子，然后跑去新领了双，回来后，就见阮思秦坐在原位，两眼直勾勾地盯着他。

“这领带就是麻烦，戴得我快喘不过气儿来了。”卫冕左右拽着自己的西装领带，觉得横竖都别扭得很。“来，思秦，你帮我扯扯。”

阮思秦没好气儿，伸过手去给他胡乱扯了一通。

卫冕勉强解下了领带，把它随手扔到一旁的座位上。然后一手托腮，斜着脑袋，望着面前的人："你怎么看到我一点儿都不激动呢？"

"我为什么要激动？"阮思秦反问，平淡如常。

"真傲娇。"卫冕跷起了二郎腿，两眼翻向天花板，看似很不经意，又不时悄悄瞥向她。

"阮思秦同学啊，你怎么一个人吃饭呢？让我猜猜，是不是全班只有你一个人走读，你也没有认识的初中同学一起考来，对不对？"卫冕左右转着脑袋，上下打量了一番。

"那关你什么事？"

"嘿嘿被我猜中了吧。那你现在是不是孤单得不行？"卫冕凑近身子，鼻子都快顶到她眼睫毛上了。

"我不吃了！"阮思秦直接站起身，端着饭盘就做出要走的架势。

"别呀别呀，思秦你肠胃不好，秦老师让我关照你中饭一定要好好吃！不然你到时候又胃疼又呕吐，可找不到我咯。"卫冕一把抓住她左手腕，极力劝解她留下吃完，还把陈年往事一溜儿地都倾倒出来。

"你来这儿就是为了跟我说这些的吗？卫冕你怎么现在这么黏人？"阮思秦直接甩开他的手，她不知道自己是怎么了，说不上来，就是异常烦躁，莫名恼火。明明想念的人就在眼前，可当他真正触手可及时却又想把他拒之千里。

"噢对不起，我，烦到你了是吗？"卫冕有些不知所措，收回手来，却又不知该把手放哪儿。

"我巴不得你现在就去北京！"阮思秦大声喊着，她的声音比先前高了一个八度。即便是嘈杂如食堂，周围几桌儿的人也真真切切地听到了这句话，其他桌的人闻声也抬头向他们俩看来。

"那我还是走吧。"卫冕也被她这怪异的举动惊到了，他眼皮耷拉下来，再没有先前那般自信和耀眼。他就这样一个人端着饭盘默默地走开了。

落寞，无声。

阮思秦看着他转身离去的背影，越来越远，越来越小。她以为他能听得懂她的气话的，她以为他会回头来追她的，她以为他会舍不得她，再死缠烂打一会儿的。

可没有。

最后卫冕的背影小成了一个黑点，逐渐淡出了她模糊的视野。她的双手一时有些僵硬，拿着饭盘踟蹰不前。阮思秦突然心头一阵翻搅，难受得想哭。

天哪，我到底在做什么！我怎么就把他赶跑了呢？

可无果。

她一个人，又重新坐了下来，开始扒拉着手下的饭菜。

13：00，校门口。阮思秦透过教室窗玻璃，看到一个身着西装的男子提着一个大行李箱，他斜倚在铁栅栏门前，正和南门口的保安大叔谈笑风生。

你还真是跟谁都能聊上两句，是吧？

她着急地跑出教室，一路冲到南门口，还未待她喘匀了气，就见卫冕转身向她摆手："拜拜，我走了啊。"

阮思秦有些害怕，又有些着急，大喊："等等，你去哪儿？"

卫冕就知道她终是舍不得自己的，于是停下脚步，佯装无辜："当然是去北京咯。"

阮思秦一把抓住他的行李箱拉杆，不让他这么轻易地就走。"你不许走。"

卫冕被她这一可爱的举动逗笑了，拿她先前的话反问："你不是希望我现在就去北京吗？"

“我，我那是气话，你听不出来？”阮思秦气得直跺脚，然后她偏过头去，极轻声细语地说了一句，“那个话说回来……嗯，其实，你穿西装的样子，嗯……”

“帅到你了？”卫冕知道她不好意思说出口，于是自动帮她补上后半句。

“还挺人模狗样的。”阮思秦半路改口，坚决不跳卫冕给她挖的坑。

“噗，你这夸得也太违心了吧。”卫冕忍俊不禁，仰起头，放荡不羁地大笑。阮思秦也跟着一起笑，眉眼也逐渐舒展了开来。

“卫冕你知道吗？小的时候，我最讨厌家里开聚会了。”阮思秦突然收起了之前的玩笑，正过头来，很严肃地跟他说。

“嗯？”卫冕被她这跳跃性思维给怔了一下，刚不还在夸我帅吗？怎么突然就跳到聚会了呢？

“因为每次聚会结束以后，都会是一片冷冷清清，饭桌上堆着十几盘吃剩的饭菜，房间打扫得干净得不像话，屋子太空旷，可是又没有人住。只有成堆成堆的垃圾和杯盘狼藉证明这里曾经热闹过。可是在繁华的过程中，我就已经预先知道它结束时的冷清了，我实在受不了这样的反差。如果你最终注定是要走的，那来过的那一趟算什么？如果得来的注定要失去，那为什么还要曾经拥有？”阮思秦一口气说了好长一串儿，可还没等卫冕回应，她又接着说下去。

“你知道吗？你站在台上发言的时候，真的好夺目、好耀眼。你说的每一句话我都知道背后的来源和出处，有一半都是我跟你共同经历铸就的记忆。我突然觉得，突然觉得，我真是配不上你……”阮思秦说得断断续续的，她费了好大的劲儿才把所有想说的和盘托出。

“怎么会呢？你想太多了。”卫冕有些意外，她这么高傲的女孩子，怎么会这么看低自己？

“可是你这么大神，去了清华以后肯定会被好多女孩子围得团团转，你肯定还会遇到更多比我更好的人。到时候我就变成了你的过去式，变成了你众多内存中不那么重要的一个。”阮思秦开始遐想连篇，她甚至能想象到卫冕未来花天酒地的模样。

“不会的，光你一个就已经足够把我的心填满了。”卫冕对上她忧心的目光，拍着胸膛向她保证着。

“可是，你去了北京以后，我就不怎么能见到你了。”阮思秦垂下了眼皮，心事重重的，仍在为未来担忧着。

“简单啊，国庆节我就能回来呢，而且我们可以每周视频呀。”卫冕挑着眉，给她出着主意。

“你学习应该很忙吧，这样，会太占用你时间的。”阮思秦仍颇不放心，又为卫冕的未来担忧着。

“我就喜欢在你身上浪费时间。”卫冕嘴角微微一撇，笑得暧昧。

阮思秦有些脸红，她侧过身，故意没接他话：“对不起，中午吃饭的时候我情绪不太好，你没记在心上吧？”

“不行，我可生气了。”谁承想卫冕突然收起了笑意，霎时变得严肃起来，双手交叉在胸前。

阮思秦被他这举动弄得有些无措，不知如何是好。

“你得补偿我。”卫冕嘟囔着。

“怎么补偿？”阮思秦偏过脑袋看向他。

“来，抱抱我。”他说着，双手还真就张开了怀抱。

“讨厌，你又逗我玩儿！”阮思秦这才察觉到自己又被捉弄了，一手就拍开了他。

这时，秋日的微风吹拂着白云，将它吹向了一个巧妙的角度，阳光穿过云层，透过树叶的罅隙倾落而下，整个临水一中沐浴在日光之中。外围一圈雪白色的围栏好似把青春和年华都包罗起来了，而栏内橘黄色的砖瓦砌成的教学楼颇有一番古典风味，青铜色的雕像屹立于正中，那雕像上的人左手捧着一本书，右手举着的，好像是一把钥匙，那钥匙成为至高点，在午后金色的日光下熠熠生辉。他们听见了树叶的沙沙声，看见枣花被风吹落，在空中旋转荡漾，最后停落在雕像捧着的那本书上，做了一个俯身亲吻的姿势。

“那朵枣花，替我完成了任务哈。”卫冕侧身看向一中门前的雕像，笑着说。

番外篇　约定

2028年12月末，美国西海岸，洛杉矶教堂。

“敬日月星辰共鉴此生”；

“允长相厮守不离不弃”；

“愿平安顺遂共度此生”；

“誓大地之上你我同心”……

琴瑟钟鼓，友之乐之，桃之夭夭，宜室宜家，背景音乐的古典风格似乎与头顶的穹顶和西式建筑相悖。这是新郎新娘特地挑选的，他们说，在婚礼当天一定要放中文歌，不附雅，不媚俗。

落地镜前的女人身着一席白纱，身后有两个化妆师在给她打理头发。抹粉底液、修眉、涂眼线、画上浅红色眼影、擦亮粉、点上唇釉。那是家人们特地给她请来的上门化妆师，说是出嫁这一天一定要打扮得最美，这样一生婚姻都会幸福。

阮思秦盯着镜子中的人看，一时竟觉陌生。

“不过话说回来……”原本坐在沙发上的秦俭突然站起身来，在化妆台边坐下，顿了顿，缓缓开口道，“你真的，那么喜欢卫冕吗？”

“为什么这么问？”阮思秦被父亲这一突然的提问愣到了，她咽了咽口水，抬头看向他，“难道，您觉得卫冕不好吗？”

“不，好的人有很多，但好不等同于合适。”秦俭顿了顿，然后换了个姿势，继续说，“人合适了，时机不对，那也不成。人嘛，一辈子会碰到好几个适合结婚的人。”

阮思秦听到这话，觉得耳熟。她偏过脑袋，耳坠摇晃起来。

阮思秦盯着镜子里的人看了很久，然后低头摩挲着左手中指上的那枚订婚戒指，深深地呼了口气，低头暗自自语：“其实，卫冕也不是十全十美的。”

她知道，一切远没有她过去设想得完美：“我不知道是什么给了我勇气，竟一心愿意跟着他颠沛流离了十年。这十年里，三年异地，七年奔波，我看着他从一穷二白到功成名就，陪着他从谷底的深渊爬回山顶的峰巅，从江南跑到华北，从东亚飞到北美。我看着他在异地求学打工，有时在实验室里通宵过夜，有时在群租宿舍里搭桥搭电路……如今好在这一切都结束了，他有了稳定上升的事业，而我们也终于定居下来了。”

“只是，他骨子里的孤傲、自负、眼高手低，真的很难改。我现在还在努力去磨合……”

这时，化妆室的大门突然被推开，“阿嚏！我听到有谁在说我坏话！”

阮思秦一听到那起始的第一个音节就知道来人是他，她转过脑袋，笑意攀上脸颊，晕染桃红，她提着裙子就向门口跑去：“哈哈哈，你耳朵怎么这么灵？”

卫冕穿着一身黑色西装，领带打得笔挺，头发也特地梳得很整齐，脸上也化了些淡妆，他抱着她的肩膀，细声说："走吧思秦，婚礼马上要开始了。"

卫冕牵过了思秦的右手，然后转头看向镜子前的另一人——秦俭的镜片在阳光下反光，他低头反复揉搓着自己的太阳穴，闭眼深思，看着有些怅然若失。

卫冕试探性地问："秦老师，那您……"

秦俭回过头，扶了扶眼镜框，看着面前的人——从前，还做卫冕班主任的时候，卫冕不过是个小有天赋、到处惹事儿的、不安分的学生，甚至还跑来办公室小黑屋找他大哭了一场。秦俭回想起十年前，在梅御坤的庆功宴上，家长们开着玩笑地办起了相亲大会，说要当场给思秦相女婿，他也只当个笑话一笑而过。未来的变数如此大，谁能说得清呢？

秦俭呼了口气，把所有有关过去的回忆都暂且封存，他走上前，抬起胳膊，拍了拍卫冕的肩膀："以后，思秦就交给你了。"

顿了顿，他又转过身去，补了句："对她好好的。"

"遵旨！"卫冕故作严肃地回话。

他们三个人并排，从化妆室走出来，一路走，一路走——

"敬日月星辰共鉴此生"；

"允长相厮守不离不弃"；

"愿平安顺遂共度此生"；

"誓大地之上你我同心"……

后记

写下这篇后记的我今年二十一岁。

三年前在键盘上敲下第一行字时，我刚成为一名大学生，脑海里还留存着高中生活的鲜活记忆。我很喜欢也很感恩我的母校，一所以培养理科特长生见长的学校。我对学校里这样一个智力超群的竞赛生群体产生了好奇和写作的冲动，忍不住想构思一本小说来记录、描摹、探索这样一个比较独特的群体，但成书后我发觉也只能描摹想象中的十分之一。

最初在网上连载时，小说起名为《理科实验班的猴子们》，现在的题目《十八岁的卫冕》是在出版前临时修改的。我个人更偏爱原题，原题存留了我对所描写的高中理科生群像的原始想象，新的题目则预示写作对象从群像削减为了个体，当然也因此能让读者更轻易地从众多书籍中一眼识别出这是一本青春小说。

不过题目的更易也并不能全归因于文本载体从网络到纸质的改变，背后也有写作者个人的原因，我在大一寒假正式提笔前曾构思过一个更宏大的群像结构，计划写六个高中生各自迥异但精彩的成长历程，但具体写作时由于个人经验与能力的不足，只将卫冕这一个人的故事充分展开，张易难的部分写到一半就难以赓续，剩余四人则降格为了背景布，被我匆匆带过。最终呈现出的样貌是，卫冕被分配到了最多的笔墨，成为文中最亮眼的主人公，于是他的自带双关的名字被征用做了小说的新标题。

尽管题目经历了一些波折，但小说前三分之二部分的写作过程是较顺畅的，只用了三个月的时间，第一到第八章及第十二章几乎一气呵成，均写作于学校图书馆、理教自习区、思修课堂及宿舍书桌前。九、十、十一几章写得较为零散，前后拖了近半年，又反反复复修改了数回，第九章写于北京某家旅店，第十章及番外写于伦敦，第十一章写于南京。写作到后三分之一的篇章时，我感受到很大的阻力，既有来自现实生活的干扰——写小说占用了原本的学习时间以致我不得不暂时搁笔以应付九门课程的期末考试，也有文本内部的难以调和的矛盾——人物生长出了自己的灵魂，不再如开头般服帖地任由我摆布，人物提示我要么在第八章停笔，要么还得写得更长。

虽然成品与最初设想有一定差异，但此刻回忆最终收笔时，那种第一次完成一部长篇小说带来的近似分娩般的欣喜依然清晰。非常感谢我的学术启蒙导师李国华老师为本书作的序，他以更宏大和独特的视角，带着时代的格局，以及他作为一个“终端产品的接收者”——大学老师，审视了书中所描摹的当代中学生，以及书写者有意识和无意识的书写中所折射出来的时代的症候，这些都带给我新的启发。感谢最初那几位在网上追连载并催促我更新的读者朋友，你们热情的关注给了我持续写作的动力。感谢你们的阅读，若有喜爱，作为作者我更是不胜欢喜。

直至现在，我对未来仍旧是迷茫的，我不知道我究竟会成为一个业余写小说的专业学者，还是会成为一个业余写论文的职业作家。但不管将来如何，至少这几年我对写作的热爱一直没有消减过。期望来年，自己能有更好的作品奉献。